DEMONIOS REALES
POR
SARIMA BATISTA

***

DEMONIOS REALES
SARIMA BATISTA

***

TABLE OF CONTENTS

INTRODUCCIÓN
Londres 1776

La esplendorosa ciudad de Londres situada a orillas del Rio Támesis se levanta majestuosa ante los ojos del visitante. El siglo XVIII es considerado como el siglo de las luces y como uno de los más controversiales de la historia. Leyendas de vampiros llegan de todas partes de Europa, y es en esa época cargada de turbulencias, sin una correcta definición del bien y el mal en la que nace William Palmer, noble de cuna y descendiente de una rica familia londinense. Todos aquellos que conocían a su abuelo, el influyente George Redwood, banquero londinense no tenían duda de que William se convertiría en su heredero. George solo tuvo dos hijas mujeres, su esposa falleció después de haber dado a luz a su hija menor Marie, desde ese momento el poderoso banquero se convirtió en un celoso guardián de la honra de sus hijas. Hombre supersticioso hasta lo inimaginable, y respetuoso de las doctrinas religiosas de la época; puso todo su afán en darle a sus hijas una correcta educación religiosa. Cuando la mayor Claire cumplió 17 años arregló su matrimonio con un rico comerciante de la región. Marie corrió con la misma suerte de su hermana mayor y no tuvo otra opción que casarse con el hombre elegido por su padre Lord Thomas Palmer.

A los pocos meses de su matrimonio Marie le comunicó a su padre que estaba esperando a su primogénito, la alegre noticia fue seguida por la desaparición repentina de Lord Thomas, a quién todos dieron por muerto poco tiempo después. Con más de 5 meses de embarazo Marie regresó a vivir con su padre a la casa natal, George como fiel seguidor de las viejas costumbres y gran defensor de la moral convirtió la vida de la menor de sus hijas en un encierro absoluto debido al luto que estaba supuesta a guardarle a su difunto esposo. A pesar de todas las medidas tomadas por George Redwood las habladurías no tardaron en aparecer, Lord Palmer desapareció apenas 5 meses después de contraer matrimonio y el embarazo de Marie parecía estar mucho más adelantado.

Cuando Marie dio a luz al primer varón de la familia muchos lo veían como el heredero de la fortuna Reedwood, pero su nacimiento estuvo seguido de los más extraños acontecimientos. William era un bebé sumamente hermoso y fuerte, de rizos dorados y enormes ojos azules, parecía más bien un bebé de algunos día y no un recién nacido. El médico que atendió a Marie en el parto comentó a George que estaba sumamente impresionado por el tamaño del recién nacidos, el abuelo se sintió algo consternado pero no le dio mucha importancia al asunto, no había visto muchos recién nacidos en su vida, pues sus hijas fueron criadas por una nana que se ocupó de ellas desde su nacimiento y George siempre estaba tan ocupado en sus negocios que no había seguido su crecimiento con mucha atención.

Sin embargo con el paso de los días la consternación se fue convirtiendo en una especie de miedo, dándole paso a la incertidumbre de todos aquellos que se encontraban cerca del bebé. El crecimiento era increíblemente rápido, el bebé no solo era grande para su edad sino que con apenas un mes de vida era capaz de sostenerse y emitir sonidos que casi se podían confundir con palabras. George aterrorizado por la situación acudió a los más notables médicos de la ciudad; quienes no pudieron encontrarle una explicación lógica y científica al extraño caso. Después de más de dos meses sin resultado alguno y observando con horror el desarrollo de la criatura y sin poder explicarse el porqué de lo que estaba sucediendo tomo la decisión de comunicarle a todos sus conocidos que el bebe había muerto a los pocos meses de nacer. Las historias de vampiros y brujas llegadas de todas partes del mundo terminaron por convertirse en la explicación que tanto había buscado. En Rumania los bebes pelirrojos y de ojos azules era considerados vampiros, se decía que podían llegar a consumir la sangre de todos sus familiares en tan solo una noche. A partir de ese momento George comprendió que su misión en la vida seria destruir a la extraña criatura.

Las súplicas de Marie por la vida de su hijo ablandaron un poco el corazón de su oscuro padre y le hicieron postergar un poco su propósito; terminó prometiéndole que mientras no viera en la criatura un peligro inminente a lo que él consideraba la seguridad de su familia le permitiría continuar con vida. Como condición para estar cerca de su hijo Marie fue excluida de la familia y encerrada junto a la criatura en las más oscuras y apartadas habitaciones de la lujosa mansión. La culpaba constantemente por a ver dado a luz a lo que él consideraba un pequeño monstruo enviado por el demonio para destruir a su familia. Marie aceptó con resignación el encierro al que fue destinada y se agarró a él como la única tabla de salvación para mantener con vida a su pequeño hijo ya que mientras su padre y su hermana lo consideraban un monstruo y lo despreciaban, para ella era la más grande de las bendiciones.

William en su primer año no solo hablaba con oraciones

completas y caminaba firmemente como un niño de más edad sino que había comenzado a tocar el piano de su madre con tan solo oírla cuando tocaba en las tardes para él. Trataba inútilmente de acercarse a su abuelo las pocas veces que lo veía pero este le rehuía constantemente, las únicas personas a las que le estaba permitido ver era a su madre y a su abuelo cuando este acudía a sus aposentos, ni Claire ni la hija de esta se acercaban al fondo de la casa a visitar a su hermana.

Pasaron los años y el progreso continuaba increíblemente, William se fue convirtiendo en un fornido jovenzuelo con tan solo 12 años, a pesar de permanecer encerrado todo el tiempo era fuerte y musculoso aparentaba tener mucho más edad, cualquiera que se lo hubiera encontrado hubiera jurado que casi llegaba a los veinte. Desde su encierro se dedico a leer los libros que le eran facilitados por su madre, aprendió idiomas, letras, tocaba el piano como un formidable pianista, con su inteligencia también aumentaba su fuerza. Marie se empeñaba en ocultar la mayoría de los progresos de su hijo aterrorizada por las amenazas de su padre pero había algunos que no podía ocultar porque resultaban obvios a la vista de todos y eran suficientes para hacer crecer el miedo de su padre quien cada día consideraba a William como una amenaza para su familia.

William había comenzado a hacerle preguntas a su madre desde hacia tiempo, no se explicaba el porqué del encierro; le era muy fácil comprender que existía un mundo detrás de las enormes puertas de sus aposentos que le era negado. Las pocas veces que recibía la visita de su abuelo no entendía el porqué su madre se empeñaba en ocultar sus progresos intelectuales y en ocasiones le hacía aparentar que estaba enfermo recluyéndolo en la cama sin poder moverse. No le era permitido hablar en presencia de su abuelo y esa situación era sostenible al principio cuando apenas era un niño pero ya no tenía paciencia, y no deseaba tampoco permanecer callado cuando veía a su madre mintiéndole constantemente al abuelo. Marie había comenzado a rehuir las conversaciones con su hijo; pero eso era prácticamente imposible al estar encerrada junto a él todo el tiempo. La relación jovial que llevaba con William se fue convirtiendo en un distanciamiento total dentro de las cuatro paredes de la habitación. No les era permitido salir a luz en ningún momento, solo en dos ocasiones a lo largo de doce años Marie se separo de su hijo por cuestiones de salud; dejándolo completamente solo. Varios doctores determinaron que la humedad y la falta de luz solar habían deteriorado su salud, sin embargo muy a pesar de las súplicas de su hermana y de su adorada nana ella regresaba enseguida al lado de su hijo.

–¿Podemos dejar de ignorarnos el uno al otro de una vez? – la voz de William sonaba fuerte y decidida cuando lanzó la pregunta hacia su madre quien se encontraba del otro lado de la habitación arreglado las sábanas– ¡Te oí llorar anoche!

–Ideas tuyas, dormí bien anoche– Marie continuaba con la vista fija en la sábana que se empeñaba en doblar nerviosamente una y otra vez.

–Desde que regresaste hace unos días apenas me has dirigido la palabra, ¿no me has dicho que te dijeron los médicos?

—Estoy bien es solo un refriado pasajero que pasara con los días— el pálido rostro de Marie se estremeció bajo la tenue luz de las velas ante la pregunta de su hijo.

—Se cuando me mientes y últimamente siento que te alejas de mi; ya no me permites acercarme a ti, esta situación se está tornando insoportable.

Marie dejo la sábana sobre la cama, y levantó la vista hacia su hijo que tocaba el piano en una esquina de la habitación. Con pasos temblorosos se fue acercando a él mientras simulaba una sonrisa.

—¿Que te preocupa?— su voz sonó apagada, y se apretaba las manos nerviosamente contra su pecho, en la oscuridad que reinaba en la habitación ese gesto hubiera pasado desapercibido para cualquiera, pero no a los ojos de su hijo.

—Tantas cosas, creo que ha llegado el momento de hablar, tú conoces mis preguntas, y esta habitación es demasiado pequeña para la distancia que quieres poner entre los dos. El encierro y el silencio no ayudan mucho cuando intentas encontrar respuestas en la única persona que tienes al lado— las notas seguían saliendo del piano, era una melodía tranquila y ligera, los dedos de William se deslizaban despacio sobre el teclado con la misma cadencia que sus palabras. Sus profundos ojos azules se fijaron en su madre y desde su rincón pudo ver como esta se estremecía al oír sus últimas palabras.— Soy fuerte, y creo que podré enfrentarme mejor a mi destino si me permites conocer el misterio detrás de mi existencia.

Marie se había quedado parada en medio de la habitación, una fina lágrima corrió por sus pálidas mejillas, era una mujer hermosa y aunque apenas tenía treinta años su rostro se había deteriorado por el sufrimiento. Muy en el fondo de su alma albergaba la esperanza de que su padre falleciera antes de llevar a cabo sus propósitos y aunque se recriminaba así misma por desearle la muerte, el amor que sentía hacia su hijo era mucho más fuerte que el remordimiento.

–Lamento mucho la vida que te ha tocado, te juro que hubiera deseado algo muy diferente para ti, eres un hijo excelente.

–Nada de lo que has dicho contesta mis preguntas, aunque no he salido de aquí he leído lo suficiente como para saber que hay algo oscuro en mi, se supone que debo tener solamente doce años, un niño de esa edad no estaría teniendo esta conversación contigo– las suaves notas musicales seguían fluyendo por toda la habitación; su rostro se encontraba sereno.

–No sé el motivo y realmente nunca me hubiera importado si no fuera por….-Marie detuvo sus palabras ahora su vista estaba fija en el suelo y su mano derecha apretaba firmemente la izquierda.

–¿él abuelo?, él es la causa de todo.

–No solo él; sino también el mundo que nos rodea que no es capaz de entender que hay personas que son un poco diferente a las demás.

–Se a lo que te refieres, historias de demonios de ojos azules y pelo cobrizo.

–William te aseguro que yo no tenía ni idea de que esto podía pasar, he pasado años buscando una solución, pidiéndole adiós que me ayude para poder….– nuevamente se detuvo al final de la frase.

– ¿Salvarme?– sus dedos dejaron el teclado y la música se detuvo; su mirada continuaba fija en el rostro de su madre– Lo sabía, desde hace tiempo descubrí la verdad por mí mismo, no tenía sentido que quisieras ocultar las cosas que me pasaban, en algún momento pensé que si podría demostrarle al abuelo que era capaz de hacer cualquier cosa nos perdonaría y nos dejaría libres, pero al ver que intentabas demostrarle lo contrario comprendí entonces que el problema era yo y no tú.

Marie no podía darle crédito a lo que escuchaba, llevaba años ocultando la verdad, pensando en encontrar una solución que le permitiera liberar a su hijo de su condena, que no se había percatado de que William había llegado a sus propias conclusiones. El joven se levanto del piano y caminó hacia ella con pasos lentos, ¿cuánto había crecido?, los cinco días que estuvo fuera de la habitación le habían parecido eternos y al regresar el terror se apoderó de ella al descubrir que su hijo había crecido unas cuantas pulgadas en su ausencia. Estaba tan familiarizada con su cuerpo; había pasado todo su tiempo registrando en su mente los cambios de su hijo que podía darse cuenta de la más mínima diferencia.

–¿Qué tanto de aterra mamá?, ¿Qué es eso tan horrible que te preocupa?

Marie miró fijamente a su hijo, nunca antes pensó que llegaría el momento de enfrentarse a él con la verdad, no había tenido el suficiente tiempo de prepararse para enfrentarlo. Sus labios no se movieron, su mente registró miles de combinaciones de palabras que jamás salieron por su boca. El rostro sereno de su hijo se acercó a ella, podía sentir el suave aliento en su cara y los profundos ojos azules de los cuales no podía huir, su silencio habló más que mil palabras. William no apartaba la vista de ella era como si pudiera ver detrás de sus ojos en lo más profundo de su alma y ella no podía hacer nada para ocultarlo.

–¿Es mi vida lo que tanto te preocupa? ¿Acaso el abuelo te ha amenazado con matarme?

Marie hubiera deseado cerrar los ojos y huir de la mirada de su hijo, pero su amor de madre no le permitía alejarse de la profundidad de sus ojos, no había vivido lo suficiente como para desperdiciar cada momento que la vida le daba para mirarlo, para contemplar su rostro perfecto, para acariciar su piel blanca y suave. Su temblorosa mano se acerco a él y suavemente le acaricio la mejilla, más de una lágrima corrió en ese momento por su cara, las gruesas manos de William se acercaron a ella y le limpiaron las lágrimas que corrían una tras otra.

–No digas nada, no es necesario– William acercó el rostro de su madre a su pecho y la beso en la frente con suavidad y dulzura, Marie entrelazo sus brazos alrededor de la cintura de su hijo y lo apretó fuertemente contra ella.

–Todos estos años he intentado hacer cambiar las cosas, al principio pensé que con el tiempo cambiaria de idea, que podía intentar convencerlo que todo no era más que una estúpida superstición, pero el tiempo se puso en mi contra y tu creces muy rápido cariño. ¡La hija de Claire es apenas un año mayor que tú y es solo una niña de trece años y mírate tú, eres todo un hombre!

–Mis cambios no ayudan en tus propósitos, ¿verdad?

–No es tu culpa, ha sido mi incapacidad para protegerte, debí haber huido cuando naciste pero nunca pensé que mi propio padre se convirtiera en mi peor enemigo, al punto de desear su muerte para poder salvarte.

–¿Hay algo más aparte de todo esto que me has contado?

¿Qué te dijeron los médicos mamá?

—La enfermedad ha avanzado un poco pero estaré bien, mis pulmones son un poco débiles pero te prometo que no me dejare vencer.

Las fuertes manos de William tomaron el rostro de su madre y sus ojos se volvieron a fijar en los de ella, esta vez había más miedo en su mirada que en la de Marie.

—Estaré bien mi amor te lo prometo, nada ni nadie nos va a separar. Esta enfermedad no será más fuerte que mi amor de madre.

Marie besó a su hijo en la mejilla, y caminó despacio hacia el piano apagando algunas velas, cuando se volvió hacia él; todavía estaba parado en medio de la habitación con la mirada fija en la pared más cercana. Las manos de su madre le hicieron volver de sus pensamientos y sus ojos se volvieron a fijar en ella. William movía la cabeza de un lado a otro nerviosamente como intentando coordinar una idea.

—¿Sucede algo William, estas nervioso?

—¿Podemos escapar?

—No, ya no es posible, tu abuelo ha puesto vigilancia en la parte trasera de la casa, están autorizados a matar si es necesario, además las puertas están cerradas por fuera.

—¿La ventana?

—Lleva años clausurada y detrás de ella hay una reja enorme. Aunque lograras abrirla no serviría de nada. Olvídate de todo eso por ahora, vete a la cama, mañana hablaremos con más calma, te lo prometo. —Marie besó nuevamente el rostro de su hijo y lo llevó suavemente hacia la cama, después de abrigarlo bien con una enorme manta terminó de apagar las velas de la habitación y se dirigió hacia su cama que estaba ubicada al otro lado.

Horas más tarde William que aun no lograba conciliar el sueño se volvió hacia Marie y vio que esta se había quedado dormida, silenciosamente se deslizó de la cama y con pasos muy ligeros se acercó a la gran puerta que los separaba del mundo exterior; con un suave movimiento tiró de la puerta sin hacer ruido, estaba cerrada por fuera; por la estrecha abertura pudo ver el enorme cerrojo del otro lado. Levantó la vista y descubrió las oxidadas bisagras al otro extremo de la puerta, sus dedos se deslizaron sobre una de ellas, nunca antes había probado su fuerza, su madre no lo dejaba hacer el más mínimo esfuerzo pero en su interior había comenzado a darse cuenta que era fuerte. Apretó fuertemente el clavo y tiró hacia arriba, el óxido cedió y logró levantarlo unos centímetros. Una amplia sonrisa resplandeció en su rostro hizo lo mismo con la bisagra continua que también terminó cediendo.

La puerta solo se abría tres veces al día para facilitarle a él y a su madre los alimentos, el único rostro que veía al abrirse era el de Eva, una señora de cierta edad que entraba solo unos pasos para poner la comida en una mesa cercana, jamás le había oído la voz. Eva era la nana de Marie y esta le tenía un gran afecto a la anciana, había sido la única madre que había conocido en su infancia, pero con los años ese sentimiento fue cambiando; Eva había tratado de convencerla en varias ocasiones de que estaba derrochando su vida tratando de salvar a su hijo, dándole la razón a su padre. Con el paso de los años se fue dando cuenta de los asombrosos cambios físicos de William; y mientras Marie intentaba ocultarlos, Eva por el contrario mantenía a George Reedwood al tanto de lo que pasaba dentro de las oscuras habitaciones.

En los pocos días que William se encontró solo en la habitación, había observado más detenidamente a la anciana, Eva no levantaba la miraba hacia él, en una sola ocasión lo hizo y pudo darse cuenta del miedo en la mirada de la anciana los pocos segundos en los cuales fijó sus ojos azules en ella. Era obvio que le temía, lo miraba como quien mira a un monstruo. Esa fue la clave que lo llevo a sacar sus propias conclusiones.

Con sumo cuidado removió cada una de las bisagras de la puerta, nadie se daría cuenta al abrirla durante el día, solo tenía que esperar un poco más, tan pronto su madre se levantara le comunicaría su decisión, no estaba dispuesto a permanecer más tiempo encerrado, la salud de su madre había comenzado a preocuparlo y no le iba a permitir un sacrificio más. Silenciosamente regresó a su cama; la idea de huir le había quitado el sueño por completo. Confiaba en que su madre sería capaz de guiarlo fuera de los muros de la mansión. No sabía que podía encontrar afuera pero estaba decidido a escapar. Cuando amaneció y la suave luz del sol se filtró por las rendijas de las ventanas sus ojos aun estaban fijos en la puerta, escondido bajo las mantas vio a su madre que ya se había levantado, y sintió el ruido de la puerta al abrirse. Eva apareció con una enorme bandeja y Marie fue a su encuentro, ambas mujeres intercambiaron palabras en un tono muy bajo, mientras la anciana colocaba el desayuno sobre la mesa. La mujer salió de la habitación y la puerta se volvió a cerrar, sus ojos se fijaron en las bisagras que se movieron un poco al cerrarse la puerta.

–¿No te vas a levantar hoy dormilón?– Una amplia sonrisa apareció en el rostro de Marie. William se

incorporó en la cama mientras su madre colocaba el desayuno en un una pequeña mesita cercana al joven.–
¿Como dormiste?
–Solo un poco, tengo una idea que puede funcionar.
¿Qué hay detrás de esa puerta?
Marie miró un poco consternada a su hijo.
–Un pequeño patio y la casa grande.
–¿Cómo se llega a la calle?
–El patio se comunica con las caballerizas y ahí hay un portón que da a la calle. ¿Por qué me preguntas todo eso?
–Vamos a escapar madre.
–No quiero que ni tan siquiera lo pienses, me oyes.
–Marie le dio la espalda a su hijo– No voy a poner en riesgo tu vida, afuera están los hombres de tu abuelo y créeme que van a actuar enseguida.
–Pero es la única alternativa que nos queda, no hay otra opción. Ya sé como abrir la puerta, no va a resultar difícil; podíamos hacerlo esta misma noche, solo tienes que ayudarme a encontrar la salida.
–Te dije que no y ni una palabra más sobre esto.
–Piénsalo, por favor. Veras que tengo razón, debes salir de aquí cuanto antes.
–No me iré sin ti.
William acarició el rostro de su madre y una dulce sonrisa brotó de sus labios; Marie le devolvió la caricia con un beso. Se levantó de la cama y fue hacia el otro lado de la habitación para recoger la otra parte del desayuno que había quedado en la bandeja; el ruido de la puerta la hizo volverse, Eva apareció nuevamente y con la mano le indicó a Marie que se acercara.
Hablaron en voz muy baja, William apenas podía oír la

voz de su madre que negaba cada cosa que decía la mujer, Eva se marchó con cara de disgusto, mientras Marie continuaba negando con la cabeza con los ojos llenos de lágrimas. Con un gesto de desesperación se volvió hacia hijo sin lograr contenerse.

—¡No te levantes!

—¿El abuelo viene, verdad?

—No lo sé, pero será mejor que te mantengas acostado, y pase lo que pase no quiero que digas una sola palabra. ¿Me entiendes?

—¿Me vas a decir que sucede?

—Ya te lo explicare más tarde, dejemos que pase el día de hoy. Después hablaremos te lo prometo.

William se quedó donde estaba, no quería contradecir a su madre, mucho menos ahora cuando la esperanza comenzaba a reinar en su corazón. Marie caminaba de un lado a otro de la habitación, apretando fuertemente sus manos sobre su pecho. William se disponía a leer un libro cuando sintió nuevamente el gran cerrojo. La puerta se abrió y la figura siniestra de George Reedwood apareció en la habitación, Marie se quedó petrificada, le lanzó una rápida mirada a su hijo para recordarle lo que le había ordenado con anterioridad, y después se dirigió hacia su padre caminando muy despacio con pasos temblorosos.

—Buenos días padre.

—¿Marie?— George caminó unos pasos, su mirada se fijó en William, sus viejos ojos observaron con detenimiento al joven estudiando cada centímetro de su cuerpo, William fijó sus profundos ojos azules en el anciano; quien se estremeció y cambio rápidamente la mirada hacia su hija. — ¿Eva me ha dicho que te has negado a salir?

–Así es, no voy a ir a ningún lado. Estoy bien.

–Sabes que no es así; el médico ha hablado conmigo y he decidido mandarte una temporada al campo para que te recuperes.

–Iré solo si William me acompaña.

–Eso no es posible, él se queda aquí.

–Entonces no iré a ningún lado.

–No me la pongas difícil Marie. Si no lo haces a las buenas, te irás a las malas.

–¿No me obligarías?

–Por supuesto que te obligaría a hacerlo.

–No me alejaré de él.

–Ese monstruo es el único responsable, por él estas enferma. –La mirada amenazadora de George se fijó nuevamente en William.

–Que tonterías dices, es mi hijo y no me voy a alejar de él.

–Durante años he tolerado toda esta situación, pero ya no estoy dispuesto a continuar con tu loca idea de seguir viviendo a su lado. Mañana mismo te marcharas de aquí, aunque no estés de acuerdo.

–No voy a dejarlo, no lo dejaré solo a tu merced. ¿Qué pretendes hacer con él, cuando ya no esté aquí?

–No lo sé; eso no debería de importante.

–Aunque solo sea una vez, entiende que es mi hijo; es tu sangre también.

–¡Marie, reacciona por favor!– George extendió la mano dirigiéndose a William– ¡Es un peligro! ¿Míralo?, tan solo tiene doce años y tiene la figura de un adulto. No voy a permitir que sigas arriesgando tu vida viviendo a su lado. Piensa en tu familia; en tu hermana, en mí que soy tu padre. ¿Cómo puedes preferir a esa cosa?

Por los ojos de Marie comenzaron a brotar las lagrimas, era un torrente de ellas, no hallaba la manera de convencer a su padre. Durante toda la conversación William había permanecido callado, nunca hablaba en presencia de su abuelo, Marie se lo tenía prohibido, siempre permanecía en la cama cada vez que este decidía entrar en la habitación. Era una medida desesperada de su madre para tratar de ocultar su rápido crecimiento.

–¿Por favor padre? Te lo ruego, no puedo vivir sin él; lo amo más que a nada en el mundo. Además no es como tú piensas, William no le hace daño a nadie.

–Marie esta vez no voy a ceder, mañana mismo te iras de aquí.

–No, eso no. ¿Que pasara con él? ¿Qué vas a hacerle?

–Marie no voy a discutir eso contigo. La decisión ya está tomada.

–No lo hagas, por favor.-La mujer se desplomó delante de su padre, las palabras se le trabaron en la garganta; su cuerpo temblaba por la agonía y la desesperación.– ¡Te lo imploro!-Sus lagrimas caían a los pies de su padre.-No me separes de él.

William no pudo contenerse más, la escena que se presentaba delante de él era totalmente insoportable y dolorosa. Marie suplicaba por su vida a los pies de su oscuro padre; la actitud altanera y orgullosa de su abuelo había despertado en él una rabia que no había experimentado nunca en su vida. Sin saber cómo se halló de pie frente al hombre con los puños apretados; George se estremeció al verlo; era la primera vez que lo veía erguido, William era demasiado alto y sus fuertes músculos se dibujaban bajo la amplia camisa blanca.

Con pasos firmes se dirigió hacia su madre y la levantó del suelo. Su abuelo quedo petrificado al ver al joven. William pudo percibir el miedo en los ojos del anciano, su mirada profunda se fijó en él y un sordo rugido brotó de su pecho dejando al descubierto una perfecta dentadura blanca de la cual sobresalían grandemente sus colmillos en señal de amenaza. George dio unos pasos hacia atrás; aterrado, en los ojos de Marie la desesperación dio paso al miedo y al horror. Las manos de William la sostenían fuertemente, pudo ver la rabia que le brotaba de sus ojos que se habían vuelto negros como la noche.

–Ya basta– Su voz sonó fuerte y clara, sus ojos continuaban fijos en el anciano– Ya es suficiente, ¿no le basta con lo que está sufriendo?– Marie se aferró a los brazos de su hijo con fuerza comprendiendo que con ese gesto había firmado su sentencia de muerte.

–¡William regresa a la cama!– Sus gritos eran de desesperación, mientras hacía grandes esfuerzos por librarse de los fuertes brazos de su hijo.

–¿Era esto lo que me ocultabas?–Los fieros ojos de George se fijaron ahora en Marie, la mano derecha del hombre voló por el aire en dirección a su hija, pero el enorme brazo de William detuvo el ataque de George.

–Jamás volverás a ponerle una mano encima, no en mi presencia.– La mano del joven se cerró entorno al antebrazo del anciano obligándolo a retroceder unos cuantos pasos, William aun sostenía a su madre con el otro brazo pero la fuerza que ejercía sobre su abuelo era sobrenatural, sus ojos ya no eran azules, eran de un negro profundo y aterrorizante.

–Pagaras con tu vida este atrevimiento. ¡Carl; Joseph!

Inmediatamente pronunciadas las últimas palabras cuatro hombres entraron en la habitación, las órdenes de George fueron mudas, parecía que ya habían sido dadas con anterioridad. Carl el más anciano de todos arrebato a Marie de los brazos de William mientras que los otros trataban de maniatarlo, no sin esfuerzo. El joven tenía una fuerza extraordinaria que no era capaz de usar, había pasado su corta vida encerrado y sus músculos se encontraban rígidos. Los gritos y sollozos de Marie no fueron suficientes para ablandar el corazón de su padre, fue sacada de la habitación dejando atrás el único motivo de su existencia.

Ya en el exterior Carl se reunió con George nuevamente, había encerrado a Marie en una habitación continua, aun se oían sus gritos y los fuertes golpes que le daba a la puerta tratando inútilmente de salir.

–¿Señor que quiere que hagamos ahora? El chico es fuerte pero no lo suficiente para defenderse.

–Llévalo al sótano, asegúrate de que no escape. Mátalo, quiero que lo mates; ¿me entiendes?– Las manos del anciano agarraron con fuerza la chaqueta de Carl mientras que un fuerte temblor recorría su cuerpo. Carl asintió con la cabeza y desapareció dentro de la habitación, los gritos de Marie y los fuertes golpes a la puerta era lo único que se oía por todo el patio. George contempló el cielo y exhalo aliviado, este había sido el momento que tanto había esperado, la enorme figura del joven parado frente a él lo había aterrorizado, esa era la prueba que necesitaba para demostrarle a su hija que no estaba equivocado, que William era un ser endemoniado enviado para hacer mal a su familia y a la sociedad.

Unas horas más tarde George caminaba nerviosamente

de un lado a otro de su despacho, Carl aun no había regresado a darle noticias, Eva había venido a informarle que Marie había dejado de gritar y golpear la puerta, exhausta como estaba se había desmayado y dejado caer al suelo pero había pasado de la histeria a un estado mucho más deplorable, ya no reaccionaba, su vista estaba fija en un punto lejano y ya no podía llorar mas, pues ya no le quedaban lagrimas.

–Ya se le pasara. El tiempo cura todas las heridas y muy pronto terminara por olvidar a ese monstruo. Es mi culpa por haber permitido que esta situación llegara tan lejos.

Ya en la tarde, Carl toco en la puerta del despacho.

–¡Señor!– Sus verdes ojos brillaban en la tenue luz de la habitación, el temor estaba reflejado en ellos.– ¿Puedo pasar?

–Entra Carl, ¿qué paso? ¿Te has demorado mucho?– George observó al hombre por unos segundos tratando de comprender el temblor que le recorría el cuerpo, sus manos temblaban y apretaban nerviosamente el sombrero que se había quitado al entrar.

–Habla de una vez Carl. ¿Está muerto?

–No señor.– La mirada del hombre estaba fija en el suelo.

–¿Por qué?

–Porque no se muere, señor. –Levantó su miraba, había pánico en ella.

–¿Como que se no muere?, ¿explícate?

–Sus heridas se cierran como por arte de magia señor. Nadie jamás hubiera podido sobrevivir a una sola de las puñaladas que le propinamos. Joseph intentó decapitarlo pero la hoja se dobló, ni tan siquiera lo hirió. Es sumamente extraño señor, la sangre que sale de sus heridas se seca completamente en ellas, las sellas y luego desaparecen como si nunca hubieran existido.

George se había tumbado en el asiento más cercano mientras Carl hablaba, su rostro se había desfigurado por la incertidumbre, no podía dar crédito a lo que estaba oyendo.

—¿Donde está ahora?

—En el sótano señor, lo hemos encadenado fuertemente, hoy en la tarde rompió una de las cadenas como si hubiera sido una fina hebra de hilo. Nos ayuda el hecho de que no sabe cómo usar su fuerza, no está consciente de cuan fuerte es, además que ha perdido sangre y me imagino que eso lo ha debilitado un poco.

—Asegúrate de que no pueda escapar, sino podemos matarlo morirá solo de hambre y de sed.

—Sí señor.

Carl dio media vuelta y se marchó, George quedó solo, aun sonaban en su mente las palabras del hombre "no se muere", no podía creerlo, lo que tanto había temido se había hecho realidad. Quedó sumido en sus pensamientos durante un largo tiempo, pensando en mil maneras de deshacerse del monstruo. Ya entrada la noche acudió a ver su hija; Marie estaba tirada en una esquina de la habitación con la vista perdida.

—¿Marie?— La mujer reaccionó al oír su nombre, levantó la mirada y sus ojos se fijaron en su padre.

—¿Dónde está? ¿Quiero verlo? —George se acercó a su hija y le acaricio las mejillas dulcemente.

—Ya todo acabo, la pesadilla termino hija mía, ya no sufrirás más por él.

Los ojos de la mujer se fueron abriendo a medida que su padre pronunciaba las últimas palabras, parecían que se le iban a salir de las órbitas, se llevó las manos a la cabeza con gesto de desesperación, cerró los puños y comenzó a golpear fuertemente a su padre.

–No, no– Sus palabras se ahogaron en la garganta agarró fuertemente las solapas del traje de su padre, las lágrimas brotaron como un torrente y la histeria nuevamente se apoderó de ella. George necesitó de la ayuda de Eva para poder contener a Marie; sus gritos de dolor se oían por toda la casa. Estaba amaneciendo cuando se quedó dormida gracias a un té de hierbas que la anciana le suministró.

Los días fueron pasando, Marie no se recuperó después de esa noche, no volvió a pronunciar palabra alguna, permanecía en la cama, sin moverse y con la vista perdida. Los pocos alimentos que comía le eran suministrados casi a la fuerza por Eva. Habían pasado casi tres semanas desde el fatídico día, los hombres de George continuaban vigilando el sótano, pero nadie se atrevía a entrar a él. El anciano recorría el patio todos los días, se paraba frente a la puerta pero tampoco se atrevía a entrar, se preguntaba si había muerto de verdad. En medio de la incertidumbre decidió esperar algunos días más.

–No hay nadie que pueda sobrevivir tantos días sin comer y sin tomar agua.– le comento a Carl– Esperemos una semana más y después ya podremos deshacernos del cadáver. La puerta continuaba cerrada, los hombres vigilaban a corta distancia, habían sido testigos de la sangrienta escena y se encontraban mas aterrorizados que su señor. George entro en la casa, en el amplio pasillo se encontró con Eva que salía de la habitación de Marie.

–¿Como amaneció mi hija hoy?

–Igual señor, no reacciona, y no creo que se vaya a recuperar. No tiene deseos de vivir, prácticamente no come; apenas puedo obligarla a que pruebe bocado. No ha vuelto a pronunciar una sola palabra. Solo en las noches cuando logra dormirse menciona su nombre.

–El tiempo todo lo cura Eva. Ella es fuerte y tengo fe en que pronto saldrá adelante.

Eva negó con la cabeza y se marchó, los días seguían pasando y George no se decidía a abrir la puerta del sótano, confiaba de que ya todo habría acabado cuando se decidiera a entrar, sin embargo la inquietud de Carl no lo dejaba tranquilo, el anciano se ponía cada vez más nervioso con el paso de los días.

–¿Por qué estas tan nervioso Carl?

–Señor, creo que ya es hora de ver que fue de él

–¿No creo que eso sea lo que te tiene tan nervioso, Carl?

–No señor, verá, ha pasado más de un mes y él estaba muy mal herido, perdió mucha sangre; aun cuando las heridas se sellaron, noté que estaba muy débil. Estaba sobre un gran charco de sangre cuando cerramos la puerta, es muy difícil que una persona normal sobreviva, no solo a las heridas sino también a la falta de alimentos y agua. ¡Si en realidad hubiera muerto el mal olor estuviera esparcido por todo el patio señor! ¿Comprende ahora porque me encuentro así?

–¿Quieres decir que piensas que este con vida?

–Sí señor, los hombres también están muy inquietos, ellos fueron testigos de lo que ocurrió en el sótano. La incertidumbre los está poniendo ansiosos, creo que ya es hora de ver que es lo que está pasando allá abajo.

Mientras hablaba, Carl apretaba fuertemente el sombrero

que se había quitado por respeto a su señor, tenía la vista fija en el suelo esperando la decisión de George.

–Tienes razón Carl, vamos abrir esa puerta a ver qué sucedió, yo bajaré contigo y que dios nos ayude en nuestros propósitos.

Carl asintió con la cabeza y se adentró en el oscuro corredor rumbo al patio seguido por su señor. El sótano de la mansión se encontraba en el patio trasero de la casa, se llegaba a él por un pasillo cuya entrada estaba en el fondo. Después de recorrer el angosto pasillo ambos hombres llegaron a la escalera que se encontraba cerrada con una enorme puerta de hierro. Apenas había luz, se dificultaba mucho ver dentro de aquellas paredes. Carl tiró del cerrojo y abrió la ancha puerta, bajaron las escaleras llegando a otra puerta un poco más estrecha que la anterior; las manos del hombre titubearon en el cerrojo y con ojos aterrorizados miró a su señor. Había muy poco de aire en la habitación, el hombre aspiró una gran bocanada de aire mezclado con el humo que desprendía la pequeña antorcha que llevaba en la mano, no había el menor rastro del mal olor que se suponía debería reinar en el sótano.

George asintió con la cabeza había comprendido la interrogante en los ojos de su sirviente, Carl tiró del cerrojo y abrió la puerta, con pasos silenciosos entró en la oscura habitación, ni un solo rayo de luz se filtraba por la puerta, solo iluminada por la tenue luz de la antorcha. En el fondo se divisaba una sombra cercana a la pared. Carl entró muy despacio, solo se sentía el sonido de sus temblorosas pisadas, su señor no lo seguía se había quedado en la entrada. La sombra parecía inmóvil, cuando estuvo lo suficientemente cerca de él acercó su mano y rápidamente la alejo; dos diminutas luces resplandecieron en la oscuridad, dos profundos ojos azules se fijaron en él. Un frio temblor recorrió su cuerpo que quedó petrificado de espanto.

–¿Que quiere?

La voz retumbó en el lóbrego recinto, algo apagada pero con fuerza; Carl enmudeció, tenía los pies pegados al piso quería salir corriendo de aquel lugar pero su cuerpo no respondía, los ojos de William brillaban en la oscuridad fijos en él aplastándolo con todo el poder de su mirada.

–¿Pensó que estaba muerto, verdad? Ha venido a comprobarlo.

George se adelantó unos pasos y entonces William cambió la mirada fijando sus ojos en él.

–¿Como esta mi madre?

–¿No lo entiendo?– El anciano no podía dar crédito a lo que estaba viendo con sus propios ojos– No es posible que estés vivo aun, ha pasado más de un mes.

–Lamento decepcionarlo. ¿Cómo esta mi madre?

–Marie está bien, confió que con el tiempo se recuperara y se olvidara de ti.

Una chispa brillo en la oscuridad, los ojos de William relampaguearon de rabia exponiendo su blanca dentadura y sus grandes colmillos, un horrible sonido se apoderó de la habitación, era un gruñido de desesperación y dolor. Ambos hombres retrocedieron asustados pero William no se movió ni un centímetro; segundos más tardes sus ojos volvieron a cerrarse.

–¿Que le hizo?

–Nada, solo le dije que habías muerto, era lo mejor. El tiempo lo cura todo; se le pasara, y de esa manera podrá retomar su vida anterior y olvidar los años que perdió a tu lado.

–¿Si eso le hace bien?

Un suspiro escapó del pecho del joven, durante la conversación Carl prendió otra lámpara que tomó de la pared iluminando un poco más la habitación. William estaba tirado en el suelo tenia encadenados los pies y los puños, la blanca camisa estaba destrozada y aun se podían ver las manchas de sangre ya secas en los harapos que vestía. Los pantalones estaban completamente rotos, su rostro estaba mucho mas pálido de lo habitual, su piel se había tornado morada y podían verse las venas a través de ella.

–¿Como lo haces? ¿Que eres en realidad?

–No lo sé– Su voz fue ahora un susurro apagado– Desearía conocer la respuesta y desearía también acabar con esta agonía.

George fijó la mirada en su nieto, a pesar del pálido semblante el joven se veía bien físicamente, parecía llevar mucho tiempo en esa posición, las cadenas no le permitían moverse mucho. Carl extendió un poco más el brazo con la antorcha encendida y fue entonces cuando descubrió los cuerpos sin vida de varias ratas en el fondo de la oscura habitación. Se acercó más al lugar y miro detenidamente, los cuerpos estaban secos tirados a poca distancia del joven, tomó uno de ellos y el terror se apoderó de él.

–¿Te has alimentado con la sangre de estos animales? –George fijó su vista en Carl y luego en el joven con horror, William volvió su rostro al hombre y sus ojos azules volvieron a relampaguear en la oscuridad.

–No sé qué paso, solo sé que vienen a mí con tan solo

mirarlas. Si; he bebido su sangre, no sabe bien pero me calma la sed y el ardor de mi garganta.

–Eres un monstruo, no me equivoque contigo.

–Así es abuelo, tiene razón, no sé lo que soy.

El joven cerró nuevamente los ojos y volvió a quedar inmóvil, no se escuchaba el latido de su corazón ni su respiración. George y Carl salieron rápidamente del sótano no sin antes asegurar aun más las cadenas del joven y cerrar fuertemente los cerrojos de ambas puertas.

–Ni una palabra de esto a nadie. No quiero que les digas a tus hombres lo que vimos allá abajo.

–¿Que va a hacer señor?

–No lo sé, ya veré que se me ocurre.

El anciano dio media vuelta y entró en la casa al pasar por la habitación de Marie abrió la puerta para mirar en su interior, nada había cambiado, el cuadro era el mismo su hija continuaba sin vida tirada sobre la cama con la vista perdida y sin moverse. Eva estaba a su lado como siempre tratando de traerla a la vida leyéndole un libro. George cerró la puerta y se dirigió a su despacho.

Los días pasaban y en su mente solo podía pensar en el cuadro que había visto en el oscuro sótano, se hallaba sin saber qué hacer, estaba claro que no tenía como acabar con el joven y que el día que tanto había temido había llegado, le preocupaba la suerte de su familia.

Era muy temprano en la mañana y se encontraba en su despacho cuando Eva le anuncio que un joven lo esperaba en el salón.

–¿Te dijo quien era? No espero visita alguna.

–No señor, pero me dijo que era sumamente importante; que necesitaba hablar con usted. Mencionó algo relacionado con una criatura que le molesta.

George miró fijamente a la mujer, solo había una criatura capaz de molestarlo.

–Hazlo pasar Eva.

El recién llegado era un joven de unos treinta años, alto, robusto, de negros cabellos rizados que le caían por los hombros. Sus ojos castaños tenían un tenue matiz rojizo cerca de las pupilas y un brillo muy peculiar. Su piel era blanca como la nieve y unas sombras moradas se extendían debajo de los pómulos. Aun así era apuesto y se movía ágil, con gracia y elegancia. Lucia una chaqueta de piel negra de corte largo que llevaba abierta dejando ver la blanca camisa pegada a su cuerpo que hacia lucir los fuertes músculos de su pecho. George miró despectivamente al recién llegado, estaba claro que no le gustaba recibir visitas inesperadas y mucho menos de desconocidos.

–¿Como lo puedo ayudar señor?-Su pregunta fue cortante. Una amplia sonrisa resplandeció en el rostro del recién llegado.

–En realidad es usted quien necesita mi ayuda.

–No le entiendo, déjese de rodeos. No dispongo de mucho tiempo joven.

–Mi nombre es Robert Kingston y estoy aquí porque sé que tiene en su poder algo de lo que quiere deshacerse y no puede. Yo solo quiero ayudar, eso es todo.

–No sé de qué habla.

–Hace unos días oí a uno de sus hombres hablando en la taberna, lo que dijo hubiera parecido normal y carente de significado a los oídos de cualquiera, pero no para mí. Estuve haciendo ciertas investigaciones y sé que tuvo un nieto que aparentemente murió al poco tiempo de nacer; que consultó a varios médicos por ciertas cosas que veía en él y que lo tenían consternado.

George miró al desconocido con rabia, esa historia había quedado guardada hacía muchos años

—Señor, yo no sé a qué se refiere, efectivamente tuve un nieto que murió casi al nacer; no entiendo a que viene todo eso ahora.

—Su nieto no ha muerto, está vivo aquí en su casa y usted le tiene miedo. Miedo de lo que pueda llegar a pasar, si se convirtiera en el monstruo que es. Si se diera cuenta de cuan fuerte es y de sus necesidades.

George alzó las cejas y sus ojos se fijaron en el recién llegado, había algo en él que no podía descifrar, pero que lo instaba a hablar y a confiar en él.

—¿Cómo puede saber usted todo eso?

—Ya le dije; hay detalles que se escapan a quienes desconocen, pero no a mí. Yo sé cómo ayudarlo, se mucho sobre esas criaturas; no es la primera vez que me las encuentro y créame puedo ayudarlo.

—¿Sabe como matarlo?

—Digamos que sí. Solo contésteme algo; ¿ha matado a alguien de su familia?

— No, nunca le ha hecho daño a nadie. Pero es un peligro para todos en esta casa, una criatura del demonio.

—¿Pero es su sangre?

—Usted no entiende, una criatura así no merece vivir.

Los ojos del desconocido centellaron de ira, un temblor recorrió su cuerpo pero fue capaz de controlar la rabia en tan solo unos segundos.

—Creo que tiene razón, ahora por favor si me permite verlo.

George asintió con la cabeza y le hizo un ademán a Robert instándolo a seguirle; este último le lanzo una sonrisa de afirmación al anciano. Caminaron juntos por el ancho corredor, en el trayecto pasaron por la habitación de Marie justo en el momento en el que Eva abría la puerta para salir con una bandeja de comida intacta.

—¿Como esta mi hija, Eva?

—Igual señor, sigue sin reaccionar.

Por la puerta entreabierta Robert divisó la figura sin vida de la mujer tirada en la cama. Eva cerró la puerta y se alejó por el corredor, George se volvió al joven para explicarle.

—Mi hija aun no entiende mis razones, pero tengo esperanzas de que con el tiempo pueda volver a darse cuenta de la realidad y los motivos que tuve para separarla de esa criatura.

—Debe ser duro para una madre darse cuenta de que su hijo no es normal.

—Ella lo adora, durante años ha querido a esa cosa que llama hijo y lo ha tratado de proteger con su vida.

— ¿Y ahora porque esta así?

—Le dije que había muerto, es lo mejor.

El destello en los ojos de Robert fue mucho más intenso esta vez tuvo que desviar la mirada para que el hombre no se diera cuenta. Al pronunciar las últimas palabras ya habían llegado al gran patio interior. Carl estaba ahí con uno de sus hombres, ambos se quitaron los sombreros en señal de respeto a su señor.

—¡Carl!

—¡Señor!— Contestó el hombre bajando la mirada en señal de respeto para luego examinar al recién llegado.

—El es Robert y ha venido a ayudarnos con nuestro problema, ¿puedes indicarle el camino?

—Si señor— Carl le mostró el camino hacia el sótano al joven con la mano, Robert lo siguió silenciosamente por el oscuro pasillo apenas iluminado por un par de antorchas, al llegar al final de las escaleras Carl tiro del cerrojo y abrió la puerta, se quedo parado en la entrada, no tenía intenciones de entrar en la oscura habitación. Robert lo examinó por unos segundos, la vista del hombre estaba fija en la sombra que se divisaba al otro lado de la habitación. El joven siguió la mirada de Carl y descubrió la sombra, solo que él podía ver con más claridad; sus ojos se fijaron en William que yacía inmóvil tirado en el piso húmedo. Carl le tendió la pequeña antorcha que tenía en la mano, Robert la tomó y camino hacia el interior, pudo sentir la puerta cerrarse a sus espaldas, colocó la antorcha en el piso y continúo acercándose al joven. Este tenía los ojos cerrados y parecía no haberse dado cuenta de la tenue luz y mucho menos de la presencia del desconocido visitante.

Robert le acercó la mano para tocarlo, el frio contacto de su piel al rozar el hombro de William hizo que este último abriera los ojos. La mirada de ambos se encontraron y los azules ojos de William se fijaron en los del recién llegado y en el tenue color rojizo de sus pupilas.

—¿Quién es usted?

—Alguien que como tu es diferente a todos los demás que nos rodean; y estoy aquí para ayudarte.

—No lo entiendo, qué interés puede usted tener en mí, no me conoce— William se movió un poco en su lugar con mucha dificultad hasta quedar frente a Robert, pues las gruesas cadenas no le permitían moverse mucho. Robert tomó en sus manos la cadena que se encontraba alrededor del cuello del joven, tiró con ambas manos, y esta se rompió fácilmente liberando así el cuello de William permitiéndole un poco de movimiento.

−¿Como lo hizo?

−De la misma manera en que puedes hacerlo tú si te lo propones, eres fuerte.

William abrió enormemente los ojos

−Te voy a sacar de aquí, estas muy débil pero debes hacer lo que te diga− Sacó de su enorme saco un pequeño frasco de cristal− Debes bebértelo, te hará bien y podrás dormir así podre sacarte de aquí.

William se encontraba muy débil habían sido demasiadas semanas, ni el mismo sabia como había logrado sobrevivir, tenia los labios resecos y agrietados sin embargo no sentía hambre ni sed solo una terrible debilidad, apenas se había movido en las últimas semanas, sus músculos estaban engarrotados y rígidos por la falta de movimiento. Robert abrió el frasco y el dulce olor de la sangre se esparció por la habitación, los ojos del joven se tornaron negros y con las pocas fuerzas que le quedaban arrebató el frasco de las manos de Robert. El líquido calmó un poco la resequedad de su garganta, lo sintió dulce y refrescante, por unos momentos sintió que le regresaban las fuerzas, volvió sus ojos al desconocido.

−No sé quién es usted, pero al parecer es mi única esperanza.

−Así es; en el mundo en que vivimos yo soy tu salvación.

−No tengo ningún mundo, ni siquiera tengo una vida.

−Si la tienes; siempre la has tenido y a partir de ahora comenzaras a vivirla. Te lo prometo.

William comenzó a sentir pesados sus parpados, Robert lo miraba fijamente, había una chispa de compasión en sus ojos.

–Duerme, cuando despiertes ya estarás lejos de aquí.

Poco a poco la voz de Robert se fue tornando lejana a los oídos de William. Una nube cubrió su mente y se dejo llevar, abandonándose así a un diluvio de paz y tranquilidad. Los brazos del joven cayeron sin fuerza y su cuerpo se desplomó en el suelo. Robert había logrado lo que se proponía, salió del sótano rápidamente con pasos firmes dejando la puerta abierta a su espalda.

George caminaba de un lado a otro, impaciente, Carl se encontraba cerca de la puerta apretando fuertemente su viejo sombrero. Ambos se volvieron hacia el joven cuando este apareció por la ancha puerta.

–¿Lo vio?– Había ansiedad en la voz del anciano.

–Creo que su nieto ya no volverá a molestarlo.

George enarcó las cejas; había ahora incertidumbre en su mirada. Robert estudió su rostro con detenimiento sin decir una palabra. El anciano espero unos segundos y ante la falta de palabras por parte del joven se atrevió a preguntar:

–¿Que quiere decir?

–Todo ha terminado, su nieto ya no existe. Solo le pido que me dé el cadáver, necesito hacerlo desaparecer para evitar males mayores.– Robert no dejó de mirar a George y pudo notar el miedo en sus claros ojos al oír las últimas palabras.

–No sé a qué se refiere, y en realidad no deseo saber.

–Sus hombres pueden entrar y confirmar lo que le acabo de decir, volveré en unos minutos, daré la vuelta por el callejón del fondo, solo así podre llevarme el cadáver sin levantar sospechas.

Robert desapareció en el interior de la casa, George hizo una señal a Carl y este se adentro en el sótano con pasos inseguros; unos minutos más tardes reaparecería en el patio con el frasco vacio en sus manos.

–Está muerto señor, esto fue todo lo que encontré en el suelo.– Le entendió la pequeña botella a su amo; este la tomo y la examinó detenidamente llevándosela a la nariz.

–¿Sangre?

–Sí señor, sangre humana, solo que huelo algo diferente.

–¿Como a qué?

–No lo sé señor, pero sea lo que sea esta vez cumplió su propósito. ¿Qué haremos con el cuerpo?

–¿No lo oíste? El se hará cargo, es mejor así. No quiero tener más complicaciones. Podre dormir tranquilo hoy por primera vez en muchos años.

Robert regresó al cabo de un rato, ayudado por algunos de los hombres de George sacaron el pesado cuerpo del sótano colocándolo en el carruaje situado en el patio.

–Bueno señor, ha sido un placer servirlo.

–¿Cuanto desea por su trabajo?

–Es una misión mía, tómelo como una obra de caridad, librar a las personas como usted y su familia de demonios como ese es mi objetivo en la vida. Ya me lo pagará algún día. –George estrechó la mano del joven, se estremeció al sentir la fría piel, un escalofrió recorrió su cuerpo, levantó los ojos y los fijó en el joven. Robert le hizo un gentil gesto, casi una reverencia y se despidió de él marchándose por la puerta trasera. George hizo un ademán con la mano y Carl cerró la puerta tan pronto Robert cruzó el umbral, habían terminado para él años de agonía, más de doce años habían pasado desde el nacimiento de William. Doce años de incertidumbre habían concluido para él. Se adentro en el pasillo en dirección al cuarto de su hija, Marie estaba tirada en la cama sin dar señales de vida, se acercó a ella y le acaricio el rostro con dulzura, pero esta no reaccionó. –Estarás bien hija, te lo aseguro, el tiempo será tu mejor aliado– George besó a su hija en las mejillas y luego se marchó.

***

DESPERTAR

Una suave luz se filtraba por la ventana, le costó trabajo abrir los ojos, había demasiada luz para él en esa habitación. Con cuidado trato de moverse, el recuerdo de sus ataduras prevalecía en su mente; no tardó en darse cuenta que tenía las manos y los pies libres, pero sus músculos aun se encontraban rígidos. Se sentía bien, descansado; terminó de abrir los ojos y se encontró en una clara habitación de color blanco, la luz provenía de una gran ventana con finas cortinas del mismo color que se movían al compás de la brisa que entraba por la ventana abierta de par en par.

Era la primera vez que veía tanta luz a su alrededor, sus ojos azules se fijaron en los rayos del sol que chocaban contra los mosaicos del piso. La cama era blanda y suave, hacía tiempo que no dormía en una cama, con cuidado se levantó, sus pasos eran inseguros cuando se encaminó hacia la luz, sus manos temblaban cuando tocó la fina tela de la cortina; al abrirla la luz se hizo más intensa, tuvo que cerrar los ojos por unos segundos.

Una amplia pradera se alzaba delante de él, había demasiado verde a su alrededor, el cielo era de un azul infinito y las nubes de una blancura asombrosa. El sol se alzaba en el centro del cielo iluminando todo a su alrededor. Era la primera vez que veía el exterior, todo era demasiado bello, muchas veces había soñado con ese momento; cuantas veces había hojeado las viejas y gastadas páginas de un libro de su madre viendo los paisajes, imaginándoselos; pero esto era mucho más hermoso, quiso llorar de la emoción pero las lagrimas no brotaron de sus ojos solo fue una extraña sensación de emoción que le lleno el pecho como si fuera a reventar de felicidad.

Todo era nuevo para él, cada detalle por insignificante que fuera, examinó cada rayo de sol, cada color que sus ojos fueran capaces de distinguir. Fue entonces cuando se dio cuenta que no sabía dónde se encontraba, buscó en sus recuerdos lo último que había visto y solo encontró unos profundos y oscuros ojos pardos con un extraño matiz rojizo.

Miró sus ropas y comprendió que se encontraba limpio, llevaba una camisa de un blanco inmaculado, la habitación era sencilla, amplia pero muy limpia. La gran cama de oscura madera hacia juego con un escritorio ubicado en una de las esquinas. Las sábanas, las cortinas eran del mismo blanco de su camisa. Todo en esa habitación era paz y armonía.

Con pasos firmes se dirigió a la gran puerta, sus manos temblorosas tiraron de la manija, por un momento pensó que se encontraba cerrada; era demasiado para el ver la ventana abierta quizás encontrarse con la puerta cerrada hubiera sido algo muy natural; pero esta se abrió sin esfuerzo. Al abrirla descubrió un amplio pasillo lleno de ventanas, había tanta luz como en su habitación, el corredor daba a un gran salón igual de iluminado con una gran mesa de madera oscura en el centro, servida con toda clases de alimentos. Justo en el centro una gran jarra de plata curiosamente labrada llena de agua fresca y cristalina, su mente registro el hecho de que hacía mucho no bebía agua y una sed insoportable se apoderó de él, sintió su boca reseca y se abalanzó sobre la mesa.

El frio líquido corrió refrescante por su garganta, aliviando el ardor; habían pasado semanas desde la última vez que había comido en compañía de su madre. El agua refresco su garganta, pero la sensación de alivio duro apenas unos segundos. Sintió un gran dolor en el estomago y el liquido que le había refrescado regresó por su garganta convertido en una bola de fuego, no pudo contenerse y tuvo que vomitar todo lo que había ingerido.

–¿No siempre el agua calma la sed?

Una voz a sus espaldas lo hizo volverse, Robert se encontraba en el umbral de la puerta, llevaba el cabello recogido y había dejado a un lado su chaqueta de piel dejando su pecho al descubierto, el color rojizo de sus ojos era aun más intenso hoy que la última vez que lo había visto.

–¿Cómo te sientes?

–Mejor. Gracias

–Tienes mejor cara hoy, que ayer. –Una sonrisa irónica resplandeció en el rostro del joven dejando al descubierto una perfecta y blanca dentadura.

–¿Quién es usted?

–Me llamo Robert Kingston.

–Debo agradecerle que me haya sacado de ese horrible lugar, aunque le confieso que no recuerdo nada de lo que sucedió. ¿Como lo hizo?

–Te dormiste profundamente. Fue fácil hacerle creer a tu abuelo que te había envenenado.

–¿Como lo logro?, no logré dormir ni un solo momento dentro de aquel sótano todo el tiempo que estuve en el.

–William, tu cuerpo cambio ahí adentro.– Los ojos de Robert se fijaron en el joven.– Piensa tan solo un poco en todo lo que pasó, las cosas que te hicieron y empezaras a encontrar las respuestas.

–Hay muchas cosas que no entiendo, se suponía que debía haber muerto desde el primer día, aun recuerdo el dolor de la daga perforando mi piel una y otra vez; el dolor fue insoportable, pensé que moriría, y que con la muerte llegaría el alivio a tanto sufrimiento. Pero no fue así, el dolor continúo aun muchos días después, no supe cuando terminó; pero algo en mí ya no era igual.

–Tienes razón, muchas cosas en ti cambiaron. Vi las ratas; ¿qué paso con ellas?

–Cuando todos se fueron y me quede solo, el olor de la sangre se me hizo más intenso e insoportable, las ratas no tardaron en aparecer, no pude soportarlo, sentía sus corazones; había algo en mí que las atraía y el latido de sus corazones repiqueteaba en mi cabeza como el sonar de mil campanas a la vez.

–¿No tienes hambre?

–No, sentí sed pero no pude tomar agua. No creo que pueda comer nada.

–William, tu al igual que yo eres diferente a los demás. Quizás hayas escuchado toda tu vida las palabras monstruo o demonio, pero no necesariamente esas definiciones se aplican a nosotros. Hay personas consideradas normales mucho más malignas y peligrosas, como por ejemplo tu abuelo. Quizás aun no lo hayas comprendido, o no quieras darte cuenta, pero si sobreviviste todo ese tiempo en ese sótano fue gracias a la sangre de esas ratas. Jamás volverás a alimentarte de comida.

–¿Por qué?

–Por la simple razón de que estas muerto.

–No puede ser, estoy aquí con usted. ¿Acaso usted también está muerto?

–Así es. La vida humana se esfumó de nuestros cuerpos, tu eres un poco diferente a mí, pero al final somos iguales. Nos encontramos en un punto intermedio entre la vida y la muerte.

–¿Que me hace a mi diferente a usted?

–Tú naciste siendo así, eres un poco más humano que yo si quieres verlo de ese modo. Ellos acabaron con tu vida humana pero no pudieron terminar con tu existencia. Hubieras podido vivir muchos años como un humano normal, alimentándote, bebiendo. Pero no fue así, ellos decidieron convertirte en otra cosa.

–¿Qué puedo hacer ahora?

–Estás débil, necesitas reponer tus fuerzas.

–Como puedo hacerlo.

–Muy fácil, creo que es hora de irnos de cacería.

–¿Cacería?

–Así es, vamos, te va a gustar cazar, cuando descubras lo fascinante que es te encantara. Necesitas darle movilidad a tus músculos.

William enarcó una ceja y asintió, acto seguido Robert se deslizó por la ventana y desapareció, el joven intentó seguirlo con movimientos torpes y aterrizó del otro lado, fuera de la casa sus pies se fijaron firmemente en el suelo, pensó que perdería el equilibrio pero no fue así. Se levanto buscando a Robert con la mirada, ya estaba oscureciendo y el sol comenzaba a ponerse en el horizonte. El espectáculo que se alzaba ante sus ojos era fascinante, si durante el día había disfrutado infinitamente del paisaje, la noche era igual de bella. Se detuvo a observar el atardecer; los rayos del sol parecían incendiar la pradera dando paso a la oscuridad. La luna brillaba ya redonda en lo alto y un sin números de estrellas relucían en la negra cúpula del cielo. Descubrió el cuerpo desnudo del joven sobre un árbol, su blanca piel resplandecía bajo la luz de la luna.

–¡William!– Robert gritó y el eco de su voz recorrió todo el bosque-Corre, te hará bien. Necesitas liberar tus músculos– Con un brazo el joven le hizo un gesto para que lo siguiera y segundos más tarde desapareció. William respiró profundo, el aire puro de la noche lleno sus pulmones hasta el tope y salió corriendo, sus pies respondieron a sus pensamientos, una sensación de euforia se apoderó de él, era como si hubiera nacido para eso. Tantos años reprimiendo sus deseos y ahora por primera vez podía dejarlos salir al exterior, fue sumamente excitante era como tocar el cielo con las manos. Sin saber cómo siguió el olor que había dejado Robert a su paso mezclado con todos los aromas del bosque. Se detuvo cerca de un pequeño riachuelo que salía de unas rocas en la ladera de las montañas que desembocaba en un cristalino lago. La figura blanca de Robert nadaba relajadamente, al ver a William salió de un solo salto.

–¿Seguiste mi aroma?

–No sé como lo hago.

—Es tu instinto natural, al igual que los animales tenemos instintos muy desarrollados, el olfato, el oído son más fuertes en nosotros que en un humano común. La noche es hermosa, si sigues por ese sendero podrás satisfacer tus necesidades.

—¿Que hay ahí?

—¿Por qué no vas y lo averiguas tu solo? No tienes que pensar solo concéntrate. Deja que tus sentidos fluyan otra vez, no tienes de que preocuparte.

William cerró los ojos, percibió el aroma de las flores, los arboles y todo tipo de fragancia que había a su alrededor, fue entonces cuando sintió un olor mas fuerte unido a un repiqueteo intenso, unos pequeños ruidos, un retumbar de corazones que comenzó a enloquecerlo, le recordó el sótano, las ratas y la sed se apoderó de él. Silenciosamente se aproximó al lugar, sus pasos eran firmes y cautelosos, había una pequeña manada de ciervos bebiendo en el arroyo, sus movimientos fueron tan agiles que apenas lo vieron venir. Se precipitó hacia ellos, en solo segundos había acabado con él más grande de la manada, tiró su cuerpo seco y corrió rápidamente en busca de los otros.

El cuerpo sin vida de un quinto ciervo salió disparado por los aires chocando contra un árbol, un gruñido ensordecedor retumbó por los aires. Dejó que su furia fluyera por primera vez dentro de él, se abalanzó hacia unos árboles cercanos que arrancó con furia desde sus raíces. Se sintió fuerte y muy bien; como nunca antes se había sentido. Fue entonces cuando vio su figura en las aguas del lago, el color rojizo de su cabello resplandecía bajo la luz de la luna, su rostro era irreconocible, las venas le sobresalían por toda la cara; sus ojos azules casi se le salían de las orbitas, rodeados de unos enormes círculos rojos y de su blanca dentadura sobresalían unos enormes colmillos. Su mente registró entonces todo lo que había hecho, había acabado con la vida de esos animales, se había alimentado de su sangre, se dejo caer en la tierra húmeda, y comprendió que su abuelo tenía razón, había visto el monstruo que era; un demonio bebedor de sangre. La figura de su madre le vino a la mente, tantos años de sacrificio habían sido en vano, el no era humano, ella se había aferrado a una ilusión, a una mentira. El era un demonio como su abuelo le había dicho una y otra vez a lo largo de los años. Cerro con fuerza los ojos y deseo morir, pero esa idea se desvaneció enseguida, todavía recordaba el dolor del acero cuando traspaso su cuerpo y la sangre brotando de sus heridas para después sellarse en ellas a los pocos segundos. No supo cuanto tiempo transcurrió, cuando levanto la mirada descubrió a Robert que lo observaba sentado sobre unas rocas.

–No está nada mal para ser el primer día. ¿Cómo te sientes?

–Bien, aun no me ha dicho quien es usted en realidad.

–Como tú sufrí en carne propia los prejuicios de los que nos rodean, yo tampoco escogí esta vida, vivía en Rumania en una pequeña aldea, mi padre trabajaba la tierra y yo lo ayudaba, además de vender la cosecha. Tenía 25 años, soñaba con tener una familia y muchos hijos, mi madre murió cuando yo nací, siempre fuimos mi padre y yo solamente. Una noche regresaba a mi casa después de vender la cosecha en el mercado, había oscurecido, no acostumbraba a quedarme hasta tan tarde pero había decidido comprar unas telas que llevaría de regalo a una joven de la aldea, su belleza me había cautivado, sus verdes ojos eran como unas esmeraldas, su nombre era Lucinda. Había decidido proponerle matrimonio. Ella me había aceptado hacia un tiempo atrás y solo necesitaba la aprobación de su familia. No tenía mucho pero mi padre contaba con un pequeño terreno y una casa modesta, era todo lo que necesitaba para ser feliz. Hacia una noche maravillosa, la luna resplandecía y alumbraba todo el sendero, fue entonces cuando la vi por primera vez. Era la mujer más hermosa que hubiera visto jamás, sus negros cabellos resplandecían bajo la luna, su piel era de un blanco inverosímil pero sus ojos eran de un carmesí horripilante, no supe como paso perdí el conocimiento, cuando volví en si me encontraba en una celda encadenado. El dolor era tan grande que no podía soportarlo, me retorcía y vomitaba sin parar una sangre de color negro, la agonía duro casi una semana pero la sed incontrolable que sentí después fue peor y era insoportable. Ella apareció, soltó mis ataduras y sin pensarlo me abalancé hacia la habitación más cercana, solo seguí mis instintos, el dolor guiaba mis pasos; no era capaz de pensar y mucho menos de razonar que era lo que me había pasado. Mi víctima se encontraba encadenada, no me importo en lo absoluto, su sangre fue lo más apetecible que hubiera probado jamás.

William se había acercado a Robert con cautela escuchando la historia, observaba el rostro perfecto de su salvador, al mismo tiempo que miraba en la profundidad de sus ojos rojizos.

—Esa fue mi primera víctima, no supe quien era, ni como se llamaba. Elizabeth no se separaba de mí. Me enseñó muchas cosas, me sentía preso en su gran palacio, extrañaba a mi padre y sobre todo a Lucinda. Elizabeth odiaba a los humanos, pero yo no podía odiarlos pues había sido unos de ellos. Ella al igual que tu nació siendo de esa manera, cuando por fin me decidí a escapar fui en busca de mi padre y de la mujer que amaba; sin darme cuenta que habían transcurrido años desde mi desaparición. Cuando encontré la aldea mi padre ya había fallecido y Lucinda se había casado y tenía hijos, cuando los vi a ella y a su esposo junto a sus hijos vi el futuro que me habían arrebatado y la furia se apodero de mi. Hui desesperadamente y sin rumbo, Elizabeth me encontró nuevamente, viví con ella un tiempo pero después me marche, no pude seguir a su lado, eran demasiadas muertes. Me dedique a vagar sin rumbo sin un propósito determinado. Se reconocer cuando hay criaturas semejantes a mi cerca, los hay buenos y malos.

—¿Y tú? ¿Dentro de que grupo te encuentras?

—Creo que en un punto intermedio, como lo que soy. No estoy muerto, pero tampoco vivo. No soy bueno, pero creo que tampoco me encuentro entre los malos. Vivo entre los humanos sin ningún problema, pero cuando veo injusticias no soy capaz de contenerme.

—¿Te alimentas de humanos?

—Es mi naturaleza, al igual que la tuya. Los humanos cazan animales para alimentarse, nosotros también. Ellos comen su carne, nosotros bebemos su sangre. ¿Cuál es la diferencia?

—¿Estamos hablando de personas?

—Hay personas que no merecen ser considerados humanos, ya que son peor que la bestia más fiera del bosque.

—Eso no cambia las cosas. Eres un asesino, has matado.

Los ojos de Robert centellaron en la oscuridad

—Hay quienes no merecen vivir. Y en cuanto a ti, vas a necesitar de todo tu autocontrol a partir de ahora, la sangre humana es mucho más deliciosa que la animal créeme. Si eres lo suficientemente fuerte para resistir la tentación entonces quizás puedas considerarte diferente a mí. Pero si llegas a probar la sangre humana alguna vez, entonces no podrás renunciar a ella jamás.

—No quiero ser un asesino, no lo seré jamás. Me considero un monstruo con lo que acabo de hacer.

—El amor que sientes por tu madre hace que sientas remordimientos, pero pasara te lo aseguro.

—Quiero ver a mi madre.

—Tu madre no se encuentra bien.

—Mi abuelo le dijo que había muerto.

—Así es, y no se ha recuperado desde entonces. Es peligroso que vayas.

—¿Por qué?

—No estoy seguro que puedas controlarte, tu rabia y tus fuerzas superan tu sentido común.

—No vas a detenerme, mi madre está enferma y no voy a dejar que se siga consumiendo por la pena. No voy a perderla

—La perderás con el tiempo, ella morirá y tú vivirás para siempre.

—No voy a dejar que muera de sufrimiento

Había decisión en los ojos de William, Robert se levanto tomando su chaqueta para ocultar su cuerpo desnudo.

—Regresemos a la casa, ahí hablaremos, te prometo que buscaremos la forma de liberar a tu madre.

La carrera de vuelta no fue tan fascinante, casi amanecía

cuando llegaron a la enorme casa de unos cuantos años de antigüedad. Ambos entraron por una de las ventanas de un solo salto. En el patio interior un hombre de edad madura le daba de comer a dos hermosos corceles, Robert se calzo unos pantalones y se dirigió a él.

–Buenos días Henry.

–Buenos días señores.

–Vamos a salir, prepara la carreta y los caballos, iremos a la ciudad hoy. Tú nos acompañaras.

–Enseguida señor.

El anciano desapareció en las caballerizas, cuando Robert se volvió William se encontraba parado a cierta distancia.

–¿Que sucedes?

–¿Quién es él?

–No te preocupes, Henry y su esposa Margaret viven conmigo desde hace mucho. Ellos saben quién soy.

–¿Cómo puedes contenerte?

–Ya te dije, puedo vivir entre los humanos sin ningún tipo de problemas; y a ti ¿cómo te fue?

–Bien, pude sentir su corazón, pero solo eso no sentí deseos de nada.

– Muy bien.

Robert se adentro en el corredor y William lo siguió silenciosamente, la esposa de Henry surgió desde la cocina y se aproximo a los jóvenes.

–Buenos días Margaret.

–He puesto ropa limpia en su habitación, también en la habitación del joven.

–William ella es Margaret.

–Mucho gusto Margaret.

–El gusto es mío joven, si necesita algo no dude en

llamarme

–Gracias Margaret.

La anciana desapareció entre las grandes puertas que daban al interior

–¿Nadie te conoce en la ciudad?

–No, jamás salí de las habitaciones que mi abuelo dedico para mí.

–¿Y tu familia?

–No conozco a nadie, con excepción de mi abuelo.

–Perfecto, entonces no será necesario que te escondas, claro siempre que seas capaz de controlarte, vas a estar rodeado de humanos. Y el olor de la sangre será muy tentador para ti.

–Estaré bien, no me llama la atención; te lo aseguro.

***

LONDRES

Una fina llovizna cubría el cielo de la ciudad, el día era gris aunque el sol brillaba muy tenuemente entre las nubes. Un negro carruaje cruzo las calles cerca de la casa de George Redwood. La esbelta figura de Robert descendió de él, había sustituido su chaqueta de piel por un fino traje color gris claro, William apareció del otro lado vestido elegantemente.

–¿Qué piensas hacer? ¿No pensaras entrar nuevamente a la casa?

–Por ahora no. ¿Vez esa taberna en la esquina?

–Si

–Allí encontré a uno de los hombres de tu abuelo la vez anterior, creo tener un plan.

Ambos jóvenes entraron en la taberna, Robert miro a su alrededor y como había imaginado se encontró con un hombre de edad madura recostado a una de las paredes tomándose una jarra de cerveza. Lentamente se acerco a él, su paso era lento pero muy elegante.

–Buenos días– Robert saludó cordialmente al hombre con una amplia sonrisa-¿Se acuerda mí?

–¿Señor?-El hombre fijo su mirada en el joven, sobre todo en sus ojos de color rojizo– ¿Para qué soy bueno?

–Quería agradecerle la información que me brindó el otro día

–No tiene nada que agradecer, el gusto fue mío. Yo también quería salir de esa pesadilla.

William enarcó una ceja, pero se quedo en silencio detrás de Robert.

–¿Usted le tenía miedo?

–Solo se las cosas que le oí decir a los otros, jamás entre en ese sótano.

–Necesito un nuevo favor.

El hombre miro nuevamente al desconocido, recorriendo con su vista el fino traje.

–¿Que quiere?

–Quizás los de la casa piensan que ya el peligro paso, pero realmente no es así; aun queda la madre.

–¿La señora Marie?-El anciano miro sorprendido a su interlocutor-Esa mujer jamás le ha hecho daño a nadie, hace años que no se le ve.

–Ahora que su padre la ha liberado de esa criatura, pudiera volver a casarse y engendrar una criatura igual o peor que la primera.

La expresión del hombre fue cambiando a medida que Robert hablaba, su rostro fue de la incredulidad al horror. William fijo sus ojos en su salvador, estaba hablando de su madre y la rabia comenzó a apoderarse de él nuevamente como había pasado en la pradera, un temblor comenzó a recorrer su cuerpo y apretó fuertemente los puños, pero la fría mano de Robert lo hizo volver en sí. Abrió los ojos y encontró la firme mirada de su salvador, miro fijamente en sus pupilas rojizas y escucho la voz del joven en su mente.

–Tranquilízate, solo estoy haciendo lo que me pediste. Déjame actuar a mi manera y muy pronto podrás reunirte con tu madre.

Fueron tan solos unos segundos, la voz de Robert se dejo de oír en su mente, cuando reacciono pudo oír nuevamente la voz del anciano.

–¿Usted sabe lo que me pide?

–Solo necesito que me dé información, nada más. Quiero saber las vías de entrada y salida lo demás será asunto mío. Sera muy bien recompensado.– Robert saco de su chaqueta una pequeña bolsa satinada y la lanzo en la mesa delante del hombre.

–¿Le hará daño?

–Usted no tendrá nada que ver con eso, se lo prometo. Piense que con sus acciones le está haciendo un gran favor a su señor.

William miraba asombrado a Robert estaba a punto de interrumpir la conversación, pero la fría mano del joven continuaba apretando fuertemente su muñeca y las palabras de este continuaban haciéndose eco en su mente.

–La señora Marie no ha tenido marido en los últimos doce años y por lo que me han dicho lleva casi dos meses que no sale de su habitación, dicen que ha quedado como muerta cuando la separaron de esa criatura.

–Creo que no ha prestado suficiente atención a todo lo

que pasa en esa casa. He oído decir que hay un duque amigo del señor Reedwood que pronto lo visitara. Un antiguo amigo de la familia y pretendiente de Marie. Su señor piensa comprometer a su hija en matrimonio nuevamente.

–Eso no es posible.

–No tengo porque mentirle.

El hombre miro nuevamente a Robert, bebió de un solo trago la cerveza que le quedaba en la jarra, su mirada se desvió a las monedas que relucían encima de la mesa, levanto nuevamente la vista y reparo en la figura de William por primera vez.

–¿Quien es su amigo?

–Es mi sobrino, me acompaña en algunas ocasiones, y a veces se encarga de ciertos trabajos.

–¿Como cuáles?-El hombre continuaba con la vista fija en William

–Como estos. Tengo ciertos escrúpulos cuando trato con mujeres. Mi sobrino no, así que le reservo esa parte.

–El señor Reedwood se molestara.

–Tu señor no sabrá nada y tú te podrás quedar con el dinero.

–Está bien– Tomo la pequeña bolsa de satín metió las monedas en ella y se las coloco en su cinturón.– Hay una entrada en el fondo por donde usted saco el cadáver el otro día; antes estaba bien vigilada pero ya nadie vigila el portón que se queda abierto casi todas las noches. Por ahí puedes llegar al patio que se comunica con el amplio corredor que da a la habitación de la señora Marie. Su nana se queda con ella casi todas las noches, pero eso ya será problema suyo. Eva es una vieja arpía; así que nadie lamentara su ausencia.

–Gracias por la información.– Robert sonrió gentilmente y le dio la espalda dirigiéndose a la puerta, William le lanzo una última mirada al anciano; en sus ojos había una extraña mezcla de repugnancia y odio. El hombre también lo miro y se sintió aplastado por toda la fuerza que emanaba de los profundos ojos azules del joven, obligándolo a desviar la mirada al suelo. Se dio la vuelta y con agiles paso siguió a Robert que ya se encontraba en el exterior de la taberna.

–¿Qué piensas hacer?

–Esta noche sacaremos a tu madre, conocía perfectamente el camino pero quería comprobar si aun se encontraba vigilado, eres fuerte pero aun no estás listo para enfrentarte a nadie.

–¿Qué piensas hacer con Eva?

–Esa parte la decides tú, pues yo no pienso entrar en la habitación de tu madre.

–¿No te entiendo?

–Tengo una cuenta pendiente con tu abuelo, yo iré directamente a su encuentro, tu ve en busca de tu madre.

–¿Pero no se qué hacer?

–Sigue tu instinto, como lo hiciste durante la cacería. ¿Qué imagen tienes de Eva?

–Es la nana de mi madre, siempre ha estado con ella. Pero se puso de parte de mi abuelo cuando yo nací, mi madre le temía. Nunca tuve ninguna relación con ella, casi ni me miraba y cuando lo hacía veía odio en sus ojos. Ella también creía que yo era una maldición en la vida de mi madre.

–Eva te cree muerto, esta noche cuando te vea creerá que eres un fantasma y tú deberás aprovechar la situación y hacer honor de todo aquello que ellos han creído ver en ti. Eso bastara para callarla y al final solo será una loca más que alucina con vampiros y demonios.

–Hablas tan fríamente.

–Solo que escojas beber su sangre y matarla, tienes esa opción. Te confieso que la sangre humana sabe mucho mejor que la de los animales.

–Jamás matare a nadie– Robert estudio minuciosamente a William, una sensación de horror estremeció el rostro del joven al hablar.

–Entonces limítate a hacer lo que te digo, aprovecha las armas que la vida te ha dado a tu favor. Piensa que con el simple hecho de demostrar quién eres realmente puedes salvar la vida de tu madre.

William cambio la mirada y relajo la postura, Robert tenía razón estaba dispuesto a hacer cualquier cosa por su madre; sentía enormes deseos de verla nunca habían estado tanto tiempo separados. Se moría por decirle que estaba vivo, sabía que era la única forma de traerla a la vida nuevamente.

Ya casi había oscurecido cuando llegaron al carruaje donde se encontraba Henry esperándolos.

–Henry vete a las afueras de la ciudad, espera a William y a su madre. Cuando estos hayan llegado no esperes por mí salgan directo para la casa.

–Sí señor.

El carruaje se deslizo silenciosamente por los oscuros callejones, desapareciendo a los pocos minutos en la penumbra.

–¿No vienes con nosotros?

–Me reuniré con ustedes después, no quiero que te demores más de lo necesario cuando hayas sacado a tu madre.

–¿No sé cómo hacerlo?

–Eres fuerte ya te lo dije, cárgala, podrás deslizarte con ella sin ningún problema. Pero recuerda debes ser rápido. Busca en el aire y encontraras el aroma de Henry, síguelo y podrás reunirte con el enseguida. Comprende que no debo arriesgar su vida, él y Margaret son solo humanos pero son la única familia que tengo.

–Te entiendo, estaré bien.

–Lo sé; ahora vamos.

Eran pasadas las nueve de la noche cuando ambos jóvenes se deslizaron por la pared del fondo de la gran mansión. El portón estaba cerrado pero no era un obstáculo; Robert dio un gran salto y llego a lo alto del muro, le hizo una señal a William con la mano y este imito sus movimientos sorprendiéndose de lo fácil que le había salido el salto. Ya en lo alto un salto mas y ya estaban en el interior del patio. No se veía a nadie en el patio trasero, todo estaba en silencio y en calma, la puerta trasera de la mansión estaba abierta y se veía una luz proveniente del interior. Ambos jóvenes entraron silenciosamente por el amplio corredor, la luz provenía del amplio salón, la habitación de Mary estaba cerrada pero se podía ver una tenue luz por debajo de la puerta.

–Ocúpate de sacar a tu madre, yo le hare una pequeña visita a tu abuelo

–¿Que vas a hacer?

–No te preocupes, te garantizo que tengo un poco mas de humanidad que él, aun siendo un vampiro.

Los ojos de Robert brillaron en la oscuridad era la primera vez que mencionaba la palabra vampiro refiriéndose a su persona. William lo detuvo tomándolo por el brazo. Robert se soltó de la mano del joven fácilmente y se encamino hacia el amplio salón. El joven suspiro y empujo suavemente la puerta sin hacer ruido. Eva estaba sentada en una silla cerca a la cama de Marie quien yacía sin vida sobre su lecho, sus ojos estaban fijos en la pared, una lágrima corría por sus mejillas y su respiración era apenas perceptible. Unas enormes ojeras se vislumbraban debajo de sus ojos, su rostro estaba carente de todo tipo de emoción. Una fuerte oleada de dolor estremeció el cuerpo del joven y la rabia volvió a apoderarse de él.

Al levantar la mirada diviso una vela en el fondo de la habitación, soplo levemente y una brisa suave y helada cruzo la habitación apagando la vela. Eva se estremeció al quedar a oscuras, se movió lentamente hacia la ventana y la encontró cerrada, se levanto muy despacio y encendió la vela, la fría brisa volvió a circular por la habitación apagándola nuevamente.

–No te muevas– fue solo un susurro, pero de forma muy autoritaria, la anciana quedo atada al piso, se volvió hacia donde provenía la voz y descubrió una sombra parada en la puerta a tan solo unos pasos de ella, sus miembros temblaban mientras la sombra se le acercaba más y más; el grito quedo atorado en su garganta cuando sintió el roce de una mano helada en su cuello; dos terroríficos y brillantes ojos la miraban amenazadoramente, la poca luz proveniente del amplio pasillo se reflejaba en unos perfectos y blancos colmillos apenas unos centímetros de su rostro. No sintió nada mas su cuerpo se desplomo perdiendo totalmente el sentido. William coloco a la anciana desmayada en su silla y se volvió hacia su madre.

–Madre-su voz fue apenas un susurro pero lleno de

emoción, Marie levanto la cabeza como si una corriente eléctrica le hubiera devuelto la vida, sus manos buscaron en la oscuridad hasta encontrar el rostro tan conocido, solo se oyó un profundo gemido cuando William beso sus manos que le sostenían el rostro.

–¿William?

–Si madre soy yo.

–¿Eres tú?– Sus manos no dejaban de recorrerle el rostro– ¿No estoy soñando?

–No madre, no. He venido por ti, tenemos que darnos prisa. Por favor, ¿vendrás conmigo?

–Sí, no puedo vivir sin ti mi amor.– Había desesperación en la voz de Marie-¿Donde vamos?

–Confía en mi madre; no hables pronto estaremos fuera de aquí.

Los fuertes brazos de William levantaron a Marie, con mucho cuidado y sin hacer ruido se deslizo por el pasillo hasta llegar al patio trasero. La luna le ilumino el rostro y pudo ver los ojos llorosos de su madre; le sonrió gentilmente y la apretó fuertemente para que no se lastimara en la huida. Llego al muro, calculo la distancia y de un solo salto llego a la cima para después saltar a la calle del fondo. Robert estaba en lo cierto el peculiar aroma de Henry aun estaba en el aire, silenciosamente se precipito por los callejones más oscuros por donde había pasado el anciano en la tarde. En apenas unos minutos se encontró fuera de la ciudad y pudo divisar el carruaje a la salida.

Cuidadosamente coloco a Marie en su interior y se sentó a su lado, el carruaje inicio una suave marcha, perdiéndose dentro en un camino oculto entre los árboles.

***

MONSTRUO O DEMONIO

Mientras William trataba de salvar a su madre, Robert se adentro en el oscuro pasillo hacia el interior de la mansión, la casa se encontraba vacía, la servidumbre al parecer se había retirado a descansar, el amplio salón que daba al despacho de George Redwood estaba totalmente oscuro solo una tenue luz se divisaba bajo la puerta proveniente del despacho. George se encontraba solo, después de la supuesta muerte de su nieto el anciano había decidido enfocarse más en sus negocios. La conversación que había tenido Robert con el sirviente del anciano en la taberna no había sido producto de su imaginación, en realidad George albergaba la esperanza de volver a casar a Marie y había encontrado en un antiguo conocido la oportunidad ideal. Después de quedarse con la gran fortuna de su hija, un nuevo matrimonio era la manera perfecta de aumentar su capital.

La luz del despacho provenía de una gran lámpara sujeta al techo, más de veinte velas pendían de ella iluminando toda la habitación, una fría brisa proveniente de la puerta apago algunas de ellas, el anciano levanto la mirada observo a su alrededor buscando el origen de la brisa pero todas las ventanas estaban cerradas, la brisa volvió a soplar apagando casi la totalidad de las velas, dejando la habitación casi en la penumbra, George se levanto silenciosamente tomando una vela de la mesa, salió al salón y no encontró a nadie; miro a su alrededor y con cuidado se dirigió a la gran ventana del salón, la examino con cuidado, estaba cerrada. Se volvió hacia el corredor y lanzo una última mirada al salón, no había nadie se froto la frente tratando de despejar su mente, suspiro y se encamino de regreso al despacho encendiendo nuevamente las velas e iluminando la habitación y se volvió hacia su mesa. Sintió el corazón pararse de un salto y empezar a latir nuevamente desbocado del susto, ahí sentado en su silla descubrió a Robert el mismo joven que hacía apenas dos días los había liberado de la más terrible de sus pesadillas, ¿cómo entró?; ¿cómo pudo entrar a su despacho sin ser visto? Tardó más de cinco minutos en recuperarse del susto, sin apartar su vista del desconocido camino despacio hacia él, sus pasos eran cautelosos y había miedo en ellos. Robert se encontraba sentado en su silla, las piernas colgaban hacia un costado de esta y su vista estaba fija en el anciano.

−¿Como entro en mi casa?− George intento parecer enfadado pero sus palabras sonaron temblorosas, había miedo en ellas.

Robert no contesto, sus ojos seguían fijos en el anciano, una sonrisa broto de sus labios llena de cinismo. El anciano contemplo al joven esperando una respuesta, los minutos parecían interminables, unos pasos más y ya estaba cerca del joven con cuidado tomo una fina daga de una esquina de la gran mesa. La sonrisa en los labios de Robert se hizo más grande.

−¿En realidad piensa hacer algo con esa daga?

−Le he hecho una pregunta; ¿qué hace usted en mi casa? La daga temblaba en las gruesas manos del anciano, Robert se levanto despacio de su asiento y camino hacia el otro lado de la habitación examinando el amplio librero lleno de libros.

−Me pregunto si entre tantos libros no tendrá usted

alguna biblia– Examinó el librero cuidadosamente una y otra vez leyendo todos los títulos y tomando algunos de ellos, para luego devolverlos a su sitio.

–Usted no ha contestado mi pregunta– Robert se volvió hacia el anciano, sus extraños ojos se fijaron en él, y camino suavemente en su dirección sin dejar de sonreír.

–He venido por mi pago.

–¿Por qué ahora? Y no cuando se lo ofrecí.

–Ahora es el momento ideal, ahora deseo ser recompensado por mi trabajo. Creo que es justo.

–¿Como entro?

–Ha bajado la guardia, le aseguro que este mundo está lleno de monstruos y demonios, su nieto no era el único. Sus hombres se encuentran muy tranquilos durmiendo sin preocuparse de usted.

–Si es dinero lo que quiere, dígame cuanto quiere de una vez.– George se dirigió hacia un enorme mueble colocado en una esquina tomo una fina llave de oro de su saco y lo abrió sacando una gran bolsa de satín repleta de monedas.

–No necesito dinero– Robert sonrió nuevamente, sus pasos se encaminaban hacia el anciano– El dinero no es todo en esta vida, hay cosas mucho mas importantes en ella que muchas veces ni tan siquiera sabemos que existen.

–¿Que quiere entonces?

–¿Cree realmente que su nieto merecía morir?

–¿No lo entiendo?

–Pensó en algún momento a lo largo de doce años que condenaba su hija al sufrimiento y al dolor.

–No entiendo que quiere, le aseguro que usted no es nadie para opinar sobre mi familia y las decisiones que tomo y tomare por el bien de esta.

–¿Familia?– Los ojos de Robert eran amenazantes, el tenue matiz rojo en ellos los hacía escalofriantes, el anciano agarro fuertemente la daga, tratando en vano de frenar los pasos del joven, su mano temblaba.– Me tiene miedo, puedo sentirlo, en estos momentos piensa como enterrar su daga en mi pecho, quiere hacerlo pero su mano tiembla, usted no es más que un cobarde.– Fueron apenas unos segundos, sintió el frio roce de las manos de Robert en las suyas, no supo como ocurrió, la daga se encontraba ahora dentro del pecho del joven y las fuertes manos de este apretaban fuertemente las suyas enterrando aun más la daga en su pecho frio, justo donde debía estar su corazón. Espantado se soltó de las manos del joven apretando su cuerpo contra la pared más cercana en un gesto desesperado; sus ojos parecían salirse de sus parpados, el horror se apodero de él. Robert continuaba sonriendo con la mirada fija en el aterrado anciano, acaricio la daga suavemente, la sangre comenzó a brotar de su pecho, de un solo golpe saco el fino puñal, el liquido rojo mancho la blanca camisa, la herida era de apenas unos centímetros. Robert cerro sus ojos sin dejar de sonreír, respiro profundamente, la herida se cerró en solo segundos, era como si nunca hubiera existido, solo quedaba la mancha en la camisa, único testigo de lo ocurrido.

–¿Usted es igual que él? No lo mato, usted me engaño.– Había desesperación en la voz del anciano. Robert abrió los ojos, estos eran rojos como la sangre en su camisa, el rostro de George estaba reflejado en ellos.

–Así es, usted cree que yo soy un monstruo, pero no hay diferencia alguna entre usted y yo, los humanos a veces son los verdaderos demonios, nosotros, somos tan solo criaturas inocentes al lado de personas como usted.

–¿Que quiere de mi?

–Aun no lo adivina. – El rostro de Robert era ahora amenazador, sus ojos rojos eran como un espejo que reflejaban todo el miedo y el terror que emanaba del rostro del anciano, grandes gotas de sudor corrían por la frente de George. Dos enormes y blancos colmillos era lo único que su mente podía registrar. El frio se apodero de su cuerpo y sintió que la vida se le iba de entre las manos, el dolor era insoportable, su mente y su cuerpo no pudieron resistir mucho más tiempo y una gran nube negra se apodero de él; no pudo sentir nada más; el dolor lo venció

***

SECRETOS

El sol comenzaba a salir en el horizonte, encendiendo la pradera, iluminándola con su luz infinita, el amanecer era aun más hermoso, sus ojos se perdieron en la inmensidad del verde de los arboles, la fina brisa inundaba la habitación haciendo volar las blancas cortinas, acaricio la suave tela, la textura era suave al tacto, cerró los ojos y respiro profundamente; el aire limpio fluyo libre y sin obstáculo dentro de su cuerpo. William había pasado toda la noche vigilando el sueño de su madre, Marie se había resistido a cerrar los ojos, luchando por mantenerse despierta gran parte del viaje, pero el cansancio había ganado la batalla. Henry conocía bien el camino de regreso y habían logrado llegar mucho antes del amanecer. William tomo a su madre en sus brazos y la llevo a la habitación que había sido destinada para él.

La luz del sol se filtraba por la gran ventana iluminando toda la habitación cuando Marie abrió los ojos, su mirada encontró rápidamente a su hijo quien la observaba fijamente, una amplia sonrisa ilumino su rostro. Hacía mucho tiempo que no la veía sonreír, no de esa manera, su rostro era toda felicidad, William se acerco a ella y le acaricio el rostro.

–¿Como dormiste?

Marie sonrió nuevamente, tomo las manos de su hijo y las beso con ternura.

–Hacía mucho tiempo que no dormía tan profundamente.

–Se puede decir que hace años que no dormías tan tranquila como anoche, no es la primera vez que te observo cuando duermes y te garantizo que anoche fue diferente.

–¿William, que paso contigo? Tu abuelo me dijo que habías muerto.

–Después hablaremos sobre eso, tenemos tiempo no hay prisa.

–Estoy tan contenta, la idea de no volver a verte me estaba matando, el pensar que te había perdido fue horroroso.

–No te atormentes mas, no vale la pena.– Unos suaves golpes en la puerta interrumpieron la conversación.– Adelante.

Margaret entro en la habitación llevando una gran jarra de plata en sus manos.

–Buenos días joven.

–Buenos días Margaret.

–Disculpe mi atrevimiento, pero deseo saber si su madre quiere tomar un baño caliente para quitarse el polvo del camino, anoche llego muy cansada.

–Gracias Margaret, madre ella es Margaret.

–Mucho gusto señora– la anciana hizo una gentil reverencia en señal de respeto.– Estoy a sus servicios.

–El gusto es mío Margaret, muchas gracias.

–Madre será mejor que me retire, así podrás asearte, nos veremos dentro de un rato, no te preocupes.

Marie beso nuevamente las manos de su hijo, William beso su frente y salió de la habitación, el amplio corredor se encontraba totalmente iluminado, paso por el comedor vacio, la mesa estaba puesta, era como si siempre esperaran visita. Sus pasos se dirigieron hacia el exterior, en las caballerizas se encontró al anciano alimentando a los caballos.

–Henry– el hombre se volvió hacia él bajando la mirada.– ¿Donde está Robert?

–El joven aun no ha regresado.

–¿No le preocupa?

–El joven sabe cuidarse, muchas veces tarda días en regresar.

–El camino de regreso es largo.

–El joven Robert es veloz como el más veloz de los corceles.

William se acerco al anciano, había dos hermosos caballos dentro de la caballeriza, uno era blanco como la nieve y el otro negro como la noche, acerco su mano a los animales, solo los había visto ante en pinturas era la primera vez que podía tocarlos, el corcel negro relincho al sentir el roce de la mano del joven, William retiro su mano.

–No tenga miedo joven, ellos saben reconocer el peligro, le aseguro.

–Entonces podrán reconocer el peligro que yo represento

para ellos.

—Al joven Robert le encanta cabalgar, son criaturas inteligentes se lo aseguro. Si ellos sintieran el peligro cerca ya estuvieran muy agitados.

William confió en las palabras del anciano y acerco nuevamente su mano, el caballo se le acerco dejándose acariciar, una gran sonrisa apareció en el rostro del joven, quien se acerco mucho más para tocarlo con ambas manos.

—Henry, ¿cuánto haces que conoces a Robert?

—Hace mucho señor, mi esposa y yo solo tuvimos un solo hijo que nació enfermo. Teníamos muy pocos recursos, trabajaba la tierra mientras ella lo cuidaba; un día nos echaron al camino despojándonos de todo. Murió a los pocos días; semanas después el joven Robert nos encontró vagando sin rumbo, tan solo esperando a que la muerte nos llevara con ella. Apenas pudimos enterrar a nuestro hijo en un lado del camino; con mis propias manos cabe su tumba. Margaret no se recuperaba de la perdida, encontrar al joven fue traerla a la vida nuevamente.

—Lo siento mucho Henry.

—Me alegro que haya podido encontrar a su madre, el corcel negro es un poco rebelde pero su trote es suave, puede montarlo cuando lo desee.

El anciano levanto la mirada al cielo examinando las nubes, que comenzaban a ocultar el sol.

—Habrá tormenta hoy, iré asegurar las puertas, con su permiso.

William quedo solo en el patio, acaricio nuevamente al animal y se encamino hacia la casa nuevamente, la ausencia de Robert comenzaba a inquietarlo, en el medio del corredor se encontró con Marie y fue a su encuentro.

–¡Madre!

–William, estaba buscándote.

–¿Cómo te sientes?

–Mejor hijo, creo que tenemos que hablar. ¿Quien vive aquí?

–Su nombre es Robert Kingston y ya comienza a preocuparme.

–¿Por qué razón?

–Salimos ayer juntos, y no quiso regresar con nosotros me aseguro que estaría de regreso pronto y aun no tengo razón de él. Henry anuncia una tormenta y en realidad no se qué hacer.

–¿Fue él quien te salvo?

–Así es madre, apenas lo conozco pero creo que le debemos mucho.

–Claro mi amor.

William se detuvo a observar a su madre, Marie llevaba puesto un vestido color verde claro, sus negros cabellos caían en abundantes rizos ordenados cuidadosamente, sus verdes ojos casi del mismo color del vestido brillaban de una manera diferente. Era la primera vez que la veía tan arreglada, tampoco había visto sus ojos brillar de esa manera.

–Madre, luces muy diferente. Ayer parecía que la muerte se había apoderado de ti.

–Ayer pensaba que te había perdido– Marie sonrió, al ver la expresión de su hijo– Hoy todo es diferente.

–Madre, muchas cosas han pasado desde el día en que nos separaron.

–Estas aquí, vivo y eso es lo único que me importa– Acaricio el rostro de su hijo sin dejar de sonreír.

–Y tu enfermedad, tu salud. No hemos hablado de eso

–Mi enfermedad está curada, con tan solo verte. Este lugar es maravilloso, hay tanta luz.

–Así es, todo está abierto todo el tiempo. Me resulta extraño, llevo muy poco tiempo aquí pero siento como si perteneciera a este lugar.

–Cuanto lamento la vida que te toco vivir hijo.

–No es tu culpa.– William beso gentilmente la mano de su madre– Daré una vuelta por los alrededores, veré si Henry necesita ayuda y si Robert ya regreso.

–Claro hijo, te esperare aquí.

–No salgas, si es verdad que viene una tormenta no es conveniente que estés afuera.

El joven dio la espalda a su madre y se perdió en el amplio corredor en dirección al patio, pudo sentir el aroma de Henry cerca de las caballerizas pero ni rastro de su salvador. Examino el cielo; el anciano tenía razón la tormenta era evidente; las nubes ya habían cubierto el sol y pudo sentir los truenos en lo más profundo del bosque. Dio una vuelta más bordeando la casa, los animales también buscaban refugio entre lo arboles sintió unos ciervos cerca pero la tentación no fue más fuerte que la preocupación que sentía en ese momento. Regreso enseguida al interior de la casa para ayudar a Henry a cerrar el amplio portón y asegurar las demás puertas; Margaret se encontraba en el comedor sirviendo la mesa para el almuerzo, Marie caminaba de un lado a otro aguardando por su hijo.

–La comida ya está servida señora.

–Gracias Margaret, ¿William no tienes hambre?

El joven miro hacia la mesa y trato de ignorar la repulsión que sintió en ese momento en su interior, debía guardar las apariencias delante de su madre.

–Te acompaño, no tengo hambre pero tú deberías comer algo.

La tomo de la mano y la ayudo a sentarse en la silla, dio la vuelta y se sentó del otro lado. Sintió un ruido afuera y unos minutos más tardes Robert aparecía en el salón. La chaqueta de cuero negra estaba mojada por la lluvia y sus cabellos estaban empapados. Margaret no tardo en aparecer con una blanca toalla en las manos, se la ofreció al joven quien se quito la chaqueta para poder secarse mejor.

–Gracias Margaret.

–La comida ya está servida señor.

–A buena hora estoy hambriento.

Robert se acerco a la mesa con paso sereno, al ver a Marie le hizo una reverencia y tomo su mano con suavidad– Señora, es un placer tenerla en esta su casa– Sus ojos se fijaron en la mujer, le beso la mano y se sentó en la mesa justo en el medio de William y su madre.

–Estaba preocupado por tu demora.– William miro fijamente a Robert mientras este tomaba la servilleta de la mesa para colocarla en sus piernas.

–No había razón para que te preocuparas, te dije que nos veríamos a aquí, me complace ver que lograste sacar a tu madre.

–Eva se desmayo al verme, fue muy fácil.

–Me alegro, estuve dando vueltas por la ciudad hoy en la mañana y todo está tranquilo, al parecer tu familia no quiere hacer público nada de lo sucedido.

–Quiero agradecerle lo que hizo por mi hijo.– Marie interrumpió la conversación de ambos jóvenes sin dejar de observar al recién llegado.

–No tiene nada que agradecer, siempre tengo dificultades enfrentando las injusticias, no sé cómo controlarme– Robert lanzo una sonrisa a Marie y luego fijo la mirada en William– Buen provecho.– Tomo con una mano uno de los cuchillos que Margaret había puesto sobre la mesa, corto un gran pedazo de carne de cordero y lo puso en su plato para luego llevarse un trozo a la boca. William se quedo mirándolo con detenimiento el solo hecho de verlo masticar la carne le dio un fuerte dolor de estomago, no sabía cómo lo hacía. El recuerdo del agua retrocediendo por su garganta como acido todavía lo tenía presente en su mente. El matiz rojo en los ojos de Robert era un poco más fuerte hoy, y eso le hizo recordar que la última vez que lo había visto el día anterior iba en busca de su abuelo. Tendría que preguntarle después pues no se atrevía a hacerlo delante de su madre.

Marie por su parte no dejaba de observar al joven, había algo en el que le era familiar, esa mirada la había visto antes estaba segura.

–¿Puedo preguntarle algo?

Robert levanto la mirada para encontrarse con los verdes ojos de Marie.– Todo lo que quiera, será un placer.

–Creo conocerlo.– William se volvió hacia su madre esperando a que esta continuara.– Llevo rato observándolo y sé que lo he visto antes. Hace muchos años, viví un tiempo con mi esposo en una villa a las afueras de la ciudad.

–Veo que tiene buena memoria; así es, nos vimos solo una noche hace más de doce años. Aun recuerdo el consejo que le di aquella noche, lamento mucho que no me lo haya tomado en serio.

William miro fijamente a su madre. – ¿Que significa esto, ustedes se conocen de antes?

–Fue solo una vez, creo que nunca te conté de los pocos meses que viví al lado de tu padre.

–Nunca has mencionado ni su nombre.

Marie tomo la mano de su hijo, y lo miro con ternura.– No tienes que fingir por mí en cuanto a la comida, y usted no es necesario que se esfuerce tanto.

–¿Madre?

–Tu abuelo en realidad no tuvo necesidad de buscar mucho cuando decidió casarme, Lord Palmer era bien conocido por ser un solitario, casi no se relacionaba con nadie en la ciudad; pero tu abuelo llevaba bien la cuenta de sus finanzas por eso no le importo comprometerme con él. Lo vi tan solo un par de veces antes de la boda, cuando me mude a vivir con el todo fue completamente diferente, no sé cómo pero poco a poco fue descubriendo las cosas que realmente me importaban y puso todo su afán en hacer mi vida más placentera. Me enseño a montar y me regalo el más hermoso de los corceles. Salíamos todas las tardes a montar hasta el oscurecer. Mi padre decía que estaba enfermo y que moriría en poco tiempo, pero con el pasar de los días fui descubriendo que el Lord Palmer que todos conocían no era el mismo que vivía a mi lado. Al principio le tenía miedo, pero poco a poco se fue ganando mi cariño y respeto, nunca me forzó a nada, pero con los días comprendí que había algo raro en el. Nunca comió en mi presencia, se limitaba a acompañarme a la hora de comer, conversamos y luego se iba a sus habitaciones. Mi padre decía que estaba enfermo por la palidez de su piel, pero estaba equivocado. Un día salió solo a caballo yo había decidido ir a visitar a mi hermana en la ciudad, cuando regrese en la noche el aun no había vuelto, pasaron varios días sin saber de él, la noche en que regreso había algo en su rostro que me dio miedo, los ojos eran rojos como la misma sangre. Esa fue la única vez que estuvimos juntos, era otra persona completamente diferente a la que yo conocía. Días después descubrí que estaba embarazada, tuve mucho miedo en ese momento de contárselo pensé que podía disponer de algunos días para poder hablar con él, pero no fue así; su comportamiento continuo siendo muy extraño casi errático, se iba casi todas las noches y cuando regresaba se encerraba en su habitación sin querer ver a nadie. La última vez que lo vi fue cuando usted nos visito.

Robert espero que Marie terminara su relato, mientras observaba el rostro de William que no dejaba de mirarla.

—Conocí a su esposo algunos años antes de su boda, teníamos una amiga en común, Elizabeth; yo desaparecí por un tiempo y cuando regrese descubrí que ambos se habían distanciados. Elizabeth es algo especial y un poco posesiva; Palmer era un buen hombre lamentablemente para él la enfermedad se apodero de su cuerpo siendo aun joven y cuando la desesperación es tu compañera por mucho tiempo no te permite pensar correctamente la mayoría de las ocasiones. Estaba desesperado por salvar su vida así que decidió venderle su alma al diablo

—¿Elizabeth lo convirtió?— la pregunta salió de los labios de William sin dejar de mirar a Robert.

—Así es, al poco tiempo comprendió lo que ella era realmente y como yo sé marcho, ella lo encontró poco tiempo después de su matrimonio, lo sedujo para que volviera a beber sangre humana, es por eso que su conducta era errática. Cuando sabes cómo controlarte debidamente alimentándote solo con sangre animal puedes llegar a tener una vida casi normal y puedes convivir con los humanos sin problemas. La sangre humana te vuelve fuerte y poderoso y te hace perder la razón en ocasiones, eso fue lo que le paso la noche que estuvieron juntos. Al otro día cuando se dio cuenta de lo ocurrido se marcho pues no sabía cómo corregir su error.

–¿Usted sabe que fue de él?– Había curiosidad en el rostro de Marie– Esa noche desapareció, para no volver, los días pasaban y estaba desesperada al ver que mi vientre crecía y no tenía noticias de él. Cuando mi padre se entero fue a buscarme y cuando vio que él no regresaba invento la historia de su muerte para así poder quedarse con su fortuna.

–Palmer tuvo miedo que Elizabeth regresara por ti, por eso decidió irse.

–Siempre pensé que mi padre había muerto.

–Tu abuelo cubrió bien la historia, y después de varios años termine por creer que era verdad. ¿Usted lo ha vuelto a ver?– Marie no dejaba de mirar a Robert

–Me lo encontré hace un par de años en Francia. Todavía seguía huyendo de Elizabeth, pero le aseguro algo; nunca ha dejado de pensar en usted. Nunca supo que usted quedo embarazada y mucho menos que tiene un hijo. A lo mejor si se hubiera ido aquella noche, no hubiera pasado tantos años encerrada.

–Tuve mucho miedo, y desde luego todos estos años solo han servido para arrepentirme por no haber hecho bien las cosas.

–No se preocupe, ahora todo está arreglado.

–Nuevamente le doy las gracias.

–Ha sido un placer servirle.

Hubo silencio por algunos minutos, Marie no dejaba de observar a Robert y William por su parte después de haberse enterado de la verdadera historia sobre su origen se había hundido en sus pensamientos. Siempre había sido una incógnita para él su nacimiento, solo unos instantes fueron suficientes para darse cuenta que su madre lo seguiría amando aun después de enterarse realmente de la criatura miserable que era, comprender que tenía un padre que existía en algún lugar del mundo y que por lo poco que había escuchado no parecía ser un mal hombre le devolvía la esperanza. La voz de Robert lo hizo volverse y dejar sus pensamientos a un lado.

–¿William me dijo que usted está enferma?

–Es algo pasajero, estaré bien.

–¿Si me permite puedo ayudarla?

–¿Qué piensa hacer?– la voz de William era ahora ruda y cargada de desconfianza

–Despacio amigo, no pienso hacerle daño, no crees que es hora de que comiences a tenerme un poco de confianza.

William desvió su mirada hacia su madre, Marie sonrió y le tomo la mano apretándola cariñosamente.– Todo va a estar bien mi amor.

–Tienes razón, es irracional de mi parte no tenerte confianza después de todo lo que has hecho por nosotros sin conocernos.

–Es natural, no te culpo– Robert le sonrió al joven– ¿Qué te parece una pequeña cacería? Tu madre está segura aquí con Margaret y Henry.

William busco en la mirada de su madre su aprobación.– Ve hijo, yo estoy bien hacia años que no me sentía así de bien.

–Regresaremos pronto.

Ambos hombres se levantaron de la mesa y salieron del salón, la tormenta aun no había pasado del todo, Robert se quito la camisa tan pronto estuvo fuera de la casa.

–¿Aun está lloviendo mucho?– William examino el cielo todo oscuro solo iluminado por la luz de algún relámpago.

–¿Le tienes miedo a la lluvia?

–No, es solo que creo que todos los animales deben estar escondidos por la tormenta.

–Solo está lloviendo en el prado, la tormenta va pasando ya y la lluvia no es tan intensa.

–No me has dicho nada sobre mi abuelo, ¿qué pasó con él?

–¿Tan preocupado estas por él?

– Aunque nos haya hecho daño a mi madre y a mí; es mi sangre y estoy seguro que mi madre se disgustaría mucho si supiera que algo malo le ha sucedido.

–Creo que no conoces a tu madre realmente– Robert miro al cielo nuevamente– En realidad no conoces nada sobre el mundo en el que vives.

–¿A qué te refieres?

–Sígueme si puedes, si logras alcanzarme te daré muchas respuestas– Los dientes blancos de Robert resplandecieron a la luz de un relámpago y solo unos segundos después desapareció entre los árboles, William miro al cielo nuevamente y se quito la camisa comprendió que así le sería más fácil alcanzar a Robert, tenso sus músculos y se precipito en una rápida carrera hacia el bosque. Como el primer día la carrera fue excitante, pensó que con la lluvia le iba a resultar difícil seguir el rastro de Robert pero le fue fácil captar su esencia en el aire húmedo. Sin embargo pasados unos minutos otro aroma capto su atención, se entrego a sus instintos y comenzó la persecución. En un claro del bosque un gran ciervo se paseaba tranquilamente con sus enormes cuernos sin darse cuenta del peligro que lo acechaba. Unos segundos bastaron para que sus colmillos entraran en la piel del animal y para que la sangre caliente refrescara su garganta ardiente.

Después de haber terminado, siguió nuevamente el aroma de Robert, minutos más tardes lo encontró en el riachuelo nadando despreocupadamente.

–¿Dónde has estado?– Robert se volvió hacia él, de un salto salió del agua hacia una gran roca situada cerca de la orilla.

–Trate de seguirte, pero algo me distrajo.

–Me imagino.

–¿Y ti como te fue?

–Realmente no necesitaba cazar hoy, pensé que ti te haría bien. Todavía no has recuperado todas tus fuerzas.

–¿Me vas a decir ahora que paso con mi abuelo?

–Estaba dispuesto a beber su sangre te lo aseguro, sin embargo no me resulto apetecible. Tu abuelo está enfermo. Creo que la enfermedad hará mejor trabajo que yo.

–¿A qué te refieres?

–Morirá pronto, sus pulmones no están muy bien.

–Pero si probaste su sangre se puede convertir en un vampiro.

–No, se quedara en un estado intermedio, el dolor será horrible y no podrá comer ni tomar agua. La agonía será insoportable y así podrá pagar todos sus pecados.

–No debiste hacerlo, mi madre sufrirá al saberlo.

–Tu madre ha deseado su muerte por años. El ha sido la causa de todas sus desgracias, estaba dispuesto a acabar contigo sin detenerse a pensar ni un minuto en ella.

–Eso no es posible, mi madre jamás ha deseado la muerte de su propio padre.

–Que tan poco la conoces. Pregúntale tu mismo y así obtendrás la respuesta de su boca.

–Mi madre es buena, jamás ha tenido un mal pensamiento hacia nadie y mucho menos hacia su propio padre.

–William la vida es dura, incluso para personas como nosotros que tenemos la eternidad en nuestras manos. Te falta mucho por aprender, es increíble que después de todo lo que te han hecho aun puedas desear misericordia para tu abuelo.

–No conozco el mundo es cierto, pero estoy seguro que aquí hay personas como yo que no desean hacer mal.

–Paciencia amigo. Tienes la eternidad por delante, te aseguro que en unos años vas a pensar muy diferente– Robert se puso nuevamente los pantalones dejando su pecho desnudo– te espero en la casa.– Minutos después desapareció en el bosque.

***

MARIE

Marie había quedado sola en el salón, estaba aun en la mesa sumida en sus pensamientos cuando sintió los pasos de Margaret.

–Disculpe señora.

–Está bien Margaret, ¿tienes idea de adonde fue tu señor con mi hijo?

–No se preocupe señora, regresaran dentro de poco.

–Llueve mucho afuera, ¿no te preocupa que les pueda pasar algo?

–Ellos son fuertes, no hay razón para preocuparse.

–Es verdad, solo que estoy acostumbrada a tener a mi hijo conmigo todo el tiempo.

–Los jóvenes son así, cuando crecen toman su propio camino.

–Hace mucho que viven con el señor Robert.

–Hace ya algunos años.

–¿Es bueno tu señor Margaret?

–Nos dio un hogar a mi esposo y a mí

–Entonces es bueno realmente. Hay muy poca gente como él en el mundo. ¿Margaret de quien son estas ropas? Son trajes muy finos y hasta ahora no he visto ninguna mujer joven en la casa.

–Así es, hace algún tiempo recibimos la visita de una joven que estuvo aquí una temporada, cuando se marcho dejo algunas ropas. Nunca más regreso, no creo que haya algún inconveniente en que usted use sus vestidos.

–¿Como es ella Margaret?

–Una hermosa señora, pero no desearía que volviera.

–¿Por qué Margaret?

–Mi señor se transforma cuando ella está cerca, su presencia lo entristece y eso no nos agrada a mi esposo y a mí. Además cuando ella está cerca no podemos estar con él.

–Te entiendo, el teme por ustedes, por eso prefiere que se vayan. No desea que nada malo les pase y por eso los protege.

Un relámpago retumbo a lo lejos iluminando el salón, la figura de Robert apareció por el ancho pasillo. Marie se estremeció del susto al ver al hombre.

–Disculpe, no fue mi intención asustarla.

–Es la tormenta, me pone los nervios a flor de piel. ¿William regresó con usted?

–Pronto estará aquí, está cambiando sus ropas.– Robert se aproximó a la mujer sin dejar de mirarla.– ¿Me permite?– la blanca mano del joven se fue acercando al rostro de Marie, quien se estremeció al sentir el frio contacto de la piel del joven.

–¿Que desea?

–Quiero saber realmente sobre su enfermedad.– Los dedos del hombre recorrieron el cuello de Marie.– No tema, no le hare daño.– La fina uña de Robert corto la carne justo debajo de la oreja de la mujer, un hilo de sangre broto rápidamente, Marie no dejaba de mirar al hombre, el corte no le produjo dolor alguno. Robert tomo la gota de sangre con la punta de su dedo y se la llevo a la boca cerrando los ojos. Marie se alejo de él, tomo un blanco pañuelo de la mesa más cercana y se limpio la sangre que aun brotaba de su cuello, no estaba muy segura de que tan fuerte era Robert y tampoco quería que su hijo viera la sangre pues no sabía pudiera pasar. Minutos más tarde Robert abrió los ojos para mirar a la mujer, Marie podía ver el deseo de la sangre en ellos.

–¿Y bien?

–¿Quiero saber cuáles son en realidad sus intenciones?

–No sé a qué se refiere.

–Usted sabe realmente lo que le pasa, no creo que pueda engañar a su hijo durante mucho tiempo.

–¿Mi sangre no fue de su agrado?

–Generalmente buscamos que nuestras presas sean personas sanas, la sangre enferma no es muy apetecible, se lo aseguro.

–Durante años he luchado para salvar a mi hijo, el verlo libre me da nuevas esperanzas y mucha fuerza para seguir luchando.

–La vida es dura, la mayoría de las veces no obtenemos lo que queremos.

–Siempre existe la esperanza y siempre hay alternativas.

–¿Como cuáles?

– ¿Cuáles sugiere usted?

–No creo que eso sea una alternativa.

Marie sonrió, se acerco al hombre y le tomo de la mano.– He vivido una vida miserable al lado de humanos y los momentos más felices de mi vida al lado de personas como usted.

–Desearía transformar su vida, ¿transformarse en uno de nosotros? Su hijo no está muy contento con su destino.

–William sería muy infeliz si ahora que podemos estar juntos la vida nos separara. Además, he pasado muchos años preguntándome que fue de mi esposo.

–Y ahora pretende salir a buscarlo.

–No exactamente, estoy segura que mi padre no parara de buscarme y por el momento necesito buscar un lugar seguro para mí y para mi hijo.

–Su padre no la volverá a molestar, creo que estará muy ocupado en los próximos días y después espero que el Diablo lo acoja en su seno como el más fiel de sus servidores. Marie miro detenidamente a Robert sintió un escalofrió en su interior al enterarse sobre lo sucedido a su padre, pero el dolor duró apenas unos segundos y una calma lo sustituyó rápidamente, sintió alivio en su alma y se sintió libre.

–Debería entristecerme por la noticia.

—William piensa que le podría afectar

—Por muchos años desee su muerte, esa era la única solución a mis problemas. Ahora todo ha terminado realmente y mi hijo puede vivir libremente su vida.

—Creo que puede volver a tomar posesión de su fortuna ahora que su padre no está.

—Tiene razón, desearía volver a la villa. Estoy segura que William se sentiría muy bien allí.

—¿Y su hermana?

—Claire siempre ha sido una marioneta de mi padre, se ha mantenido alejada todos estos años no creo que sea un problema.

—Como desee, esta es su casa y pueden permanecer aquí todo el tiempo que estime conveniente.

—Muchas gracias por su generosidad, pero es hora de que mi hijo tome posesión de lo que en realidad le pertenece; esta vez seguiré su consejo. Además estoy segura de poder encontrar a mi esposo si regreso a la villa.

—Ha estado abandonado durante todos estos años. No estoy seguro de que pueda encontrar allí.

—No se preocupe no creo que haya peligro alguno, mi esposo tenía muy buenos sirvientes; gente fiel y leal, no me abandonaran estoy segura.

—Como lo desee. ¿Cuándo piensa marcharse?

—Mañana temprano, hablare con mi hijo. Una vez más le repito que estoy en deuda con usted, no sé como agradecerle. Si existiera algo, cualquier cosa en la cual le pudiera servir, no dude en acudir a nosotros.

—Muchas gracias, lo tendré en cuenta se lo aseguro.

Robert tomo la mano de la mujer sin desviar su mirada, y con una gentil reverencia la beso sin dejar de mirarla. Los ojos verdes de Marie brillaron y un color rosa pálido cubrió sus mejillas. William entro en ese momento en el salón, su presencia altero un poco a su madre quien retiro su mano de entre las frías manos de Robert.

−¡Hijo! Te estaba esperando.

−¿Sucede algo? William le hizo la pregunta a su madre sin apartar la vista de Robert.

−En realidad le está informando a tu amigo que mañana mismo nos iremos de su casa. William miro a su madre con desconcierto, durante unos segundos sus ojos fueron del sereno rostro de Robert a los verdes ojos de su madre.− Es peligroso madre, no sabemos si los hombres de mi abuelo te estén buscando en estos momentos.

−Robert me ha puesto al corriente en ciertos detalles, y estoy convencida que en estos momentos tu abuelo está muy ocupado como para organizar una búsqueda.

−¿Lo sabes, verdad?

−Sí William, y no es necesario que te preocupes por lo que yo pueda pensar sobre la salud de tu abuelo.

−Puede ser que tengas razón, pero acuérdate de Carl es su perro fiel y guardián y él si me conoce. −Robert sonrió antes las palabras del joven.-No los molestara se los aseguro.

William miro detenidamente al hombre y rápidamente recordó la conversación que habían tenido en el bosque. Robert no necesitaba cazar, el rojo en sus ojos lo delataba, no había sido la sangre de su abuelo, otra había sido su víctima. No pudo disimular su descontento, él más que nadie sabía lo que Carl era capaz de hacer, el dolor de sus heridas estaba aun muy latente en su mente, aun podía ver el rostro del hombre una mezcla de miedo y horror cada vez que hundía en su carne la fina daga. Sin embargo fue la reacción de su madre lo que más le sorprendió, su rostro seguía sereno, estaba convencido que ella también había comprendido el significado detrás de las palabras de Robert, la enfermedad de su abuelo y la suerte del anciano le era indiferente. Quizás Robert tenía razón cuando decía que no conocía a su madre realmente.

—¿Mamá estás segura de que quieres regresar a la ciudad?

—William, estoy convencida que es lo más correcto, cuando me casé con tu padre sus intenciones era que viviéramos en la villa y estoy segura que si estuviera aquí esa sería su decisión.

—En todos estos años, jamás mencionaste ni su nombre, y ahora lo mencionas cada minuto.

—William estuve más de doce años viviendo día a día, pensando que en cualquier momento la puerta se iba a abrir para no volver a verte nunca más. Por primera vez en mucho tiempo he tenido la oportunidad de pensar en nuestro futuro.

—Disculpa madre, es que todo es nuevo para mí, este ha sido el único lugar que he conocido en el que me he sentido libre, y me preocupa tu salud.

—Lo sé hijo, pero no creo necesario seguir molestando a tu amigo, tenemos mucho que agradecerle y no es justo seguir interrumpiendo su vida.

—Señora, comprendo porque quiere irse y le juró que la apoyo, pero no es molestia alguna que ustedes pasen una temporada aquí. De hecho estoy seguro que Margaret se alegraría de poder tenerla unos días más.

—Gracias Robert,

—Sin embargo, creo que en parte su hijo tiene razón, él es fuerte pero no creo que está en condiciones de defenderla a usted, no está listo aun. Por eso quiero pedirle que si usted está de acuerdo quisiera acompañarlos a la ciudad y después a la villa. Conozco muy bien todos los caminos hacia la ciudad. Además estoy seguro que aun estando su padre enfermo encontrara alguna resistencia por parte de la familia de su hermana y es mejor si cuenta con mi ayuda. Le garantizo que cuando todo haya pasado usted podrá disfrutar de su vida con su hijo.

–Tienes razón Robert, y estoy de acuerdo. Margaret y su esposo no tendrían que quedarse atrás, pueden acompañarnos a la ciudad y después a la villa, estarán muy bien allí.

–Entonces de acuerdo, saldremos mañana temprano. ¿William estás de acuerdo?

–Sí, creo que tienes razón, me siento más seguro si nos acompañas.

–Hecho, iré por Henry para preparar el viaje. ¿Con su permiso?

Robert le sonrió a Marie, tomo nuevamente su mano para besarla gentilmente antes de retirarse de la habitación. Marie le devolvió la sonrisa, y se quedo observándolo hasta que se perdió por las grandes puertas del salón. William se había quedado en una esquina de la habitación, otro relámpago retumbo a lo lejos iluminando la estancia, la tormenta no había pasado aun y amenazaba con seguir lloviendo hasta muy entrada la noche. Tenía muchas cosas en su cabeza en ese momento, la decisión de su madre de marcharse y tomar posesión de lo que le pertenecía le seguía pareciendo peligrosa, había visto resolución en los ojos de Marie; cuanto había cambiado en tan solo unas horas. El miedo siempre había formado parte de su vida hasta ese momento, temía por ella porque estaba convencido que no era capaz de defenderla, no solo le faltaban fuerzas sino que hasta hace unos días su mundo no era más que las cuatro paredes de una habitación, un mundo muy pequeño comparado con la realidad que ahora tenía que enfrentar.

–Hijo– la cálida mano de su madre le acaricio el rostro, se volvió hacia ella y le sonrió.– ¿Por qué estas preocupado?

–Madre, muchas cosas han pasado en tan solo unos pocos días.

–Es natural que estés agobiado, te comprendo.

–¿Crees que sea buena idea marcharnos de aquí?

–Si mi amor, no quiero seguir escondiéndome. Tú tienes una vida que vivir, una vida que se te fue negada, me siento culpable por no haber sido lo suficientemente fuerte para protegerte. Ahora quiero que las cosas sean diferentes tanto para ti como para mí. William el tiempo es algo muy valioso, cada segundo que pasa no se puede volver a recuperar, y no quiero seguir perdiendo segundos de mi vida.

–¿Hay algo que no me has dicho respecto a tu enfermedad?

–No, todo está bien y ahora todo irá mejor. Creo que es hora de que me vaya a descansar, hablaré con Margaret para que me prepare una habitación y así tú puedas recuperar la tuya.

–Puedes dormir en ella, yo voy a ayudar a Robert con los preparativos del viaje, que descanses mamá.

–Gracias hijo, nos veremos en la mañana. –Marie besó a su hijo en la frente y se marchó a su habitación, la tormenta parecía no terminar nunca. Al llegar a esta se encontró con Margaret que estaba cambiando las sábanas de la cama.-Gracias Margaret, no había necesidad.

—Es mi trabajo señora, espero que se sienta cómoda. He puesto un camisón para dormir para cuando desee cambiarse.

—Gracias nuevamente, siempre estás haciendo algo. ¿No estás cansada?

—Siempre he trabajado señora. Con el señor Robert todo es muy fácil, el nunca exige nada, todo le parece bien.

—En realidad él solo desea que ustedes estén bien. Le he propuesto que nos acompañe a mi hijo y a mí por una temporada, por supuesto que me sentiría muy honrada si ustedes nos acompañan.

—Muchas gracias señora, será un placer. Debo reconocer que me preocupo mucho cuando se marcha por varios días.

—Entonces no hay más que hablar Margaret, estaré encantada de que me acompañes.

—¿Usted no tiene familia señora?

—No Margaret, mi hijo es la única persona a la que considero mi familia. Tengo a mi padre y a una hermana mayor, mi madre murió cuando yo nací. Eva mi nana nos crio a mi hermana y a mí, pero mi relación con ella cambio mucho después que nació mi hijo. Jamás le perdonare que haya apoyado a mi padre todos estos años en contra de mi hijo.

—Los hijos son lo más importante en nuestras vidas, es nuestro deber quererlos siempre y apoyarlos. No importa lo que sean, siempre serán nuestros hijos.

—Tienes razón Margaret, creo que tú y yo nos vamos a llevar muy bien.

Ambas mujeres intercambiaron miradas y una profunda

sonrisa, la anciana se retiro de la habitación después de ayudar a Marie a cambiar sus ropas.

***

CLAIRE

La mañana era fría y húmeda, una densa neblina cubría el cielo ocultando el sol. Marie y Margaret iban en el carruaje manejado por Henry; Robert y William iban a su lado en dos hermosos corceles. El viaje había tomado más tiempo, ya que William no estaba práctico con el caballo y Robert no quería forzar el paso para no cansar a los animales. La enorme casa de George Reedwood estaba completamente cerrada cuando llegaron a ella, Marie se bajo del carruaje y Robert la acompaño a la puerta, William se les unió enseguida.

–¿Madre estás segura de lo que vas a hacer?

–Si hijo, todo estará bien.

–Yo entrare con ustedes a la casa.-Robert tocó la campana que había en la entrada, minutos más tarde Eva aparecía en la puerta. Al ver a Marie su rostro se encrespo con una mezcla de alegría y recelo, sustituida enseguida por el horror al descubrir a William detrás de su madre.

–¿Marie, donde has estado?

–Necesito ver a mi padre nana, ¿cómo está el?

–Está mal, la noche que desapareciste lo encontraron tirado en el salón, ha estado muy enfermo desde ese día, tuve que mandar a buscar a tu hermana porque Carl desapareció y no sabía qué hacer.

–¿Puedo pasar?-La anciana estaba parada en el medio de la puerta.

–Marie no creo que a tu padre le guste la presencia de…-Interrumpió la frase sin dejar de mirar a William,

Marie se dio cuenta enseguida y con gesto muy severo se volvió hacia su nana.

—Sera mejor que no termines lo que ibas a decir, y ahora sal del medio, no estaré mucho tiempo me iré enseguida.

—Tu hermana esta aquí, su esposo llegara mañana.

—Perfecto, ahora por favor nana sal de mi camino. —La anciana dejo pasar a Marie, sostuvo la puerta para ella y ambos hombres. Ya en el interior Marie espero para dejar pasar a su nana quién se apresuro a mostrarle el camino hacia la habitación de su padre, habían sido tantos los años que había permanecido encerrada en la habitaciones del fondo que tan pronto entro a la casa se dio cuenta que no sabía cuál era la habitación de George.— ¿Donde está Claire nana?

—Esta con tu padre desde que llego, el señor esta como poseído, los médicos no saben qué hacer. Hace unas horas el doctor que lo atiende trato de aliviar el dolor con una sangría, pero fue en vano. La sangre del señor está muy enferma y no hay nada en el mundo que le pueda calmar el dolor. —Llegaron a una gran puerta, la anciana dio unos suaves golpes en ella antes de entrar silenciosamente, Marie se quedo en el pasillo. Minutos más tarde Claire salió de la habitación, a diferencia de su hermana sus cabellos eran dorados como el sol y sus ojos de un verde azul intenso. Era apenas dos años mayor que Marie, pero su rostro no era tan hermoso como el de su hermana menor. En los últimos años su relación había sido muy distante, la había visto apenas unas semanas atrás cuando había venido a petición de su padre para tratar de convencerla de que necesitaba cuidar más de su salud. Jamás había visto a William y nunca había preguntado por él, había sido una fuerte aliada de su padre en sus propósitos de alejar a Marie de su hijo. Sus ojos se encontraron con los de su hermana inmediatamente, Marie pudo sentir el alivio en su mirada a pesar de sus diferencias Claire estaba realmente preocupada por ella después de su desaparición.

–¡Marie!– Claire se precipito a abrazar a su hermana llena de emoción.– Estaba tan preocupada, Eva me dijo que estabas muy mal y que de pronto desapareciste. ¿Dónde has estado?

–No es importante ahora, me sorprende verte aquí nuevamente.

–Todo es muy raro no tuve opción, Eva mando a un hombre a avisarme; tu desapareciste, Carl lleva dos días sin aparecer y nuestro padre está muy mal. Lo encontraron inconsciente en su despacho hace dos días. No ha vuelto a recuperar la conciencia, el dolor lo está matando. ¿Dónde has estado?

–Con mi hijo– Al escuchar a su hermana Claire se percato de la presencia de ambos hombres en el salón. Marie noto el cambio en los ojos de Claire quien se retiro unos pasos de su hermana, poniendo distancia entre ella y ambos hombres.

–Hace unos días nuestro padre mando uno de sus hombres a comunicarme la noticia de que había muerto, y que tú estabas desesperada.

–Mintió, en realidad esa era su intención, pero gracias a dios mi hijo está muy bien.

–¡Por dios Marie! ¿Todos estos años y aun persistes en lo mismo?

–¡Basta ya Claire! No he venido a escuchar tus reclamos. Solo quiero recuperar mis posesiones, quiero todo lo que me dejó mi esposo antes de morir.

–¿Y nuestro padre?

–En realidad espero que Dios se muestre complaciente con él y lo reciba en su seno, es la única forma de aliviar su sufrimiento.

–¿No te reconozco Marie? Cuanto has cambiado en todo este tiempo.– Los ojos de Claire era una mezcla de compasión y asombro.

–Claire, tú has llevado una vida placentera al lado de tu esposo y tu hija. A mí, me negaron todo desde el principio, ahora solo quiero recuperar los años perdidos al lado de mi hijo.

–¿Y esté es tu hijo?– La mirada horrorizada de Claire se fijó ahora en William quién se encontraba a solo unos pasos de su madre.– Cuanta razón tenía nuestro padre, no es normal Marie. ¿Míralo? ¡Mi hija es mayor que él y es apenas una niña!

–Basta ya Claire, ese no es tu problema. De hecho nunca te ha importado, voy al despacho de nuestro padre. Solo tomaré lo que me pertenece, la herencia de mi esposo, por lo demás podrás quedarte con todo al morir nuestro padre, no me interesa nada de él. ¿Con tu permiso?

Marie dio media vuelta y se alejó por el corredor, William miró nuevamente a su tía antes de darle la espalda para seguir a su madre. Claire los observó alejarse sin mencionar palabra alguna, Marie siempre había sido la más valiente de las dos, desde el principio comprendió que la lucha de su padre para separar a Marie de su hijo era causa perdida. Al volverse hacia la puerta se percató de Robert quién no había tomado parte en la conversación y que aún se encontraba recostado a la pared con sus ojos fijos en la mujer.

–¿Quién es usted?

–Mi nombre es Robert, soy conocido de su hermana y he venido a acompañarla.

–¿De dónde la conoce?

–No creo necesario darle los detalles, creo que serian un poco espeluznante para alguien como usted.-Mientras hablaba se fue acercando lentamente a la mujer, podía sentir el corazón de Claire latir fuertemente dentro de su pecho, parecía un caballo desbocado. Los azules ojos de la mujer se encontraron con los ojos de Robert, había algo en su mirada que la asustaba grandemente pero aun así no podía apartar la vista de él, se sentía atrapada en el carmesí intenso de los ojos del vampiro.

Claire tardo unos minutos en recuperarse, aparto su mirada del hombre y fijó los ojos al suelo, solo de esa forma fue capaz de hablar coherentemente.

–No se cuales sean sus intenciones, pero no me parece que sea correcto que acompañe a mi hermana.

–Apariencias, siempre hay que guardar las apariencias. No importa cuánto daño nos puedan hacer.

–No lo entiendo, pero debe comprender que en ausencia de mi padre yo soy la más indicada para velar por mi hermana, soy la mayor.

–Entendido, solo que no logro explicarme donde estuvo usted todos estos años en los cuales su hermana la necesito.

–No creo correcto discutir con un extraño los problemas de nuestra familia. Marie es necia, no pienso detenerla, no ahora. Mi esposo llegara en uno o dos días y él se hará cargo.

–No se lo recomiendo.– La cercanía de Robert asustó a la mujer, podía sentir la respiración del hombre en su rostro. Robert alzó su mano acariciando suavemente el rostro de Claire, quién se estremeció al sentir el frio contacto de su piel, era una mezcla de miedo y deseo, algo que no podía explicar. Su mirada encontró nuevamente los ojos de Robert para quedar atrapada en ellos. Sintió la voz del hombre en su cabeza, una voz que la alertaba y que le decía que era mejor mantenerse alejada y que no debía molestar a su hermana. Era una advertencia, sabía que debía alejarse por su bien y el de su familia. Robert recorrió una vez más el rostro de la mujer con su mano y sonrió dejando al descubierto sus blancos dientes antes de marcharse sin apartar la mirada de Claire.

La mujer lo siguió con la mirada, asustada como estaba no era capaz de pensar claramente, pero algo si era seguro; la presencia del joven era peligrosa para ella y su familia, en la mirada de Robert había reconocido la advertencia. Los quejidos de su padre la hicieron reaccionar, Eva apareció en la puerta asustada.

–¿Qué pasa Eva?

–Está muy inquieto, solo pregunta por Marie. No creo que pase la noche, más bien creo que la esperanza de ver a Marie es lo único que lo mantiene vivo.

–Marie apenas pregunto por él.

–¿Qué va hacer?

–No lo sé Eva, pero no creo poder retener a Marie.

–Su esposo llegara pronto, el podrá hacerlo, los hombres de su padre aun andan cerca, aunque Carl se haya ido ellos obedecerán a su esposo.

–Eva, no voy a seguir los pasos de mi padre. Ve a buscar a mi hermana, convéncela de que venga a ver a nuestro padre por última vez.

–¿Entonces no va a hacer nada?

–¡No! No voy a arriesgar a mi familia. Martin y yo no tenemos la mejor de las relaciones; pero es mi esposo y el padre de mi hija. Marie quiere hacer su propia vida al lado de su hijo y quién quiera que sea ese hombre que la acompaña.

–Iré por Marie.

Unos quejidos se oyeron a través de la puerta entre abierta, Eva se apresuró por el corredor y Claire entró en la habitación de su padre. George Reedwood esta tendido en su enorme cama, tenía las manos engarrotadas, los ojos eran rojos como la sangre y a través de ellos se reflejaba la agonía y el dolor. Claire se acercó a su padre y le tomo la temblorosa mano.

–Padre, Marie esta aquí. –George abrió enormemente lo ojos como si se le fueran a salir de sus órbitas, su cuerpo comenzó a temblar y su corazón parecía un caballo desbocado dentro de su pecho. Las palabras de su hija solo hicieron aun más fuerte su agonía.

–Eva fue a buscarla, ya verás que vendrá a verte pronto.

–¡Maaaarie!– Apenas podía hablar; su voz quedaba atrapada en su garganta, su cuerpo convulsionaba y las manos de Claire no eran suficientemente fuertes para poder sostenerlo. La puerta se abrió y Eva entró en la habitación seguida de Marie quien se detuvo en la puerta sin acercarse a la cama.

–Solo menciona tu nombre, está desesperado.

Marie se acerco cuidadosamente, George extendió su mano hacia su hija menor, había desesperación en su mirada.

–¡Maarie! Aléjate de él.

–Ni en tu lecho de muerte puedes aceptarlo.

–¡Es un demonio Marie!– Las convulsiones eran aun

mas fuertes, mientras trataba de levantarse y extendía su mano tratando de alcanzar a su hija.

–No padre, aquí el único demonio eres tú.

–¡Basta Marie!, no vez que se está muriendo– Claire trataba inútilmente de sostener a su padre y mantenerlo en la cama. El anciano convulsionaba y sus manos se extendían hacia Marie tratando de alcanzarla, un grueso sudor corría por su frente producto de la fiebre; la agonía y la desesperación se adueñaron de él, preso de un dolor del que no podía escapar. Marie no dio un paso más hacia su padre, se quedo parada en la puerta viendo su agonía y sufrimiento.

–Solo deseo que puedas encontrar la paz padre, quizás dios aun pueda tener compasión de tu alma.– Esas fueron sus últimas palabras dentro de la habitación, dio media vuelta y se marchó aun podía escuchar los gritos de agonía de su padre en el amplio corredor. El anciano no pudo soportar más, el desprecio de su hija fue la estocada final a su dolor y aun con los brazos extendidos dio un último grito y se desplomó sin vida en la cama. George Reedwood dejó de existir en medio del más horrible de los calvarios. Su hija Claire cerró sus ojos enrojecidos y tapó su cuerpo con una blanca sábana, pero por sus mejillas no corría ni una sola lágrima, quizás había llevado una mejor relación con su padre en comparación con Marie pero esta había sido igual de distante y fría.

–Eva, ocúpate de todo lo necesario para el entierro, Martin llegara mañana y deseo regresar cuanto antes a mi casa.

–Si señora.

Claire dio una última mirada al cuerpo de su padre y

salió de la habitación, se encontró con Marie y William en la puerta.

–Ya todo ha terminado.

–Fue mejor así, era demasiado sufrimiento.

–Pudiste haberle dado un poco de paz en sus últimos momentos.– Su rostro era acusador cuando hablaba con su hermana.

– Ni aún en su lecho de muerto fue capaz de cambiar de opinión, Claire en los últimos años hemos estado muy distanciadas, y en verdad lo lamento; sin embargo no puedo perdonarte que no hayas hecho nada por mí. William es mi hijo y por el soy capaz de hacer cualquier cosa, ponte en mi lugar y piensa en tu hija, solo así comprenderás como me siento cuando veo que todos lo rechazan.

–Hay cosas en la vida que simplemente no pueden ser Marie.

–No voy a discutir contigo Claire. Ya me voy, William y Robert me esperan afuera; solo tomé lo que me pertenecía, las escrituras de la villa y las demás propiedades de mi esposo, y la cantidad que esta especificada en su testamento. No creo volver a verte Claire, solo espero que estés bien.

–¿Quién es ese hombre que los acompaña?

–Una buena alma que se apiado de nosotros cuando ya había perdido todas las esperanzas.

–Ese hombre no tiene alma Marie.

–Si la tiene Claire, ese hombre es un ángel que el cielo mando para liberarme a mí y a mi hijo.

–Ten cuidado Marie.

–Lo tendré hermana, que dios te acompañe; adiós

–Adiós Marie.

Marie salió de la mansión paterna sin mirar atrás, con la esperanza de una nueva vida y la certeza de un futuro mejor para ella y su hijo.

***

LA VILLA

La antigua casa de Thomas Palmer se encontraba tan solo a un día de camino de Londres, Robert y William iban a caballo al lado del carruaje manteniendo el mismo paso. Marie no tuvo que indicarle el camino a Robert ya que esté lo recordaba perfectamente aunque solo había estado ahí una noche hace ya muchos años. William estuvo callado todo el camino, su rostro era sombrío y la confusión era perceptible en sus azules ojos. Mantuvo la boca cerrada todo el tiempo que estuvieron en casa de su abuelo y tampoco pronunció palabra alguna cuando su madre salió de la casa paterna. Los acontecimientos de los últimos días habían tomado un giro totalmente inesperado para él. Hasta hace muy poco tiempo solo eran su madre y él, ahora se les había unido Robert a quién le debía la vida; Henry y Margaret eran personas muy especiales y amables con él algo que nunca había tenido. Siempre contó con la frialdad de Eva y la repulsión de su abuelo y encontrarse dos seres como la pareja de ancianos que Robert había adoptado como su familia era una más de las gratas experiencias que esta nueva vida le otorgaba. Sin embargo lo que más le confundía era el saber que tenía un padre del cual nunca había sabido hasta hace tan solo unos días. Las conversaciones que tuvo con su madre anteriormente donde le preguntaba por su padre siempre habían sido muy superficiales, Marie siempre trataba de esquivar el tema, llegó a pensar que Thomas Palmer había sido una mala experiencia en la vida de su madre, el esposo escogido por su abuelo para poder asegurar así una gran fortuna, que había muerto producto de una enfermedad que lo aquejaba hacía varios años. Ahora al enterarse de que ese hombre vivía y que su madre aun después de muchos años lo quería cambiaba completamente la imagen que tenía sobre él y solo había una pregunta que tenia presente en su mente ¿Llegaría a conocerlo algún día?

—¿Estas muy callado?

— Tengo muchas cosas en mi cabeza en estos momentos.

—Me lo imagino, han sido muchas noticias en muy pocos días.— Robert mantuvo el paso de su corcel al de William.— Estarás ansioso de llegar y conocer tu nueva casa.

—Me sorprende que mi madre haya decidido regresar. ¿Crees que estaremos seguros aquí?

—Tu abuelo ha fallecido y el esposo de tu tía es un hombre sensato. Conoció a tu padre hace años y te garantizo que no pondrá un pie en estas tierras.

—¿Como lo sabes?

—Thomas y yo estuvimos juntos un tiempo, es un buen hombre pero tiene un poco de carácter, Martin el esposo de tu tía es comerciante y cuando tus padres se casaron trato de obtener ventaja de tu padre. Ya sabes, como existía el rumor de que esté estaba enfermo pensó que sería presa fácil, jamás se imagino el final de la historia. No se atreverá a venir, este es territorio de tu padre y hay gente que aún le es muy fiel.

— Entonces porque mi madre terminó encerrada en casa de mi abuelo y ninguno de esos fieles servidores de los que me hablas hicieron nada ella.

—Tu madre era muy joven y cometió el grave error de confiar en tu abuelo, él logro llevársela de aquí y como comprenderás él también tenía su pequeño ejército.

—¿Todo hubiera sido diferente si se hubiera quedado?

—Creo que sí, tu padre no la hubiera dejado sola si hubiera sabido que estaba embaraza.

—Pero él se marchó y nunca más regresó. ¿Por qué habría de hacerlo ahora?

—William aún te falta mucho por aprender, nuestras mentes trabajan de una manera muy diferente a la de los humanos. Confía en mí, tienes la eternidad por delante y eso son muchos años, te lo aseguro.

—¿Serías capaz de mentirme?

Los ojos de Robert se fijaron en William quién había detenido su caballo.

—¿A qué te refieres?

—Mi madre, me preocupa.

—Tú madre es fuerte, ha sobrevivido todos estos años y no creo que vaya a debilitarse ahora.

—Pero está enferma y tú lo sabes.

—Tu madre tiene esperanzas y muchas ganas de luchar, pretende recuperar la vida que le fue arrebatada.

—Me contaste que tú no eras igual que yo, que Elizabeth te había convertido.

—Así es, lo mismo hizo con tu padre.

—¿Y cómo se puede convertir a una persona?

—El proceso no es muy complicado, debes beber la sangre de la persona y cuando esta persona bebe la sangre de alguien se completa el proceso.

—Pero en mi caso no fue así.

—Como te dije, trataron de matarte, tu cuerpo es diferente al de los humanos. Luego al beber sangre completaste el proceso.

—Me resulta increíble ver como mi madre puede confiar en ti, aun sabiendo lo que eres. Dejando a un lado el agradecimiento por habernos salvado no dejas de ser un peligro para cualquier humano.

—Lo mismo va contigo William, no hay diferencias entre tú y yo. Margaret y Henry han vivido conmigo desde hace varios años y míralos. Nuestras mentes son bastantes fuertes y cuando queremos, sabemos controlar nuestras necesidades. Tú, por ejemplo amas a tu madre, tu mente registro ese hecho y es lo que hace que no la veas a ella como una presa. Yo por mi parte he aprendido a seleccionar a mis víctimas si lo quieres llamar de esa manera. No soy suficientemente fuerte para vivir de sangre animal, pero a la misma vez tengo mis escrúpulos por si quieres llamarlo de esa manera. Hay personas que no merecen vivir, y en estos tiempos es muy común encontrarte con ellas.

—Una persona puede llegar a cometer errores y eso no implica que merezca la muerte. ¿Cómo puedes seleccionar a tus victimas? Puede que cometas tú el error y seleccionar a la persona equivocada.

—William eres joven y aún te queda mucho por aprender, cuando estas cerca de alguien presta atención a su corazón, ese no miente. Ya llegamos, ¿Qué te parece?

William levantó la mirada y siguió la mano de Robert, no muy lejos se levantaba un viejo castillo rodeado por un pequeño pero profundo bosque. Los gruesos muros se escondían detrás del tupido follaje de los árboles. Minutos después llegaron frente a una fuerte puerta de madera de grandes proporciones. Marie se bajó del carruaje y tocó la campana de la entrada, pasaron varios minutos y la puerta se abrió. Un hombre de edad avanzada apareció detrás del ancho portón, sus cabellos grises estaban despeinados, su cuerpo estaba encorvado por los años y se apoyaba con sus manos temblorosas a la puerta. Levantó la mirada examinando a Marie quién se quedó parada frente a él mostrándole la más amplia de las sonrisas.

—Hola Albert. ¿No me reconoces?

—¡Señora Marie!– la alegría se apoderó del anciano quien le devolvió la sonrisa.– Han pasado tantos años que no pensé volver a verla jamás.

—Te equivocas otra vez, aquí estoy y venido a quedarme. Después de todo esta es mi casa. ¿Verdad?

—Suya y de nadie más, pero pase usted– El anciano abrió la puerta dejando el camino libre para Marie y su pequeña comitiva. Detrás de la puerta había un amplio patio interior con algunos árboles frutales, un establo con varios corceles y un pequeño jardín lleno de rosas cubría toda la entrada de la casa.

—Albert es increíble, mis rosas están igual a como las deje.

—Prometí cuidarlas señora, siempre tuve la esperanza de que usted regresaría.

—Muchas gracias Albert, ven quiero presentarte a alguien.– Marie tomó a William de la mano y lo condujo hacia el anciano.– este es mi hijo Albert. –El anciano alzo la mirada para observar minuciosamente a William quién era unas cuantas pulgadas más alto que el hombre. La sonrisa del anciano se hizo aun más grande.

—Es el vivo reflejo de mi señor, bienvenido a su casa joven amo.

—Muchas gracias Albert.

–Señora, pase usted, la casa está un poco desordenada, pero muy pronto estará todo arreglado, mandaré a John al pueblo y todo volverá a relucir como cuando usted vivía aquí.

–Gracias Albert, te lo agradezco sinceramente. Ellos son Margaret y Henry, han decido pasarse una temporada con nosotros y es mi deseo que se sientan como en su propia casa.

–Sus deseos son ordenes mi señora.

–Y él es Robert un antiguo amigo de mi esposo.

–Lo recuerdo, bienvenido señor.

–Gracias Albert, también te recuerdo.

–Los años han dejado sus huellas en mi cuerpo pero usted sigue siendo el mismo.

–Gracias por el halago Albert. ¿Usted está solo aquí?

–Mi nieto John vive conmigo desde hace algunos años. Cuando la señora Marie se fue al poco tiempo los demás trabajadores también se marcharon. La casa está un poco desordenada pero todo lo demás está muy cuidado, los hombres de mi señor han seguido cuidando de la propiedad.

–Pensé encontrar todo destruido, ¿cómo es posible que la hayan mantenido en todos estos años?– Marie no dejaba de observar todo a su alrededor aun sin salir de su asombro.

–Cuando usted se marcho con su padre, a los pocos días llegaron unos hombres mandados por él; querían ocuparse de todo y tomar posesión de la casa, había uno de ellos, Carl recuerdo que así se llamaba, era el jefe, al menos eso parecía; pero la felicidad no duro mucho. Una semana después salieron todos huyendo sin ganas de regresar jamás.

–¿Qué paso Albert?

–Estas tierras son de mi señor, y solo pueden ser habitada por él y por su familia ó por aquellas personas que sean de su agrado. Todos aquellos que quieran habitarla sin su autorización salen espantados.

–¿No te entiendo Albert?

–Marie, esta es la propiedad de un vampiro, un ser no vivo. Puede ser que él se haya ido pero sus deseos era de que tú la habitaras y todos aquellos que tú recibas por voluntad propia. Esta propiedad no puede ser habitada sin su autorización, las personas que lo hacen tienen malas experiencias. No sé que le habrá pasado a Carl y a los hombres de tu padre pero lo cierto es que no regresaron jamás.

–El señor Robert tiene razón, esta propiedad solamente ha tenido un solo dueño. Bueno ahora dos, su hijo el nuevo señor de estas tierras.

Albert le señalo el camino a Marie y a los demás, subieron una blanca escalinata y les abrió la ancha puerta. La casa era antigua, varios cientos de años pero conservaba aún todo el estilo de la época. Una gran lámpara colgaba en el centro del salón, al fondo una gran escalera doble por la que se llegaba a los dormitorios y las habitaciones interiores. Marie recorrió todo el interior con una gran sonrisa, la casa le traía gratos recuerdos.

–Madre, por lo que veo está muy contenta de regresar aquí.

–Si hijo, aquí viví la época más feliz de mi vida, quiero que escojas tu habitación.

–Puede ser cualquiera, no me importa.

–Tú eres el dueño, mandare a prepararte la más grande estarás muy a gusto. ¿Margaret me ayudas?

–Claro señora en verdad ya deseo hacer algo.

–Muchas gracias, pero recuerda aquí tu eres parte de la familia, podrás hacer todo lo que deseas.

–Muchas gracias señora, pero vamos debe estar cansada por el viaje.

Ambas mujeres subieron las escaleras, William comenzó a recorrer la planta baja que era enorme, Robert lo siguió con la mirada.

–Voy a ayudar a Henry con el equipaje, tómate tu tiempo conoce tu casa.-Le puso un brazo en el hombro y le dio unas cuantas palmadas; William le sonrió y asintió con la cabeza.– Albert ayúdanos a Henry y a mí con los caballos, estoy seguro que las mujeres querrán sus cosas antes de que anochezca.

–Si señor le muestro el camino.– Robert desapareció acompañado por ambos ancianos. William los observó y luego siguió caminando por el amplio salón que terminaba en un corredor de amplias proporciones, las paredes estaban llenas de cuadros con varios rostros todos muy parecidos entre sí. Los observó detenidamente, sin duda ellos eran sus ancestros, al final del pasillo un inmenso cuadro de su madre con un señor a su lado. El hombre era alto de cabello rojizo, reconoció algunos de sus rasgos en el rostro pintado, ese era su padre y Marie estaba a su lado con una gran sonrisa; sin lugar a duda era feliz a su lado. Observó el cuadro un rato más y descubrió una hermosa puerta de madera tallada con grandes figuras, giró la manija y descubrió otra habitación llena de libros. El inmenso librero llegaba hasta el techo y se extendía por todas las paredes de la habitación. En el centro una gran mesa tallada en madera negra, ese era el despacho de su padre; su madre tenía razón se sentía seguro dentro de aquella casa, la sentía suya aun sin conocerla.

–¿Qué te parece?

La voz de Robert lo hizo volverse.

–La casa es enorme.

–Albert mando a su nieto a la aldea más cercana, mañana estarán aquí los hombres de tu padre.

–¿Crees que sean de confianza?

–Han mantenido esta propiedad por años, son hombres fieles. Tu padre los ayudó cuando ellos lo necesitaron. Eran sus amigos, no sus empleados o sirvientes y eso es lo que los hace fieles.

–Me complace saber que mi padre no era un tirano como mi abuelo.

–Eso es cierto, aquí no vas a tener que esconderte. Todos saben quién es realmente tu padre y protegen su secreto y ahora protegerán el tuyo.

–Es asombroso como las personas pueden confiar en nosotros.

–Así es la vida, ¿me acompañas a una pequeña casería o prefieres quedarte?

–No siento necesidad de cazar aun.

–Bien por ti, yo si lo necesito.

–¿No vas a cazar personas? ¿Verdad?

–Tu padre tiene ciertas reglas, y el hecho de que él no este no quiere decir que dejen de cumplirse.

–¿Y cuáles son?

–Solo se cazan animales en estas tierras.

–Bien por él– William le sonrió al hombre dándole unas suaves palmadas en su espalda.

–¿y por lo visto no creo que vayas a cambiarlas?

–Así es, esas reglas se mantienen

—Te veo luego.

Robert abandonó la estancia, William lo siguió hasta el amplio salón donde se encontró con su madre.

—¿A dónde va Robert?

—De cacería, regresara pronto.

—¿Qué te parece todo?

—Está perfecto mamá, y sobre todo me alegra verte tan contenta.

—Tienes razón, tu habitación es la primera a la derecha. Tiene un amplio balcón que da al bosque, esa era la habitación de tu padre. Tarde en descubrir porque la había elegido, le era fácil saltar hacia al bosque.

—Gracias mamá.

—Todo va a cambiar hijo, ya lo veras. Vamos a comenzar una nueva vida aquí.

—Eso espero madre, Robert me informó que Albert mando a su nieto a la aldea, conoces alguna de esas personas que vendrán mañana.

—Me parece que sí, deben ser los mismo hombres que se ocupaban de la propiedad en los tiempos de Thomas, no te preocupes estoy segura que son buenas personas.

—Bueno, te veo muy segura y feliz, eso es lo que realmente importa.

—Así es, Margaret y Henry están muy a gusto aquí, me entristecía el pensar que se fueran a sentir mal, pero Henry ya hizo amistad con Albert y Margaret está contenta de tener a un jovencito como John en la casa, estoy convencida que se llevaran bien.

—Por eso estás tan contenta, porque todos aquí parecen poder llevar una convivencia pacífica.

—Es como debería ser, vivir en armonía y en paz hace nuestras vidas más agradables y nos hace feliz.

—Voy a dar una vuelta, pronto anochecerá y quiero cerciorarme de que la casa está segura.

—Ten cuidado hijo, Margaret pronto tendrá la cena lista comeré con ellos.

—Nos vemos luego madre.

William beso a su madre cariñosamente en la mano y salió de la casa, Marie estaba tan feliz que no paraba de sonreír, nunca se imaginó lo feliz que le hacia el haber vuelto a esa casa, respiró profundamente y dio una vuelta por el salón tocando todo a su paso, los muebles, las cortinas dejando su huella en todo lo que le rodeaba. Se detuvo ante el amplio cuadro del pasillo, la pintura hecha hace ya casi trece años, el rostro de su esposo había permanecido todo ese tiempo en su memoria, temía haber olvidado el más mínimo de sus rasgos; ahora al contemplar la pintura se dio cuenta de que no lo había olvidado que lo había conservado intacto en su mente. Acaricio el cuadro por unos segundos y luego se dio vuelta por el corredor hacia el interior de la casa.

Ya había oscurecido, William dio una vuelta por los establos y se encontró con Albert, guardando los caballos.

—¿Tu nieto ya regresó?

—Hace un rato, se encuentra con Margaret ayudándola en la cocina.

—¿Necesita ayuda Albert?

—No señor el portón ya está cerrado, solo estaba asegurando los caballos.

—Tienes varios corceles Albert.

—Todos son suyo señor. Su padre era amante de los buenos caballos, por eso tenía los mejores de la región.

—¿Albert que paso con los hombres de mi abuelo? Usted

nos dijo que se habían marchado en una semana huyendo.

–Así es joven amo, desde la primera noche comenzaron a oír voces y ver cosas. Realmente no sé explicarle, he vivido aquí toda mi vida y nunca he sido testigo de nada. Pero ellos se asustaron y lo cierto es que nunca más regresaron.

–Bueno, sea lo que sea que hayan visto sirvió para que te libraras de ellos. No eran buenas personas.

–Lo sé señor, ahora con su permiso si necesita algo no dude en llamarme.

–Muchas gracias Albert.

El anciano se marchó arrastrando las piernas, debía tener más de sesenta años por su manera de caminar, por la manera tan familiar con la que hablaba de su padre era evidente que no eran solo los años de servicio lo que lo ataban a esa casa sino una relación más profunda. Dio un vistazo a la propiedad que era enorme, el patio interior rodeado de enormes muros le daba seguridad a la casa. Ya había oscurecido totalmente y el cielo estaba cubierto por un sinfín de estrellas, no tenía ganas de regresar a la casa se imaginó que su madre estaría comiendo acompañada y solo de pensar sentarse en la mesa con ellos le disgustó. Ya de por si era demasiado duro para él saber que su madre sabia la verdad y ver la naturalidad con la que se comportaba, él mismo no acababa de aceptarse en su nueva vida. Podía ver salido a cazar con Robert pero temía que la cacería no fuera de su agrado. Sentía un enorme agradecimiento hacia su salvador pero le disgustaba saber que muchas veces sus presas eran personas. Dio un último recorrido y entro en la casa, dirigiéndose directamente al cuarto que su madre había preparado para él. La habitación era enorme al igual que las demás habitaciones de la casa, tenía un balcón con una ancha puerta que daba directamente al bosque, como su madre había sugerido podía saltar desde ahí cuando necesitara salir a cazar, encontró varios libros sobre un escritorio, y comenzó a buscar alguno que fuera de su agrado, al final se decidió por uno que no conocía y se acostó en la suave cama, la puerta del balcón estaba abierta y desde su cama podía ver el cielo, las estrellas y la luna que se alzaba en lo más alto. Perdió la noción del tiempo mientras leía, el ruido de unas pisadas que se aproximaban por el pasillo lo hizo levantarse al abrir la puerta descubrió a Robert que llegaba de su cacería.

–Al parecer tú y yo somos los únicos que permanecemos despiertos en esta casa.

–¿Hace mucho que llegaste?

–Un par de horas, tu madre ya se fue a descansar, al igual que Margaret y Henry. Albert y su nieto se fueron a dormir a una cabaña que está en el fondo.

–Estuve dando vueltas por las afueras de la casa sin saber qué hacer, disponer de tanto espacio es algo nuevo para mí.

–Te entiendo, ¿quieres hablar?

–Desearía hacerte algunas preguntas.

–Como quieras, yo al igual que tu no tengo sueño.– Robert sonrió y William le devolvió la sonrisa y le indicó para que entrara a la habitación.– ¿Sobre qué quieres hablar?

–Hay cosas que no entiendo, para hacerte sincero no entiendo nada. Según las leyendas y las historias que he conocido los llamados vampiros solo salen de noche y por lo visto ni tú ni yo tenemos problemas al salir durante el día.

—Las historias muchas veces al ser contadas de una generación a otra se transforman, la inmensa mayoría de nosotros no convive con las personas, recuerda que estas son nuestras presas y les resulta más fácil cazar durante la noche cuando estas están más indefensas.

—Vaya, por lo visto ser un vampiro no tiene tantas desventajas.

—Depende de cómo lo veas, resulta muy doloroso ver morir a los seres queridos y saber que tendrás que vivir con ese dolor por toda la eternidad. Creo que todos los que son como nosotros aunque lo nieguen sufren ese dolor.

—Es algo en lo que no había pensado.

—Eres joven y aun te falta mucho por aprender, muchos escogen esta vida como tu padre, otros como yo solo somos víctimas del destino.

—¿Hubieras deseado otra vida?

—Mi padre murió sin saber que había sido de mí, la vida que había soñado con Lucinda se esfumó, ella hizo su vida, creó su familia, tuvo sus propios hijos. Y yo aquí estoy, paralizado en el tiempo, con toda la eternidad por delante y sin un futuro.

—Que ironías tiene la vida.

—Así es, unos se lamentan porque piensan que es demasiado corta, y otros como nosotros no sabemos qué hacer con ella. Durante un tiempo estuve vagando tratando de darle un sentido a mi existencia, me he encontrado con todo tipo de personas; buenas y malas. Algunas han sido mis presas y otras me agradecen el haberlas ayudado.

—Nada justifica que te hayas vuelto un asesino.

–Tampoco se justifica lo que hicieron contigo, tomaron tu vida sin pedírtela. La vida está llena de injusticias, nosotros solo somos pequeñas piezas de un rompecabezas.

–¿Por qué cuando trataron de matarme no pudieron?

–Es una de las ventajas de ser inmortal, es un poco difícil acabar con nosotros, pero ten cuidado tenemos nuestros puntos débiles.

–¿Cómo cuales?

–El beber sangre de una persona enferma, puede ser fatal. Puedes sentirlo en el sabor si llevas una dieta equilibrada y te mantienes sin mucha sed; puedes ser capaz de notar la diferencia. Pero cuando la sed es intensa y la necesidad es imperiosa resulta difícil darse cuenta.

–¿Pasa lo mismo con los animales?

–Sí; debes tener mucho cuidado. Nuestros instintos pueden fallarnos, por eso debes cazar a menudo. El que lleves muchos días sin hacerlo te debilita y es un riesgo innecesario.

–¿Esa es la única de nuestras debilidades?

–¡Vaya que interesado estas!

–Es normal que quiera saber, no sabes cuan doloroso fue todo lo que me hicieron en ese sótano.

–Cuando quieras matar a un vampiro debes usar un sable de plata es el único metal que nos hace daño y debes decapitarlo. Todo lo demás son mitos y leyendas creados por los humanos.

–¿Sabes usar una espada?

–¿Quieres que te enseñe?

–Me gustaría aprender.

–Mañana empezamos, te resultara entretenido.

–¿Robert?– El aludido levanto la mirada hacia el joven.–
¿Sabes qué pasó con Lucinda?
Robert se levantó del asiento y salió al balcón, la luna
estaba en lo más alto del cielo iluminando toda la noche.
Se quedó observándola por varios segundos antes de
contestar.
–Cuando me escape de Elizabeth y regresé a mi tierra
habían pasado casi diez años, fue cuando descubrí que
Lucinda se había casado y tenía su propia familia, la
desesperación que sentí fue horrible; regresé con
Elizabeth y volví a perder la noción del tiempo. Llegó el
momento en que me sentí hastiado del mundo que ella
había creado a nuestro alrededor y volví a huir, mis
deseos me llevaron nuevamente a Lucinda, quería saber
cómo estaba y si era feliz. Lucinda había envejecido era
una anciana, su esposo había muerto hacía varios años y
vivía acompañada del menor de sus hijos y la esposa de
este. Tenía nietos a los que observaba jugar desde la
ventana del cuarto donde se sentaba pues ya casi no
podía caminar. Por primera vez en muchos años me
acerque a ella, quería hablarle, saber si aún me
recordaba. Una noche entré a su cuarto, estaba despierta;
al verme vi la sorpresa en sus ojos, no había miedo, me
sonrió y yo me acerqué. Me llamó por mi nombre y me
preguntó donde había estado todos estos años. No supe
que contestarle, dejé que sus viejas y cansadas manos me
tocaran, recorrió mi rostro con ansiedad y desesperación.
Lloraba, pero su llanto era de felicidad al verme
nuevamente, ese día comprendí que nunca había dejado
de amarme. Recorrió mis labios con la punta de sus
dedos y me besó muy tiernamente, me dio las gracias y
sonrío. No entendí el significado de sus palabras, me

quede esa noche hasta que se durmió, sus ojos no dejaban de mirarme. Me fui cuando amaneció y me quede cerca en el bosque. Escuche los gritos de su hijo cuando la encontró al día siguiente muerta en su habitación. Lucinda había muerto, solo estaba esperando por mí para morir en paz, su deseo había sido volver a verme antes de partir.

–Lo siento mucho.

–Ese día quise morir, estuve vagando sin rumbo por el bosque. Deje de cazar, quería reunirme con ella lo más pronto posible, soporte la sed hasta enloquecer completamente pero me resistía a cazar; casi lo logro. Elizabeth me estaba buscando y me encontró en medio de mi agonía, mi historia le pareció patética y me llevó con ella nuevamente. Ya nada tenía sentido, en realidad nunca lo tuvo, la inmortalidad, la fuerza, el poder, la riqueza nada se comparaba con el dolor de haber perdido a Lucinda y la vida que hubiera llevado a su lado. Un día llegaba de cazar, había decidido alimentarme de animales pues me aborrecía a mí mismo, sentía lo mismo que tú sientes ahora, me sentía incluso peor; pues yo si había tomado ya demasiadas vidas. Elizabeth no estaba sola habían unos cuatro hombres a su alrededor, había sangre por doquier la escena era lo más horripilante que había visto hasta ese momento. Todos alucinaban ante su poder y no eran capaces de sentir ningún dolor, no pude soportarlo, todo estaba bañado en sangre, las paredes, los muebles; Elizabeth apenas tenía ropa, todo su cuerpo estaba lleno de sangre. La vi morder una y otra vez a cada uno de ellos y vi el delirio en sus ojos, eran sus juguetes, puros objetos. Esa noche la abandoné para siempre, nunca volvería a hacer su objeto, su juguete, por mucho que lo intentó jamás regrese.

—¿Qué edad tienes en realidad?

Robert sonrió ante la pregunta del joven— Bueno me quede paralizado a los veinticinco años, pero realmente tengo más de ciento cuarenta seis años. ¿Qué edad tienes tú?

William rio – Estas hablando con un niño, apenas tengo doce años.– Ambos rieron ante la aclaración de William.

—¿Luces grande para tu edad? Ya casi amanece hemos estado aquí casi toda la noche.

—Así es, lamento tu historia.

—Tú también tienes la tuya. Voy a cambiarme los hombres de tu padre llegaran pronto, tu deberías hacer lo mismo. Te veré en el patio, mas tarde podrás comenzar tus lecciones.

—Gracias Robert.

Robert dio media vuelta y salió de la habitación, William quedo solo en el balcón, el sol comenzaba a salir y sus primero rayos comenzaron a iluminar el bosque. Miro hacia el patio aun era demasiado temprano pensó en las palabras de Robert por un momento, ya sentía sed, podría salir a cazar y estar de regreso antes de que el sol terminara de salir, no conocía el lugar pero no le sería difícil. De un salto ya estaba en la tierra húmeda por el rocío, lleno sus pulmones de aire y salió corriendo hacia la inmensidad del bosque

***

LEALTAD

Albert estaba en los establos dándole de comer a los caballos, cuando sintió el ruido de corceles que se aproximaban, minutos más tardes cuatro hombres aparecieron en el patio.

–Vaya que al fin llegan.– Albert apartó la mirada de los recién llegados y siguió haciendo su tarea. Uno de ellos se aproximó al anciano y lo ayudó con unos sacos que se puso al hombro sin el menor esfuerzo. Era alto y trigueño de fuerte musculatura su piel estaba dorada por el sol.

–Nos sorprendió lo que John nos dijo anoche. ¿En verdad la señora regreso?

–Así es Jeremy, la señora Marie llegó ayer.

–¿Y va a quedarse?

–¿Por qué no habría de hacerlo? Esta es su casa.

–Pero su padre se la llevó de aquí hace mucho y no creo que esté de acuerdo con su regreso.

–El padre de la señora Marie ya murió.

–Dios que me perdone pero ese viejo era diabólico.

–Así es, hizo sufrir mucho a su propia hija.

–¿John me dijo que no llegó sola?

–No, la señora vino acompañada de su hijo y un viejo amigo del señor Palmer.

–¿Y ellos, ya sabes, son como el señor?

–Déjate de rodeos Jeremy, eso nunca nos ha importado y tú lo sabes. De no ser por el señor Palmer ya hace mucho rato que todos hubiéramos muerto.

Jeremy miro a los demás hombres, todos estaban muy callados, Albert alzó la mirada y repasó cada unos de los rostros.

–¿Qué es lo que le pasa a todos ustedes?

–Albert, perdona. Tu lealtad hacia el señor es inquebrantable y nosotros le somos fieles también, pero entiende que no conocemos a los recién llegados, el señor tenía ciertas reglas y no sabemos si su hijo y su amigo están dispuestos a seguir esas órdenes.

–Cuida tus palabras Jeremy, le debes lealtad al señor de estas tierras; tú y todos tus hombres.

–No me lo tomes a mal Albert, pero mi esposa dio a luz hace poco y temó por mi hija.

–Pónganse a trabajar, la señora Marie despertara pronto y no quiero que los vea de haraganes, hay mucho por hacer.

–Vamos muchachos, confiemos en que lo que dice Albert es verdad.

–¿Crees que dejaría que mi nieto viviera en peligro?

–Tienes razón, no hay que temer.

Los hombres tomaron sus caballos y los llevaron a los establos, después se dispersaron por toda la propiedad ocupándose de sus quehaceres, Albert terminó de darle de comer a los caballos y entró en la casa. Margaret ya estaba sirviendo el desayuno y John ya estaba sentado a la mesa al lado de Henry.

–Buenos días Margaret.

–Buenos días Albert, por favor siéntese para que coma.

–¿Henry como pasaste la noche?

–Muy bien gracias, la casa es enorme y la señora Marie es muy atenta con nosotros, pero de antemano te digo que necesito trabajar no estoy acostumbrado a estar sin hacer nada.

–Puedes hacer lo que te plazca, aquí hay manos de sobra.

–Siempre me he ocupado de las cosas de mi señor, desearía ayudarte, necesito sentirme útil.

–Como quieras, es tu decisión. Creo que Margaret necesitara ayuda con los quehaceres de la casa y con John.

Henry sonrió y le pasó la mano por la cabeza al jovencito despeinándolo, para después mirar a su esposa.

–Creo que en eso Margaret no necesita ayuda.

–¿Sabes dónde está tu señor Henry?

–No lo he visto y tampoco he visto al joven William.

–Los hombres que mande a buscar ya llegaron, uno de ellos Jeremy está casado. Su esposa era la que venía de vez en cuando para atender la casa, tuvo una niña hace poco pero en caso de que se necesite está más que dispuesta a ayudar.

–No te preocupes Albert, todo estará bien. Henry y yo nos ocuparemos de la casa y de la señora.– Margaret puso en la mesa una enorme jarra con leche y unos pedazos de pan recién horneados.– Voy a llevarle el desayuno a la señora, con su permiso.

Tomo una bandeja de plata que tenía preparada cerca del fogón y salió de la cocina, en medio del salón se encontró con Robert quién estaba sentado en uno de los sofás con un libro en mano.

–Buenas días Margaret.

–Buenos días señor, ¿pensé que no estaba en la casa?

–Estoy esperando a William que debe estar al bajar.

–Albert dice que los hombres de la aldea ya llegaron. Voy a la habitación de la señora Marie. ¿Se le ofrece algo?

–Gracias Margaret, pero estoy bien. Iré a ver si Albert tiene algo que hacer, esto de no hacer nada me pone ansioso.

Margaret subió las escaleras y Robert se levantó del sofá, llevaba una camisa blanca abierta y se había calzado unas botas negras que le llegaban hasta las rodillas. Salió de la casa, el sol ya había salido por completo, examinó el cielo sin una nube; haría buen tiempo durante el día. Camino hacia los establos, reconociendo el lugar y examinando los grandes muros que protegían la propiedad. La casa era una fortaleza de cientos de años solo tenía una gran puerta de entrada de gruesa madera negra. Había pertenecido a la familia Palmer por varias generaciones y había sobrevivido a varios ataques de bandidos. Pero después de los rumores que empezaron a circular sobre su dueño nadie más se había atrevido a acercarse a la propiedad. Solo los habitantes de una aldea cercana confiaban en el señor de esas tierras, habían vivido mucho tiempo sumidos en la miseria y la explotación; Thomas Palmer cambió sus vidas para siempre y todos juraron fidelidad a él y su familia.

Robert caminó lentamente bordeando los muros cuando se encontró con Jeremy y dos de sus hombres. Los miró detenidamente, y vio el miedo reflejado en sus ojos pero al mismo tiempo una determinación muy grande.

–Buenos días.

–Buenos días señor. Mi nombre es Jeremy y estos son mis hombres Scarlett y Edmund

Robert bajo la cabeza saludándolos, Jeremy no se movió un centímetro y pudo ver como su mano se fijaba en el fino puñal que llevaba en la cintura.

–No temas Jeremy no les hare daño, ya vi el puñal que llevas. ¿Es de plata?

–Lo siento señor, pero sabemos muy bien cómo defender a nuestras familias.

–Me alegro mucho, mi nombre es Robert soy amigo de Thomas Palmer y vengo acompañando a su esposa y a su hijo.

–Albert ya nos dijo que la señora había vuelto.

–Así es. ¿Jeremy has vuelto a ver a tu señor por estas tierras?

—Hace mucho que se fue, la señora se marcho días después cuando su padre vino por ella. Nunca más volvimos a saber de él. Los hombres que mando el señor Reedwood salieron huyendo de aquí decían haber visto el fantasma del señor caminar por la casa de noche. Ellos creyeron que estaba muerto, pero nosotros sabemos que no es así. Después de que se marcho Albert dice haberlo visto unas cuantas veces pero no puedo decir si es verdad o no. Albert ya está viejo y creo que todas las noches alucina.

—¿Tienes miedo a que tu señor regrese Jeremy?

—No señor, ninguno de nosotros tiene miedo, al contrario todos nos sentíamos muy protegidos estando él cerca.

—Ya veo, ¿aunque en todos estos años no han sufrido inconvenientes?

—Pero no es igual, la gente no se acerca por temor, pero el miedo se desvanece con los años y ya han sido muchos. Dentro de poco ya nadie se acordara del dueño de estas tierras.

—En eso tiene razón señor, pero la señora Marie ya ha regresado y eso cambia muchas cosas.

—Eso espero, con su permiso, si necesita algo no dude en llamarnos.

—Gracias Jeremy.

El hombre dio media vuelta y se marchó acompañado por sus amigos, Robert quedó solo en el patio, miró al cielo y se encaminó a la puerta. El bosque estaba cerca, a tan solo unos metros y se extendía por toda la pradera bordeando la casa. El camino era intrincado apenas visible, para llegar a la casa era necesario conocer bien esas tierras, caminó por un sendero oculto entre unos árboles, sintió el olor de William y siguió el aroma intrincándose aun mas en la foresta. El olor era reciente, siguió el rastro unos cuantos metros y descubrió el cadáver seco de un ciervo entre los árboles, el olor del joven se volvía a perder unos cuantos metros para luego aparecer cerca del sendero de regreso a casa. William había salido a cazar pero ya estaba de vuelta. Tomo el cadáver del animal y lo enterró en la tierra, el joven había cazado muy cerca de la casa y aunque los habitantes de la aldea sabían la verdad el olor del cadáver podía ocasionar ciertos inconvenientes; había visto el recelo en los ojos de Jeremy y no creía necesario darle muchos detalles sobre su forma de alimentarse. Cuando terminó camino unos cuantos metros más y descubrió otro aroma que no le era desconocido del todo. Alguien mas había estado allí recientemente, el olor se perdía dentro del bosque, quien sea que haya sido solo había estado allí unas horas antes, quizás al mismo tiempo que William. Eso no le gusto en lo absoluto, descubrió unas huellas en la tierra húmeda, las siguió hasta que se perdieron en un pequeño riachuelo, trepó por los árboles y fue de uno en uno hasta el final del bosque. Los árboles terminaban en un acantilado a varios metros de altura; examinó un poco más el lugar sin encontrar ningún otro rastro, pero de algo si estaba seguro el visitante era como él, un vampiro. El sol ya estaba en medio del cielo, le había tomado unas horas seguir el rastro y se había alejado bastante de la casa. Olfateó el aire una vez más, el aroma casi había desaparecido, miró hacia abajo por el acantilado, regresaría mas tarde para continuar la búsqueda, ahora tenía que regresar a la casa para cerciorarse que todos estuvieran bien. El camino de regreso apenas le tomo unos minutos, fue directamente a buscar a Jeremy; a quien encontró con sus hombres del otro lado de la propiedad.

–Jeremy– el aludido se volvió inmediatamente– ¿Has visto a alguien entrar a la casa?

–No señor. La señora no ha salido y Albert esta con Henry. Fueron al riachuelo en busca de agua para la comida. John los acompaña.

–Envía a tus hombres a buscarlos, los quiero de regreso cuanto antes.

–¿Pasa algo señor?

–No lo sé, dile que se vayan ya y que vayan armados.

–Como usted diga señor.– Jeremy le hizo un ademán a los hombres para que se acercaran, y les hablo en voz muy baja. Dos de ellos salieron corriendo hacia los caballos y minutos más tarde habían desaparecido en el bosque.– Regresaran pronto, el riachuelo esta cerca no creo que haya peligro.

–Puede que tengas razón pero creo que tenemos visita. Jeremy miro a Robert confundido

–Usted cree que haya un…-dejo la frase sin terminar, los rojizos ojos de Robert se fijaron en el hombre.

–Vampiro, puedes decir el nombre. Si hay un vampiro cerca y hasta que no esté seguro si representa un peligro para todos nosotros no voy a estar tranquilo.

–Mis hombres están preparados, por si se le ofrece algo.

–Cuando regresen con Albert y Henry; quiero que se marchen de inmediato a la aldea. Quien quiera que sea sabe que estamos aquí, ustedes deben proteger la aldea nosotros estaremos bien aquí. Pero no quiero que les coja la noche en el camino de regreso. Voy por William, no te preocupes Jeremy cuidare de ustedes.

–Gracias señor, voy con Scarlett a guardar las cosas, y asegurar los caballos.

Robert asintió y camino hacia la casa, justo en la puerta se encontró con William.

–Iba a buscarte.-El joven se detuvo al ver el rostro de su amigo.– ¿Sucede algo?

–¿Cuándo estuviste cazando, vistes algo en particular?

–No te entiendo.

–Se que estuviste en el bosque, seguí tu aroma. Encontré el ciervo muerto y lo enterré, pero quiero saber si vistes algo extraño.

–No nada. ¿Puedes explicarme que está pasando?

–Alguien estuvo merodeando por los alrededores, seguí su aroma pero se me perdió cerca del acantilado.

–Te refieres a un vampiro.

–Sí, estoy casi seguro que estaba en el bosque en la mañana cuando tú estabas cazando.

–Pero no sentí nada.

–No te preocupes, quien quiera que sea no se va a acercar a la casa, mande a los hombres a buscar a Henry y a Albert. Tan pronto regresen le di órdenes que se marcharan para la aldea.

–¿Estás seguro que no hay peligro?

–No me parece, nadie se atreverá a entrar estando nosotros aquí.

–Eso espero.

–¿Dónde está tu madre?

–Esta con Margaret.

–No le digas nada, no hay razón para preocuparse.

–Está bien.

–Voy a ver si los hombres de Jeremy ya regresaron. ¿Me acompañas?

–Sí, voy contigo, quisiera conocerlos.

–Vamos.

Ambos hombres se adentraron en el patio, justo en los establos se encontraron con Jeremy.

–¿Ya se fueron tus hombres?

–Sí señor, los caballos ya están seguros.

–Jeremy, este es William el hijo de Marie.

–Buenas tardes señor.

–Buenas tardes Jeremy, ya Robert me dijo lo que estaba pasando.

–El riachuelo esta cerca, no creo que demoren mucho.

Jeremy y Scarlett intercambiaron una mirada rápida. Robert los observaba y se dio cuenta que algo pasaba. William tampoco dejaba de mirarlos.

–¿Sucede algo Jeremy?

El aludido bajo la cabeza avergonzado ante la pregunta del joven.

–No señor, nada.

Robert sonrió y caminó hacia al hombre dándole una palmada en el hombro.

–Está asustado, en realidad no pensó que fueras tan grande.-Jeremy levantó la mirada hacia Robert quién sonreía, su cara se había tornado roja por la pena, lanzó una rápida mirada a William para bajar nuevamente la mirada y fijarla en la tierra.

–No te preocupes Jeremy, estoy acostumbrado.

–Lo siento señor.

En ese momento se escucho el galope de unos caballos que se acercaban, todos se volvieron para ver a los hombres de Jeremy que aparecieron en la puerta. Robert se aproximo a ellos.

–¿Dónde está Henry?

–Ya viene.– dijo uno de ellos quien se desmonto enseguida tomando un enorme barril lleno de agua que llevaba sujeto al caballo. Scarlett fue enseguida a ayudarlo y Jeremy a su vez alcanzó al otro hombre para ayudarlo con el otro barril. Robert se acercó a la puerta y vio las figuras de ambos ancianos que venían por el camino acompañados del jovencito. Los espero en la entrada, hasta que llegaron y entraron por el ancho portón.

–¿Sucede algo señor?

–Nada Albert, solo estaba preocupado por ustedes.

–Pero estos estaban muy asustados, parecían que habían visto un fantasma

–Fue solo precaución.

–Como usted diga, ustedes lleven el agua a la cocina. Margaret debe estar esperando, no se dilaten más.

Todos se perdieron en el patio en dirección a la cocina. Henry y Albert también entraron en la casa. Robert y William quedaron en la entrada mirando hacia el bosque.

–¿Cómo puedes saber que hay alguien como nosotros cerca?

–Ya te dije seguí su aroma.

–¿Me enseñarías?

–Claro que si, tan pronto se vayan los hombres cerraremos el portón es la única vía de entrada y salida a la casa.

–¿Crees que en la aldea estarán seguros?

–Sí, estarán bien, ellos saben cómo defenderse. Además aquí hay una ley impuesta por un vampiro recuerda.

–Eso que significa, si hay alguien como nosotros allá fuera, no conoce esa ley.

–Este es el territorio de tu padre, esa ley solo él puede

levantarla, un vampiro reconoce enseguida cuando se encuentra en territorio ocupado y no puede quebrantar las leyes existentes en ese territorio.

—Por eso estas seguro que mi padre está vivo.

—Así es, si estuviera muerto no sentiría su presencia.

—Espero que tengas razón, no quiero que los aldeanos estén en peligro por nuestra causa.

—Nuestra presencia aquí no significa un peligro para ellos, más bien les beneficia. Cualquier vampiro lo pensaría dos veces antes de meterse aquí.

—Espero que tengas razón.

Jeremy y sus hombres salieron de la casa y se acercaron a ellos.

—Nos vamos señor. ¿Necesitan algo más?

—Está bien Jeremy, recuerda, tengan cuidado; trata que nadie salga de la aldea durante la noche. Ningún vampiro se atreverá a cazar en estas tierras así que estarán a salvo, pero que ninguno de tus hombres se aleje de los límites de esta propiedad. Mientras estén adentro estarán a salvo.

—Sí señor, estaremos atentos; nadie saldrá de la aldea

—Nos vemos mañana, puede ser que nuestro visitante solo este de paso y al no poder cazar se irá pronto.

—Nos vemos mañana, señor William con su permiso, nos retiramos.

Jeremy bajó la cabeza en señal de respeto, William le hizo un ademán para que continuara, todos se montaron en sus caballos y se marcharon. Detrás de ellos Robert cerró el portón y entró a la casa con William. Marie estaba sentada en el amplio sofá con una cesta de costura en las piernas, al verlos sonrió.

—Buenas tardes, no los he visto en toda la mañana.

–Buenas tarde madre, estábamos afuera con Albert.

–Lo sé, ¿Estás bien hijo?

–Si madre, ¿por qué lo pregunta?

–Te veo preocupado.– La mujer desvió su mirada hacia Robert que se había sentado en una butaca en la esquina de la habitación.– Usted también se ve preocupado.

–Todo está bien señora.

–Eso espero.

–¿Te ves muy bien madre?

–En realidad estoy más que bien, la casa esta increíble, todo está exactamente como la deje hace años. Eso me hace sentir muy bien.

–Que bueno.

–Margaret ya casi tiene lista la comida, ¿nos van a acompañar?

–No madre, tenemos cosas que hacer. Ve con Margaret.

–No me gusta comer sola, mi padre diría que estoy deshonrando a la familia comiendo con la servidumbre. Pero a mí no me importa, me siento tan bien con ellos, son tan amables.

–Lo más importante en las personas es lo que está en el interior.– Respondió Robert

–Estoy de acuerdo, ahora con su permiso. Hijo mañana temprano quiero ir a cabalgar, hace mucho tiempo que no lo hago.

–Como guste madre, mañana iremos todos juntos a cabalgar si así lo deseas.

–Excelente idea, los veo luego.-Marie se levantó del sofá, dejo la cesta en una esquina y se dirigió al comedor.

–Voy a hablar con Albert, ¿Me acompañas?– Robert se levanto de su asiento rumbo a la cocina.

—Claro, ¿crees que el sepa algo?

—Jeremy me comentó que supuestamente tu padre nunca regreso, pero dijo algo que me hace pensar lo contrario; al parecer Albert si ha visto a tu padre. Solo que nadie le ha prestado atención.

—¿Por qué lo dices?

—Jeremy me dijo que Albert alucinaba con tu padre a menudo, eso me hace pensar que él ha sido la única que persona que lo ha visto en todos estos años.

—Si es así, ve tu solo. No creo que diga algo si yo estoy presente.

—Está bien, tienes razón nos vemos luego.

William se quedó solo en el gran salón, había algo que lo hacía sentir ansioso y no sabía que era, quizás las palabras de Robert lo habían preocupado. Descubrió un gran piano en una esquina alejada de la sala, fue hacia él y se sentó, segundos más tardes las notas comenzaron a fluir llenando toda la habitación. Marie no tardo en aparecer, se puso detrás de su hijo oyéndolo tocar. Sus manos le apretaron suavemente los hombros, sonrió y se sentó a su lado uniéndose a él. Muchas veces habían tocado juntos el viejo piano en la habitación de Marie, pero ahora era diferente y la música salía de sus manos derrochando alegría y felicidad.

Robert se encontró con Albert y Henry en la cocina; Margaret estaba con John limpiando las habitaciones interiores. Los dos ancianos estaban conversando mientras preparan la leña para la comida. Robert se acercó a Henry y tomo los trozos de madera que llevaba en sus brazos.

—¿Déjame ayudarlos?

—Yo puedo hacerlo señor, no es necesario.

–Quiero hacerlo Henry, sabes que no me gusta estar sin hacer nada y por lo visto aquí no hay mucho que hacer. Robert terminó de apilar la leña en la cocina rápidamente, Henry suspiró al ver el trabajo de todo un día terminado en solo unos minutos, recorrió la cocina con la mirada y se marchó en busca de Margaret para ver si podía ayudarla con los quehaceres de la casa. Albert y Robert quedaron solos en la cocina.

–¿Albert cuando fue la última vez que vistes a tu señor?

–Muchos son los que piensan que el señor se marchó hace muchos años, pero yo lo he visto venir a menudo.

–¿Estás seguro?

–Conozco a mi señor desde hace muchos años, cuando mi familia se estableció en la aldea yo tenía casi quince años, mi padre encontró trabajo aquí y al poco tiempo yo también comencé a trabajar. Mi señor era en aquella época un hombre fuerte y robusto, todos por aquí lo respetaban; poco tiempo después enfermo y todos sufrimos mucho al ver como se iba apagando día a día. Hasta que se encontró con una mujer que prometió devolverle la salud y la fortaleza, todos nos asustamos pero al poco tiempo comprendimos que él seguía siendo el mismo. Yo me quedé en la casa cuando todos se fueron asustados. Ya mis huesos están viejos y cansados pero mi señor sigue siendo el mismo de cuando yo era joven. Estoy seguro que se ha mantenido alejado pensando que le hacia un bien a la señora Marie, ella es lo que él más ama en el mundo, cuando viene me doy cuenta que lo hace con la esperanza de encontrarla.

–¿Por qué crees que nunca fue a buscarla a casa de su padre?

–A lo mejor pensaba que estaba bien y muy a gusto en la

casa paterna.

–¿Cuándo fue la última vez que lo vistes?

–Hace algunos meses, John se había quedado en la aldea esa noche, cuando sentí el piano del salón. Cuando viene no se queda mucho tiempo, no entiendo por qué decidió irse y nunca regresar.

–Quizás el amor que siente hacia Marie es lo que le impide quedarse.

–Quizás, solo espero que regrese pronto esta vez. A lo mejor al ver que la señora y su hijo están aquí en la casa lo hace cambiar de parecer.

–Creo que muy pronto regresara, esta mañana cuando estuve en el bosque sentí el olor de un vampiro. Es raro que alguno de nosotros permanezca mucho tiempo en un territorio ocupado, por lo general evitamos permanecer en áreas ocupadas por algún otro depredador.

–Puede que tenga razón, no entiendo muy bien cuál es su papel en esta historia, he observado que el joven William le tiene mucha confianza pero también he visto sus ojos rojos, usted no es como mi señor.

–Cada persona es diferente Albert.

–Usted estaba con esa mujer, lo recuerdo muy bien.

–Me sorprende que me recuerdes.

–Esa mujer cambio la vida de mi señor para siempre; y usted parece ser igual a ella.

–Elizabeth y yo no somos iguales. Vivimos juntos un tiempo pero después yo me aparte de ella. Quizás no sea igual que tu señor, es cierto, pero tampoco soy igual a ella.

– Esa mujer es una bruja maligna, cuando mi señor encontró a la señora Marie todo cambio, lo vi sonreír por primera vez después de muchos años. Hasta que ella apareció nuevamente, ese día enloqueció completamente y decidió marcharse, usted estaba con ella.

—Estaba de paso, ya conocía a tu señor desde antes, en realidad ambos fuimos marcados por la misma mujer. Elizabeth había decidido venir y decidí prevenirle. Ella llegó y él enloqueció; lo único que podía hacerle daño era la idea de ver a Marie en peligro. Temía que Elizabeth supiera de su presencia en esta casa por eso decidió irse.

—Ojala que regrese pronto, quizás ahora decida quedarse. Esa fue la razón por la cual mando a los hombres de regreso a la aldea.

—Sí, están más seguros en la aldea al lado de sus familias.

—Me voy a mi habitación, el día de hoy ha sido largo y mis huesos ya se cansan rápido por la edad. Aquí al parecer no hay nada que hacer, nos vemos mañana señor.

—Que descanses Albert.

Robert quedo solo en la cocina, quizás Albert tenía razón y el rastro que había estado siguiendo en la mañana había sido el de Thomas Palmer, por unos segundos pensó que podía ser Elizabeth pero esa idea fue desechada por completo, la vampira no podía cazar en esas tierras y la sangre animal no era de su agrado; además Elizabeth no era de las que se escondía en el bosque. Lo pensó durante varios segundos y salió de la casa hacia el bosque; el sol comenzaba a ocultarse detrás de los arboles, quien quiera que haya andado por esos rumbos podía haber regresado, a lo mejor también había captado la presencia de otro vampiro; quizás también estuviera buscándolo. Caminó por todo el sendero bordeando la casa sin encontrar rastro alguno, termino adentrándose entre los arboles justo donde había encontrado el rastro en la mañana. El aroma ya no era tan fuerte y lo llevó justo al acantilado; esta vez saltó hacia una roca que estaba a unos cuantos metros por debajo, examinó las rocas y el rio bajo sus pies. Un poco más abajo encontró una abertura en la rocosa pared del acantilado, se acercó un poco más y descubrió una pequeña cueva. Un extraño olor salía por la abertura, dio un salto más y entró en ella. Estaba oscuro en el interior pero podía ver bien, varios rayos de sol se filtraban entre las rocas. El olor provenía de los cuerpos en estado de putrefacción de varios animales. Ya en el interior el olor era insoportablemente fuerte; encontró unas ropas de hombre en un rincón de la cueva recorrió todo el interior y no encontró ni rastro de su habitante. Dio un último recorrido con la mirada y se marchó de la cueva, recorrió todo el acantilado bordeando el rio sin encontrar ningún otro rastro.

Su búsqueda lo llevo hasta cerca de la aldea, se quedó escondido entre los árboles observando, pero no vio nada fuera de lo común, los hombres ya estaban de regreso de las faenas del campo y los niños jugaban vigilados de cerca por varios ancianos. Ya había oscurecido y se encaminó de regreso a la casa, después de haber descubierto los animales en la cueva estaba seguro que se trataba de Thomas Palmer. El camino de regreso le tomó mucho menos tiempo, tomó el sendero directo a la casa, William estaría ansioso seguro por su desaparición y no encontraba conveniente estar mucho tiempo alejado. La luna ya brillaba en el centro del cielo cuando llegó, dio un salto hacia uno de los árboles cercanos al enorme muro y segundos después salto al interior.

***

EL VISITANTE

William estaba en su habitación, había pasado gran parte de la tarde con su madre no solo frente al piano sino también recorriendo la casa. Habían terminado en el gran despacho de su padre y Marie le había presentado a cada uno de los rostros del pasillo y le había hablado hasta el cansancio de cada uno de sus ancestros. Tomó varios libros de uno de los libreros y se los llevó a su habitación. Durante años la lectura había sido su único entretenimiento, el viejo despacho de la casa debía tener más de mil libros, lo cual le alegraba pues las noches se le hacían interminablemente largas. Sintió un ruido afuera y salió al balcón Robert había salido desde hacía mucho y estaba pendiente de él. Lo vio saltar por el muro y entrar a la casa inmediatamente salió de su habitación y fue a su encuentro. Lo encontró justo en medio del salón.

–¿Dónde has estado?

–Salí a dar una vuelta por los alrededores.

–Pensé que estabas hablando con Albert, cuando salí a buscarte te habías marchado.

–Regresé al bosque, encontré una cueva escondida, cerca del rio.

–¿Crees que nuestro visitante se esté escondiendo ahí?

–Estoy seguro, habían unos animales muertos dentro de ella. Pero volví a perder el rastro cerca del rio. Me di una vuelta por la aldea y todo está en orden. Quién quiera que sea no ha estado cerca de la casa.

–¿Quién tú crees que sea?

–Después de la conversación que tuve con Albert en la tarde, creo que se trata de tu padre.

–¿Mi madre corre peligro?

–Marie está segura aquí, nadie puede hacerle daño; no te preocupes. ¿Dónde están los demás?

–Mi madre se fue a descansar a su habitación y hace un rato sentí a Margaret y a John cerca de la cocina.

–Me voy a mi habitación a cambiarme de ropa, pensé salir a cazar pero lo dejaré para mañana, no quiero alejarme de la casa esta noche. Nos vemos luego.

–Robert, te agradezco todo lo que haces por nosotros.

–No tienes porque, recuerda que somos amigos; además si el visitante es tu padre me complace la idea de volver a verlo.

Ambos hombres desaparecieron en el interior de la casa, la noche aun era joven y para ellos apenas empezaba.

Marie terminó de comer con Margaret y después de conversar un rato con Albert se retiro a su habitación. La luna estaba en el centro del cielo é iluminaba todo el bosque, la habitación de Marie estaba ubicada al final de pasillo y tenía un gran ventanal que daba al patio interior de la casa. Una fina brisa se filtraba por la gran ventana y las blancas cortinas se mecían al compás del viento; el ambiente dentro de su habitación era agradable y no hacía calor, Marie tomó un libro y se sentó cerca de la ventana. La tranquilidad que reinaba en toda la casa era increíble, después de muchos años de agonía al lado de su padre los pocos días que llevaba en compañía de su hijo le habían cambiado completamente la vida. Apenas se acordaba de lo que le habían dicho los médicos sobre su estado de salud. Se sentía fuerte y con muchas ganas de vivir, estaba decidida a salir adelante y a recuperarse del todo por su hijo; también la idea de volver a ver a su esposo le alegraba el alma. No supo cuanto tiempo había transcurrido, la brisa se había tornado un poco fría y la hizo estremecerse, la compañía de un buen libro siempre la había ayudado a escaparse de la realidad. Se levantó de su asiento y se acercó a la ventana para cerrarla cuando vio una sombra justo al lado de los establos, la sombra se esfumó rápidamente y desapareció. Cerró la ventana sin dejar de mirar hacia el patio, estaba convencida de haber visto a alguien, eso la inquieto un poco, quizás era su hijo quien se encontraba ahí afuera; salió de su habitación y bajo las escaleras; el salón estaba completamente vacío. Margaret ya debía de haberse ido a dormir junto a Henry. Dio una vuelta por el salón y no vio a nadie, la puerta hacia el jardín estaba cerrada cogió un manta que había dejado en la tarde sobre el sofá y salió al patio iluminando por la luz de la luna. La fría brisa la hizo estremecerse nuevamente, caminó por todo el jardín sin ver a nadie quizás había sido su imaginación, suspiró y se encaminó de regreso. Justo en la entrada sintió el ruido de unos pasos, se volvió pero no había nadie detrás de ella, abrió la puerta y entró en la casa se volvió para cerrarla cuando una fría mano blanca salió de la oscuridad y tomo la suya. No se atrevió a levantar la mirada, se quedo paralizada en el lugar; muy suavemente deslizó sus dedos recorriendo cada línea de la extraña mano, se volvió muy lentamente sin dejar de apretarla, tenia temor de que al soltarla desapareciera. Su corazón palpitaba muy fuerte dentro de su pecho, parecía como si se fuera a salir de él, levanto la mirada y sus ojos se encontraron con los de él. ¿Cuántos años habían pasado? Recorrió el rostro del hombre con sus manos temblorosas, a pesar de los años transcurridos nada había cambiado en él. El recién llegado se quedó parado mientras Marie recorría cada línea de su rostro sin dejar de mirarla.

—¿Sabía que volvería a verte algún día?– La voz de Marie era temblorosa y de sus ojos comenzaban a brotar las lágrimas. Thomas Palmer tomó las manos de su esposa y las besó tiernamente por varios segundos.

—Eres tan bella.– sostuvo con una de sus manos las de Marie y con la otra le acarició el rostro. – Pensé que recordaba tu rostro a la perfección, pero ahora me doy cuenta que eres mucho más bella.

Marie seguía mirándolo, las lágrimas corrían por sus mejillas; Thomas no dejaba de acariciarle el rostro y tampoco dejaba de mirarla. Después de varios segundos Marie tomó la mano del hombre, la acarició tiernamente y se apartó de él.

—Pensé que habías muerto.

—Tuve que irme, temía por ti.

—¿Elizabeth?

—¿Cómo sabes de ella?

—Creo que tenemos un amigo en común.– Thomas se acercó a Marie y le tomó de la mano nuevamente.– No debiste dejarme.

—Creía que era lo mejor para ambos, aquí estarías segura. Cuando regrese a ver como estabas Albert me dijo que te habías marchado con tu padre.

—¿Por qué no fuiste por mi?

—Estabas segura con él, lejos de mí.

—No tienes idea de lo que ha sido mi vida. Estaba sola y desamparada.

—Estabas con tu familia, Albert me dijo que me habían dado por muerto todo iba hacer tuyo, ibas a estar bien.

—Pero no fue así. Tenía algo importante que decirte el día

que desapareciste.

Thomas se acercó más a ella, estaba a punto de hablar cuando sintió unos pasos en la planta alta, se volvió hacia las escaleras cubriendo a Marie con su cuerpo; Robert apareció en el recinto, Thomas tomó una actitud defensiva y protectora delante de Marie sus ojos se tornaron rojos y sus colmillos relucieron.

–Tranquilo amigo, no estoy aquí para hacerle daño a nadie.

Thomas relajó un poco la postura pero seguía enfrente de Marie, Robert bajó lentamente las escaleras sin dejar de mirar al vampiro.

–¿Qué haces aquí?

–Robert está aquí para ayudarnos.– Marie se soltó de los brazos del hombre y se interpuso entre ambos. –No es necesario que te pongas así.

Thomas miró a su esposa y luego cambió la mirada hacia Robert quien estaba a solo unos cuantos pasos de él.

–Han pasado años Thomas, te dije que podías contar conmigo. –Robert extendió su mano. Thomas se lo pensó por unos segundos y le devolvió el saludo.

–Lo sé, sé que puedo contar contigo; pero me sorprende verte aquí.

–Estoy donde se me necesite, lo sabes perfectamente.

–El eterno justiciero, defiendes a los débiles y tomas la sangre de los malos.

Robert sonrió, ante las afirmaciones del vampiro.

–Sabes que he aprendido a controlarme.

–¿Hay alguien más contigo?

–¿A qué te refieres?

–No eras tú quien estaba cazando en la mañana en el bosque, si es uno de tus amigos es mejor que le digas que se marche. No quiero vampiros en estas tierras.

Marie comprendió enseguida a que se refería su esposo, William había estado cazando en el bosque, Thomas no lo conocía y podía matarlo. Su rostro se cubrió de horror y se volvió a su esposo.

—¡No puedes tocarlo, no puedes hacerle daño!

Thomas vio el rostro desesperado de su esposa.

—¿Qué te pasa? No puedes confiar en desconocidos y mucho menos en personas como nosotros.

—William no es un desconocido.

—¿William? ¿Lo conoces?

—Thomas hay muchas cosas que debes saber y mejor que sea ahora antes de que tomes decisiones precipitadas. —Robert se acercó al hombre y lo tomó por el hombro.— William no es un desconocido.

—¿Robert, puedes dejarme a solas con mi esposo?

—Seguro, estaré afuera por si me necesitan. Creo que necesitan estar solos para conversar, todos ya duermen. Hablaré con William y nos iremos de caza saldremos por el balcón. Thomas te veré en la mañana. —Robert hizo una reverencia hacia Marie y se marchó del recinto en busca de William a quien se encontró en medio del pasillo de la planta alta.

—Sentí voces. ¿Quién está en la casa?

—Te invito a una casería.

—¿Dijiste que no querías estar lejos de la casa esta noche?

—Así es, pero ya no hay peligro.

—¿A qué te refieres?

—Tu madre tiene visita, y en estos momentos es mejor que no estés presente.

—¿Quién está aquí?

—Tu padre.

William miro a Robert asombrado.

—¿Mi madre está a salvo con él?

—Así es, no tienes por qué preocuparte, es mejor que la dejemos a solas con él. Tienen muchas cosas que aclarar. Salgamos por tu habitación ella estará bien.

—Está bien, vamos.

Ambos hombres saltaron por el balcón hacia el bosque, Robert comenzó a correr y desapareció entre los árboles, William no tardó en seguirlo desapareciendo en la foresta.

Thomas sintió los pasos de ambos hombres y los vio saltar al bosque por una de las ventanas, Marie se había ido a sentar en un sofá cercano.

—¿Quién es William?

—Los últimos días que pasaste en la casa estabas muy extraño, apenas hablabas y el poco tiempo que estabas aquí te encerrabas en tu habitación.

—No quería hacerte daño, me sentía culpable por mi comportamiento. Elizabeth andaba cerca y temía por ti. El día que decidí irme la encontré cerca de la aldea.

—Thomas cuando te fuiste no me distes oportunidad de decirte que estaba embarazada.

El hombre se volvió hacia Marie, mirándola fijamente.

—¿Qué dices?

—Tenía miedo decírtelo, no sabía cómo ibas a reaccionar, cuando te marchaste mi padre llego a los pocos días. Todo era muy extraño, mi vientre crecía muy rápido y le dije que tenía mucho más tiempo de embarazo. Decidió llevarme con él, pasaron los meses y tú no regresabas y él me hizo creer que habías muerto. Después que di a luz mis preocupaciones comenzaron realmente, William es muy especial y mi padre se dio cuenta que algo en él no era normal. Sufrí mucho, sabía que en cualquier momento podía arrebatármelo para matarlo. William sufrió mucho encerrado. Gracias a dios cuando más desesperada estaba apareció Robert y gracias a él estamos aquí de regreso.

—No puedo creer lo que me dices.

—Thomas, han sido muchos años de sufrimiento.

—Y todo por mi causa, juré que te protegería y no pude cumplirlo.

—Ahora todo puede cambiar, Thomas temo mucho por hijo, no sabe muchas cosas sobre la vida que le tocó y temo no vivir lo suficiente para protegerlo.

—¿A qué te refieres?

—Todos los años de encierro y sufrimiento dejaron su huella en mí. Es cierto que en los últimos días me he sentido mucho mejor pero tengo miedo Thomas.

—¿Estas enferma?

—Sí, y temo mucho por William. Thomas mi hijo es lo único que tengo en este mundo y solo te pido que me ayudes a protegerlo.

—¿Cómo pude hacerte tanto daño?

—Lo importante ahora es que regresaste.

—Siempre supe que tu padre era una mala persona, pero nunca me imagine que pudiera hacerte daño, cuando Albert me dijo que te habías ido con el pensé que estarías a salvo.

—Cada día era un calvario, el pensar que en cualquier momento podía perderlo y el saber que no podía hacer nada para salvarlo.

—¿Dónde está tu padre ahora?

—Murió hace unos días, Robert logró salvarnos, aun no

sé como supo de nosotros pero le agradezco la tranquilidad que tengo ahora.

–¿En cuanto a tu enfermedad?

–Los médicos me dijeron que mi salud se había debilitado mucho por la humedad y la falta de sol. Mi padre tenía la esperanza de que me recuperara por eso pretendía mandarme al campo lejos de William.

–Quiero que te vea un médico, en la mañana mandare a Albert a la ciudad en busca de uno.

–No es necesario, ya te dije que me siento mucho mejor

–No soporto la idea de que estés enferma.

–Quiero que me prometas que cuidaras de William.

–Te lo prometo. –Thomas besó las manos de su esposa tiernamente y luego le acarició el rostro.– Es parte de mi también, nadie le hará daño.

–Gracias.

–Es tarde, debes descansar.

–¿Y tú que harás?

–Me quedare aquí, junto a ti si así lo deseas.

–Claro que lo deseo.

***

UN NUEVO DIA

El sol comenzaba a salir en el horizonte, Albert estaba en las caballerizas dándole de comer a los caballos como de costumbre cuando sintió los familiares pasos de su señor cerca de los establos.

–Sabía que pronto regresaría señor.

–¿Albert como has estado?

–Muy bien, sobre todo ahora que la señora Marie regreso y todo parece volver a la normalidad

–Ojala tengas razón Albert.

–Claro que sí señor, usted no tiene porque esconderse.

–Albert necesito asearme y algo de ropa limpia.

–Enseguida señor. Le diré a Margaret que ponga algo de ropa en la habitación del fondo. Disculpe pero su habitación la señora Marie se la dio al joven William

–Está bien Albert, es mejor así, no quiero que nadie me vea por ahora.

–Venga conmigo señor.

Albert se adentro en la casa arrastrando los pies y Thomas Palmer lo siguió. Ambos entraron a la casa por un pasillo escondido detrás de la cocina que daba a las habitaciones del fondo de la propiedad. William y Robert regresaban de casería, justo en la puerta se encontraron con Jeremy y sus hombres que llegaban a la casa.

–Buenos días señores.

–Buenos días Jeremy.

–¿Todo bien por aquí señor?

–Si Jeremy, creo que me preocupe más de lo normal.– Robert se acercó al hombre que se había desmontado de su caballo y le tendió la mano. Jeremy dudo por unos segundos y le dio la suya.

–Me voy a cambiar de ropa y ya regreso, por si necesitan ayuda.

–No se preocupe señor Robert, ese es nuestro trabajo; buenos días joven William. –El hombre se volvió hacia el joven y le hizo una pequeña reverencia con la cabeza.

–Buenos días Jeremy.

– Ahora con su permiso, voy a buscar a Albert para empezar nuestro trabajo

Los hombres entraron con sus caballos al gran patio, William los siguió con la vista.

–¿Confías en Jeremy?

—Es un hombre desconfiado, pero muy leal a tu padre, y eso es lo importante aquí.

—Voy a ver a mi madre, no me gusto dejarla sola anoche.

—Está bien, no vemos luego.

William entró a la casa en busca de Marie, al no encontrarla en la sala, se dirigió a la habitación.

—¿Madre? —Tocó suavemente en la puerta antes de abrirla. —¿Puedo pasar?

—Entra hijo.

Marie estaba terminando de peinarse, lucia muy hermosa esa mañana sus verdes ojos relucían con un brillo asombroso.

—Anoche vine a verte, pero Robert me pidió que te dejara a solas.

—Gracias hijo. ¿Robert te dijo algo?

—Sí, me dijo que mi padre había regresado.

—Así es, estuvo aquí anoche y tuvimos una larga conversación.

—¿Aun lo amas madre?

—Thomas Palmer ha sido el único hombre que ha existido en mi vida, cuando me casé con él no lo amaba, pero el poco tiempo que pase a su lado basto para que se ganara mi confianza y mi amor.

—Suenas muy ilusionada madre.

—Si hijo, deseo que lo conozcas.

—¿Dónde está ahora?

—Salió hace un rato, estuvo toda la noche velando mi sueño. Es un buen hombre, recuerda que te puede ayudar mucho.

—Gracias madre, voy a mi habitación a cambiarme. ¿Aun deseas ir a cabalgar?

—Por supuesto, no he cambiado de idea.

–Entonces nos vemos al rato.

–Hasta luego hijo. –William besó la mano de su madre y se retiró de la habitación; Marie se volvió hacia el espejo, se arregló el vestido y terminó de acomodarse el cabello. Dio un último vistazo a su figura en el espejo antes de salir de la habitación.

No encontró a nadie en la enorme sala, caminó hacia el despacho buscando a su esposo y no lo encontró. La casa está completamente abierta; el sol entraba por cada una de las ventanas llenando de luz hasta el último rincón. En el comedor se encontró con Margaret quién estaba sirviendo el desayuno.

–Buenos días Margaret.

–Buenos días señora.

–¿Ha visto a Robert?

–Temprano en la mañana lo vi entrar en la casa, hace un rato salió con Henry a traer agua para la cocina.

–Siempre preocupado por ustedes.

–Es como si fuera nuestro hijo.

–¿Sabes algo Margaret?

–¿Qué cosa señora?

–Mi esposo regresó anoche.

–Ese es el motivo por el cual esta tan hermosa hoy.

–Gracias Margaret, creo que es la esperanza lo que me ha cambiado la vida. Temó mucho por mi hijo, pero ahora estoy segura que con mi esposo de regreso y la ayuda de Robert, William estará seguro.

–Todo se arreglara señora, poco a poco las cosas van tomando el camino correcto y usted merece ser feliz.

–Dime Margaret. ¿Cómo conoció a Robert?

– Mi esposo y yo perdimos a nuestro único hijo hace varios años.

—Margaret, discúlpame no quise lastimarte.

—Lo sé señora, el cielo se llevó a mi hijo, pero a cambio nos puso al señor Robert en nuestro camino. El es ese hijo que perdimos, bendigo el momento en que nos encontró. Mi esposo y yo sufrimos mucho, no hubo ser humano en esta tierra dispuesto a ayudarnos y en medio de la desesperación apareció él y nos dio su mano, nos defendió y nos brindo apoyo dándonos casa y comida. En sus ojos solo he visto respeto y comprensión. Recuerdo que los primeros días se comportaba con recelo, pensé que lo hacía porque éramos extraños, pero empecé a darme cuenta que había algo raro en él; un día salió muy temprano, yo estaba en la cocina y Henry se encontraba en los establos dándole de comer a los caballos, cuando entraron unos hombres, eran cuatro; golpearon a Henry en la cabeza y lo dejaron sin sentido; cuando me di cuenta ya estaban en el interior de la casa, empezaron a destruirlo todo, logre llegar a donde estaba Henry, uno de ellos se aproximó a nosotros tenía un sable en las manos, solo vi el reflejo de la espada, cerré los ojos esperando el dolor, transcurrieron apenas unos segundos, cuando los abrí vi al hombre incrustado en una de las paredes, tardo muy poco en deshacerse de ellos. Ese día vi el vampiro que era en realidad, sus ojos eran rojos como la sangre, pero no sentí miedo me quedé donde estaba con Henry en mis brazos. Cuando se volvió hacia nosotros su rostro había vuelto a la normalidad, había angustia en sus ojos. Tomó a Henry en sus brazos lo llevó a adentro y estuvo a su lado hasta que se repuso completamente. Los hijos son una bendición señora y nuestro deber como madre es aceptarlos como son.

—Así es Margaret, no tienes ni idea de lo duro que han

sido para mí estos últimos años. La idea de que en cualquier momento podían arrebatarme a William era insoportable y los días en los cuales pensé que lo había perdido fueron los más horribles de mi vida. ¿Margaret, has temido alguna vez el estar cerca de Robert?

– No señora, jamás.

–Muchas veces me pregunté si estaba haciendo realmente lo correcto, nadie era capaz de entender mis razones pero nunca me rendí, nunca tuve dudas sobre lo que él era realmente. Tampoco sentí miedo de su padre.

–Aquí esta su desayuno, hace un día excelente porque no sale y toma un poco de sol.

–Gracias Margaret.

–Ahora con su permiso, si necesita algo no dude en llamarme.

La anciana salió del comedor, Marie no tardó mucho en terminar su desayuno, su mirada se perdió a través de la ventana que daba al jardín. Unos suaves golpes en la puerta la hicieron volverse

–Hola hijo.– William besó a su madre en la mano y está se le acercó más para darle un beso en la frente.

–Me preocupa usted madre.

–Yo estoy bien, anoche dormí profundamente.

–¿En verdad está bien?, me preocupa su salud.– Marie tomó a su hijo de la mano y lo sentó a su lado.

–Estoy perfectamente bien, no tienes de que preocuparte.

–Espero que no me estés ocultando nada.

–No pienses cosas que no son, todo está bien.

–Voy a ver a los trabajadores que ya llegaron.

–Está bien, yo me reuniré con ustedes más tarde, para irnos a cabalgar.

–Hasta luego madre. –William salió de la habitación,

Marie quedó sentada sola en el comedor mirándolo hasta que hubo cerrado la puerta, se levantó y fue hacia un espejo cercano, su rostro había mejorado tenía un poco más de color en sus mejillas. Margaret tenía razón sus ojos estaban resplandecientes, los médicos le habían dicho que podría recuperarse, y era por eso que su padre había decido mandarla al campo para tomar aire puro. Ahora todo era diferente, era libre y tenía ganas de vivir y ser feliz, ahora tenía más fuerzas para luchar por su vida le sonrió a la figura en el espejo y se dispuso a salir de la habitación.

Robert entró en el comedor en ese momento, había cambiado sus ropas, la blanca camisa dejaba ver su pecho musculoso y llevaba el cabello recogido en una pequeña cola.

—¿Donde se encuentra Thomas?

—Me quedé dormida anoche y no vi cuando se fue, lo busqué por toda la casa pero no lo encontré. ¿Cree que se ha marchado otra vez?

—No, aun sigue aquí siento su presencia en la casa.

—No entiendo porque se esconde.

—Creo que necesita adaptarse nuevamente a tener una vida normal, lleva mucho tiempo errante por el mundo. Ha evitado el contacto con la mayoría de las personas que conoce, cree que su cercanía le puede costar la vida.

—Entiendo, ojalá que no se vuelva a marchar.

—No creo, ¿le molesta si la acompaño a desayunar?

—En lo absoluto, aunque ya había terminado.

Robert se sentó a la mesa y tomó un pedazo de pan que comenzó a masticar suavemente.

—A William parece no agradarle compartir la mesa con nosotros, sin embargo a usted no parece molestarle.

—Le confieso que comer comida no es algo placentero para mí, pero con los años uno llega adaptarse, el compartir la mesa y los alimentos me hace sentir humano y mi humanidad es algo que no deseo perder aunque muchos piensen que la he perdido completamente.

—Me doy cuenta que no está contento con la vida que el destino le dio.

—Tiene razón, pero creo que no me queda más que acostumbrarme.

Robert y Marie continuaron conversando en el comedor, William los podía oír desde donde se encontraba, estaba enterado de la historia de Robert y como se convirtió en lo que ahora era, por lo que después de un rato dejo de oírlos. Margaret le había preparado el baño, el agua tibia lo ayudo a relajar sus músculos, cogió la ropa que la mujer le había dejado encima de la cama y se vistió, su madre quería ir a cabalgar esa mañana; nunca antes había tenido esa oportunidad. Lo había hecho solo un par de veces con Robert y le había gustado. Terminó de vestirse y salió de la habitación, justo cerca de las escaleras sintió el ruido de unas pisadas a sus espaldas. Cuando se volvió vio la figura de un hombre parado en el medio del pasillo. Thomas Palmer era un desconocido para él, pero no demoró más de un segundo en darse cuenta de quién era. Thomas era un hombre de alta figura, su rostro era pálido y tenía unas enormes ojeras moradas alrededor de los ojos, el viejo rastro de la enfermedad que lo acoso años atrás. Su cabellos era de color bronce y sus ojos aun conservaban un ligero tono verdoso.

—Buenos días William.

William quedó parado en el lugar y no contestó al saludo

del hombre.

–¿Eres William verdad?

–Si soy William.

–Claro que eres William, tienes el rostro de tu madre.

–¿Y tú eres mi padre?

–Así es, yo soy tu padre. Tu madre me contó todo lo que sufriste por mi culpa.

–¿Por qué piensa que es su culpa?

–Porque así es, fui un cobarde al irme y abandonar a tu madre. Debí quedarme y defenderla ese era mi deber.

–No podemos cambiar el pasado.

–Tienes razón, tenemos que seguir adelante con nuestras vidas. Tu madre me contó muchas cosas de ti anoche, me dijo que eres el mejor de los hijos.

–Ella es la mejor de las madres, siempre estuvo a mi lado tratando de protegerme.

–Esa es Marie, fue su determinación lo que hizo que me enamorara de ella. Era muy joven cuando su padre me la presentó. Pensé negarme a ese matrimonio, me parecía repugnante que George quisiera vender a su hija por dinero. Pero cuando la vi nuevamente comprendí lo que el matrimonio significaba para ella

–Una vía de escape.

–Así es, por ese acepté. Cuando llegamos a aquí descubrí lo bien que le hacía sentir el verse libre de su padre. Pero fui débil y no supe defenderla, ese fue mi error. Lamento mucho que tú también hayas sufrido por mi debilidad.

–¿Usted cree que si no hubieran tratado de matarme, yo hubiera podido llevar una vida normal?

–No lo sé realmente. Quizás sí, pero nadie sabe. William no dejes que el rencor llene tu alma, ese es el único tesoro que tenemos y que nadie puede arrebatarnos.

—No siento rencor, la vida no fue fácil para mí en mis primeros años, pero creo que ya todo pasó. Eso espero.

—Te lo prometo, dedicaré cada minuto de mi existencia a ti y a tú madre. No pretendo que me veas como tú padre, pues apenas nos conocemos. Solo te pido que me des la oportunidad de estar con ustedes.

—Seguro, mi madre está muy feliz y no pretendo que las cosas cambien.

—Gracias William– Thomas extendió su mano hacia el joven con una sonrisa en los labios; William le devolvió el saludo a su padre apretando fuertemente su mano.

—Me alegra que estés con nosotros. Mi madre te necesita, quiere ir a cabalgar; ¿crees que puedas acompañarnos?

—Seguro– Thomas dio una suave palmada en el hombro de su hijo y sonrió– Vamos con ella.

Ambos hombres bajaron las escaleras en busca de Marie, la mujer estaba en el salón parada cerca de la ventana, se volvió al oír el ruido de unos pasos y la sonrisa en su rostro su hizo más grande.

—Veo que ya se conocen.– La mujer se aproximó a ellos y abrazó a su hijo sin dejar de mirar a su esposo a quién tomo de la mano.

—Tuve una pequeña conversación con William y creo que llegamos a un acuerdo. Intentaremos conocernos y te prometo a ti y a él que hare todo lo que esté a mi alcance para protegerlos a ambos. Jamás volveré a defraudarlos.

—Todo está bien entonces, iré por Albert para que preparé los caballos.

—No Marie, yo iré Albert me comentó que Jeremy y sus hombres están aquí y quisiera verlos. ¿Con su permiso?

Thomas abandonó la estancia, dejando a Marie con su hijo.

–¿Qué te parece?

–Es un buen hombre.

–Si hijo, ya verás que todo va a hacer diferente de ahora en adelante.

–Eso espero madre.

William besó a su madre en la frente y le acarició el rostro.

***

AMIGOS DEL DESTINO

Robert estaba con Jeremy en los establos, cuando vio a Thomas que se acercaba a ellos. Jeremy se quitó el sombrero en señal de respeto al ver a su señor.

–Buenos días Jeremy

–Señor Palmer, me alegra verlo de regresó.

–Gracias Jeremy, a mí también me complace estar de vuelta. Albert ya me puso al tanto, les agradezco que siguieran cuidando de la casa en mi ausencia.

–Era nuestro deber.

–¿Jeremy, puedes ir por unos caballos?

–Sí señor.– El hombre se perdió en los establos, dejando a Thomas y a Robert solos en el patio.

–Me gustan las historias con un final feliz.

–Robert, mi esposa me puso al tanto de todo y creo que debo darte las gracias.

–Thomas, nunca he sido tu enemigo, lamento lo que paso hace años; mi única intensión era prevenirte.

–Discúlpame, tardé mucho en darme cuenta de tus verdaderas intenciones.

–No te culpo, sé que muchos no confían en mí. Tú tenías tus razones y eran muy válidas.

–Elizabeth estaba obsesionada contigo.

–Y tú estabas celoso. Yo ya había vívido suficiente a su

lado como para conocerla; pero tú en esa época aún estabas hipnotizado con ella.

—Elizabeth es como un fantasma que me persigue constantemente, no sé qué hacer para quitarla de mi vida. Cuando conocí a Marie muchas cosas cambiaron para mí. Soñar con una vida normal y humana era una fantasía. Marie era muy joven, no estuve de acuerdo con su padre al principio pero cuando la vi me di cuenta que si no era a mí él se la vendería a cualquiera con un puñado de oro en el bolsillo.

—Tienes un corazón muy generoso.

—Sus ojos gritaban que la salvara; por eso acepté el matrimonio. Cuando llego aquí todo cambio para ella, se sintió libre y comenzó a sonreír. Solo quería ser su amigo y protector no podía ofrecerle nada más.

—Nuestras vidas cambiaron cuando nos convertimos en lo que somos pero nuestros corazones y nuestras almas no cambiaron.

—Me enamoré de ella terriblemente, nunca pensé que fuera capaz de corresponderme. Ella era la mujer más hermosa que había visto; como podía enamorarse de mí. Cada día era una lucha conmigo mismo, cada sonrisa, cada mirada de ella me instaba a amarla. Cuando supe que Elizabeth estaba cerca, me enloquecí; salí en su búsqueda y la encontré en un pueblo cercano. Con ella tan cerca me fue imposible resistir la tentación, cuando llegue a su habitación todo estaba bañado en sangre. Me prometió que se marcharía pronto si me quedaba con ella esa noche.

—Elizabeth sabe como seducir y si hay algo que siempre hace es nunca cumplir sus promesas.

—Cuando regresé a casa esa noche, me encontré a Marie

en el salón, era tarde y estaba inquieta por mi demora. El recuerdo de esa noche ha sido lo que me ha mantenido vivo todos estos años. Al otro día apareciste tu; estaba muy alterado por la presencia de Elizabeth, lo sucedido con Marie y luego tú. Mi antiguo y perpetuo rival de amores.

–Venia persiguiéndola por eso llegue esta aquí esa noche, pensé que podías ayudarme a acabar con ella.

–No soy tan valiente como tú, mira lo que hice por cobarde. Deje a Marie embarazada a merced de su padre; acabe con la vida de mi hijo sin saberlo.

–William es fuerte y muy centrado, ha vivido con Marie todo este tiempo y a pesar de todo lo ocurrido su alma es de una nobleza impresionante.

–Igual que su madre. ¿Se puede saber cómo encontraste a mi familia?

–Regresé a los pocos días a ver si habías conseguido calmarte; me encontré a Marie quien estaba desesperada porque no habías vuelto. En su desesperación me contó lo de su embarazo, le sugerí que si tu no regresabas que se marchara por un tiempo y tuviera su hijo a solas. Después de eso me marché. Con esta vida pierdes la noción del tiempo, no volví a ver a Elizabeth en muchos años; cuando te encontré en Francia años atrás comprendí que no sabias nada sobre la suerte de tu esposa. Me dio curiosidad saber que había pasado con tu familia; en mi regreso pasé por estos rumbos y me enteré que ella se había marchado con su padre. No me fue difícil conseguir el nombre de tu suegro, luego en Londres me encontré con uno de sus hombres en una taberna estaba tan borracho como aterrado. Me contó una historia sobre un demonio que su señor tenia encerrado en el sótano de la casa.

Thomas apretó fuertemente los puños mientras oía el relato de Robert.

–George Reedwood siempre fue un hombre despreciable.

–El resto de la historia ya lo conoces.

–Gracias nuevamente.

–Thomas, como te dije antes no soy tu enemigo.

En ese momento Jeremy se acercó a los hombres con dos corceles.

–¿Qué le parece señor?

–Estupendos animales Jeremy.

–Así es señor, si algo hay que reconocerle al viejo Albert es la atención que tiene con estos animales.

–Es verdad Jeremy, pero creo que necesitaremos cuatro esta vez, mi esposa quiere salir a cabalgar y William desea acompañarnos.

–Enseguida regreso señor, Albert le tiene una sorpresa pero quiere ser él quien le enseñe el animal.

Jeremy dejó los corceles con Robert y Palmer para perderse nuevamente entre los establos.

–¿Qué piensas hacer ahora?

–No tengo la menor idea Robert, necesito hablar con Marie cuando este más tranquila. Está enferma, dice que está bien pero sé que solo intenta engañarme. Mandaré por un médico hoy mismo.

–Tuberculosis.

Thomas se volvió hacia Robert quién estaba acariciando uno de los corceles.

–¿Cómo lo sabes?

–Su sangre, está enferma

–¿Qué dices?– Los ojos de Thomas se habían tornado

negros por la cólera– No tienes derecho a convertirla.

–Lo sé, no la mordí; sabes perfectamente que no quiero para nadie la vida que me tocó. Pero debo advertirte que morirse no está en sus planes Thomas. No ahora que William esta a su lado y que tu regresaste.

–No lo permitiré, Marie no se merece una vida así.

–Tampoco merece morir. Ten cuidado con lo que haces trata de hablar con ella cuando William no esté presente. Se acercan es mejor que cambiemos de tema.

Thomas Palmer volvió el rostro y le dio la espalda cuando se percató que William y su esposa se acercaban. Las palabras de Robert le habían afectado pero debía comportarse delante de Marie; debido a la enfermedad que había sufrido antes de convertirse su rostro había quedado marcado, pero su esposa había aprendido a reconocer en sus facciones todas sus emociones.

–Buenos días– Marie llegó al patio tomada del brazo de su hijo, al ver a su esposo se dirigió a él con alegría. Thomas le tomó la mano para besarla tiernamente y luego le besó la frente– Me alegra verte de regreso en esta casa. ¿Espero que no vuelvas a marcharte?

–No tengo porque marcharme, ahora más que nunca tengo razones para quedarme.– Thomas sonrió y abrazó a su esposa sin dejar de mirar a William quién se había quedado parado a tan solo unos pasos observando. En ese momento Jeremy y Albert llegaron al patio con dos hermosos caballos; uno de ellos era negro como la noche hermoso como ningún otro.

–Es el crio de su antiguo caballo señor, se llama Tristán.

Palmer se acercó al animal y le acarició la cabeza. Thomas adoraba los caballos, tenía los mejores corceles de la región; le dio unas palmadas cariñosas en el lomo, el caballo respondió a las caricias poniendo su hocico en la mano del hombre y relinchó.

– Calma bonito, todo va a estar bien.

–Tiene la fortaleza de su padre, pero es manso y obediente.

–Bien hecho Albert, agradezco tu dedicación pero prefiero montar el otro animal. ¿William?

El aludido no contestó solo se acercó unos cuantos pasos.

–¿Qué te parece, crees que podrás montarlo?

–El animal es suyo, Albert lo ha cuidado para usted.

El anciano sonrió y miró a su señor– He cuidado al animal para uso exclusivo del señor de estas tierras joven.

–Así es William, el caballo es para ti– Thomas se volvió hacia su hijo dándole las riendas– Tómalo; es tuyo.

William miró a su madre buscando su aprobación, Marie sonreía y le asintió con la cabeza, se acercó a su padre tomando la correa y con la otra mano acarició el pelo del animal.

–Gracias.– Su rostro era sereno cuando se volvió hacia su padre, Thomas hizo un sencillo gesto de aprobación inclinando la cabeza y sonrió mirando a su esposa.

–Bien. Creo que ya es hora de irnos. Marie te ayudare a montar.– Thomas tomó a su esposa por la cintura y la levanto en el aire suavemente para colocarla sobre el caballo que Jeremy sostenía. Robert tomó el otro caballo y se montó sin dejar de mirar a William. El joven ya se había montado sin esfuerzo y sujetaba el animal por las riendas.

–¿Te animas a una carrera?

–Recuerda que nunca he montado.

–Sigue tus instintos, el animal es fuerte y joven como tú.– Robert miró a Thomas quien se encontraba cerca de Marie y le sonrió dándole a entender con la mirada lo que se proponía, Thomas asintió en señal de aprobación. Robert se volvió hacia William y gritó:

–¡Alcánzame si puedes!– Diciendo esto soltó las riendas del animal y salió disparado hacia el bosque; William sonrió e hizo lo mismo en tan solo unos minutos ambos se perdieron en el bosque.

Thomas suspiró y se dirigió a su esposa quien no paraba de reír.

–Creo que ambos ya escogieron como divertirse. ¿Qué te parece si tu y yo vamos más despacio?

–Me parece estupendo.

–Aunque de todas formas no creo que podamos darle alcance. ¡Jeremy!

El criado se acercó a su señor enseguida.

–Necesito que vayas a la ciudad y busques a un médico.

–A sus órdenes señor.

–Llévate lo necesario para el viaje que Albert te de dinero, necesito el mejor de todos no importa lo que cueste.

Jeremy inclinó la cabeza y junto al anciano entró en la casa.

–No es necesario que busques a nadie, ya te dije que me voy a recuperar.

–No voy a cambiar de idea, necesito que te vea un médico.

–Ya estoy bien, se puede decir que estoy curada.

–¿No me engañas?– Thomas y Marie llevaban un trote suave por el sendero que se adentraba en el bosque.

–No pretendo engañarte, me he sentido muy bien en

estos últimos días. Los médicos que mi padre buscó me dijeron que el aire libre me haría bien. Creo que por eso me siento mejor.

–Robert no piensa de esa manera.

–Tú amigo no es médico, no tienes porque hacerle caso.

–Aunque me cuesta reconocerlo tenemos mucho que agradecerle.

–No lo niego, le estaré agradecida toda la vida. Gracias a él estamos aquí todos juntos.

–Nunca dejaré de culparme por haberte abandonado.

–La vida es así Thomas; tiene sus momentos dulces y sus momentos desagradables. No quiero pensar en cosas malas, no hoy y muchos menos en los días que están por venir. Soy feliz ahora y nada va a cambiar ni arruinar mi vida en estos momentos.

–Marie por lo poco que he visto desde que llegué, tú y William llevan una relación muy especial. Creo que también a él pretendes engañarlo en cuanto a tu salud.

–Thomas, no me arruines el momento ya te lo dije; estoy bien.

–Necesito que seas sincera conmigo, si no me dices la verdad no podré ayudarte.

Marie guardó silencio unos minutos, ya habían dejado el bosque atrás y cabalgaban ahora por una hermosa pradera.

–Cuando te fuiste debí huir lejos de mi padre; pero fui una cobarde y me quedé. He vivido varios años lamentando el error que cometí en esa época.

–Eras muy joven Marie, estabas sola, lo más natural es que buscaras refugio en tu familia.

–Cuando William nació todo cambió, al principio a mi padre le agradó la idea. Nunca tuvo hijos varones y

Claire había tenido una niña; me dio alegría pensar que mi hijo iba a hacer bien recibido en mi casa. Pero con el pasar de los días todo cambio y mi vida se volvieron un infierno. William se convirtió en la razón de mi existencia; cada minuto, cada segundo era una dura lucha para mantenerlo con vida. Ahora que tengo la oportunidad de disfrutar una vida tranquila y placentera al lado de las personas que quiero; no voy a permitir que nada se interponga en mi camino.

–Sé lo que pretendes y es una locura.

–No lo es, William no está preparado aún para mi partida. No pienso dejarlo solo, la enfermedad no me va a ganar la batalla.

–Marie, yo sé cómo te sientes. Recuerda que yo también me sentí desesperado, no quería morirme y me desesperación me hizo venderle el alma al diablo.

–No hay de qué preocuparse por ahora, me siento bien. Esperemos por el médico que mandaste a buscar; después de eso hablaremos.

La mujer le sonrió a su esposo cuando terminó de hablar; Thomas comprendió con esa sonrisa que Marie no se iba a dejar vencer, que estaba decidida y que nada de lo que dijera la iba a hacer cambiar de opinión. El sol ya estaba en lo más alto del cielo y la pradera era de un verde maravilloso con diversas flores de colores que se extendían por todo el valle como si fuera un inmenso jardín.

–William y Robert desaparecieron.– Thomas se bajó del caballo para ayudar a Marie a bajarse del suyo.

–No demoraran en volver.

–William no conoce este lugar.

–Robert está con él.

Los brazos de Thomas Palmer sujetaron a Marie por la cintura ayudándola a bajarse, la mujer por su parte colocó los suyos alrededor del cuello de su esposo, Thomas la acercó a su cuerpo y cuando sus rostros estuvieron muy cerca, sus labios encontraron los de Marie a una velocidad increíble. La apretó fuertemente contra su cuerpo sin lastimarla y sin dejar de besarla, la ansiedad y el deseo se apoderaron de él como aquella primera noche hacia ya varios años. Después de interminables minutos Thomas colocó a su esposa con cuidado en la tierra, Marie aun sonreía y no dejaba de acariciarle el cabello con sus dedos.

—Thomas, solo te pido que no me niegues la oportunidad de vivir a tu lado con nuestro hijo.

Las pálidas manos del hombre acariciaron el rostro de la mujer.

—Hablaremos de eso más tarde, Robert y William se acercan puedo oír el galope de los caballos.–

Tiernamente besó la mano de su esposa; los ojos de Marie radiaban de la alegría.

—No siento ningún caballo

—Pero yo sí.– Thomas apartó el rostro y señaló con la mano unos puntos negros en el horizonte.– Vienen rápido, pronto estarán aquí.

Marie miró en la dirección que su esposo le señalaba y descubrió la figura de ambos hombres que se acercaban.

—Iré en busca de unas flores mientras esperamos, vi unas margaritas en esa dirección.– Diciendo esto tomo una cesta que estaba sujeta a la montura de su caballo y se alejó unos pasos en busca de las flores; Thomas sujetó ambos caballos a un cerezo cercano y se sentó al pie del árbol; William y Robert aun estaban un poco lejos y se entretuvo dibujando en la tierra con su daga. Minutos más tarde ambos jóvenes se le unieron, levanto la mirada y vio el brillo en los ojos de William producto de la carrera, pudo ver en él muchas cosas que le recordaban su juventud.

–¿Qué tal el caballo?

–Es un estupendo animal.– William se bajó del caballo dándole unas suaves palmadas en el lomo.– Tenía miedo de lastimarlo, pero al parecer a él también le gusto la carrera.

–Es un potro joven, al igual que a tú disfruta de su lado salvaje. ¿Y tú Robert, la carrera te comió la lengua?– Thomas miró fijamente al hombre que aun estaba montado en su caballo mirando al horizonte.

–¿Dónde está Marie?– Preguntó sin apartar la vista– ¿No estaba contigo?

–Está detrás de esos arbustos recogiendo unas flores.– Los ojos de Thomas encontraron los de Robert y pudo ver a través de ellos; sintió una voz en su cabeza era la voz de Robert que lo alertaba del peligro.– Elizabeth.– solo ese nombre bastó para que Thomas reaccionara y se diera cuenta de lo que su amigo buscaba en el horizonte.

–William, es hora de regresar ve con tu madre y dile que venga quiero llegar a la casa antes del anochecer.

–Enseguida señor.-Miró fugazmente a Robert y descubrió que le estaba hablando a su padre con la mirada, algo pasaba sin dudas pero comprendió que no era el momento de preguntar, sin titubeos salió en busca de su madre a quien encontró a tan solo unos pasos.– ¡Madre!

Marie levanto la mirada y saludó a su hijo con la mano.

–¿Cómo te fue?

—Fue muy excitante madre, mi padre me envía por usted quiere regresar de inmediato a la casa

—¿Sucede algo?

—No lo sé, Robert estaba bien en el camino de regreso; pero hace unos minutos algo lo puso inquieto.

—No te preocupes, no debe ser nada importante. Vamos con ellos.

Cuando llegaron cerca del árbol Robert ya se había marchado.

—¿Dónde está Robert?– Pregunto William enseguida que notó su ausencia.

—Se adelantó a la casa, los hombres de la aldea ya deben haberse marchado y Albert esta solo con Margaret y Henry. ¿Marie crees que podrás ir más deprisa?

—Claro que sí, estamos cerca de la casa no entiendo por qué tanta preocupación.

—Esta mañana nos entretuvimos conversando y nos alejamos un poco, si regresamos al mismo paso nos alcanzara la noche y tú debes estar agotada.

—Me siento bien, como tú quieras. Yo también disfruto de una buena cabalgata.– Thomas tomó a su esposa y la ayudo a montarse, William ya se había montado en su corcel y enseguida emprendieron el camino de regreso. El sol comenzaba a ocultarse en el horizonte cuando llegaron a la casa, Thomas se bajó rápidamente de su caballo para ayudar a Marie a desmontarse. William tomó ambos animales y los llevo por las riendas hacia los establos; Albert ya había llegado al patio, tomó el caballo de su señora y se dirigió a los establos siguiéndole los pasos a William.

—¿Le gusto el caballo señor?

—Es un excelente animal.-Contestó William, ya había

guardado ambos corceles en el establo y se apresuro a interceptar a Albert para ayudarlo.– ¿Haz visto a Robert?

–Llego hace unas horas, parecía que había visto un fantasma. Guardo su caballo y se desvaneció en el aire pues no he vuelto a verlo.

–¿Henry y Margaret donde están?

–En la cocina señor, los hombres se fueron antes de ocultarse el sol pero antes de marcharse dejaron todo listo. El trabajo se ha hecho fácil gracias al joven Robert, no nos deja hacer mucho a Henry y a mí.

–Robert es muy servicial. Gracias por el caballo Albert.

–Siempre a sus servicios señor.

William se marchó dejando al anciano solo quien se disponía a darle de beber a los corceles; caminó por el patio buscando a Robert; ya el sol se había ocultado por completo y una brillante luna redonda reinaba en el cielo. Sintió su aroma cerca del muro, seguro que había saltado hacia el otro lado. Dio un último recorrido y entro en la casa. Thomas se encontraba parado frente al fuego en la gran sala.

–¿Dónde está mi madre?

–Marie fue a descansar; Margaret le llevo agua caliente para que se bañara y le subirá la comida a su habitación.

–¿Tienes idea a donde fue Robert?

Thomas se volvió hacia su hijo y fijó en él su mirada.

–Salió a cazar, regresara mañana seguramente.

–¿Creo que me ocultan algo?

–No es nada, ya te dije que mañana estará de regreso.

–Algo pasó en el prado y no quieren decírmelo. Robert se marchó apresuradamente porque temía por Margaret y Henry.

–Eres inteligente.– Thomas caminó por el salón y se

sentó en uno de los sillones.– No está seguro pero le
pareció sentir la presencia de Elizabeth en el prado.
William lo miró fijamente, había oído ese nombre varias
veces, Elizabeth le había arrebatado la vida a Robert
años atrás; sabia que también había tenido un pasado con
su padre del cual conocía muy poco.

–¿Tú también la conoces?

–Sí, hace años hice un trato con ella para que me
devolviera la vida. Los médicos no me daban muchas
esperanzas y estaba desesperado.

–Robert me contó, no con detalles pero me explicó tus
razones.

–La vida es una sola William, muchas veces tememos
perderla. Si pudiera hacer volver el tiempo atrás, lo
volvería hacer. Conocer a Marie fue lo mejor que me ha
pasado en muchos años. Dejarla abandonada a su suerte
y haberte condenado a esta vida son cosas que no me
perdonare jamás.

–Nosotros no elegimos nuestro destino.

–Así es.

–¿Crees que Elizabeth en realidad ha regresado?

–Es una mujer muy voluble, está acostumbrada a hacer
su voluntad. Robert es un desafío para ella, él fue su
creación y se le fue de las manos hace muchos años.

–¿Y tú, que representas para ella?

–Yo solo fui un juguete en sus manos. Cuando la conocí,
creí que me había enamorado. Su belleza me hechizó y
enloquecí completamente, veía a Robert como mi rival
en ese tiempo. Ella se cansó y se marcho. La indiferencia
de Robert hacia ella hacia su juego muy poco divertido.

–¿Entones porque te marchaste?

–Cuando la vi, me desesperé trataba de proteger a tu

madre. Si Elizabeth se hubiera dado cuenta que ya no me interesaba y lo profundo de mis sentimientos hacia Marie hubiera sido el principio de sus juegos macabros.

–Espero que en realidad no haya regresado.

–Yo también.

–Me iré a mi habitación, estaré ahí por si se le ofrece algo a mi madre o a usted.

–Gracias William; estaré pendiente de Marie

El joven subió las escaleras en dirección a su habitación, Thomas quedó solo en el salón observando el fuego, en la estancia reinaba el silencio; cerró los ojos y se quedó muy quieto pensando en lo mucho que había cambiado su vida en tan solo dos días. Llevaba años huyendo y llevando una vida errante sin motivo alguno y en apenas unas horas no solo había recuperado a Marie sino que también tenía un hijo. Sus pensamientos fueron interrumpidos cuando sintió la cálida mano de Marie en su cara, abrió los ojos y se encontró con los verdes ojos de su esposa.

–¿Pensé que dormías?

–No puedo irme a la cama sin antes chequear que todos los que amo estén bien.

Thomas sonrió ante la respuesta de su esposa, cuidadosamente la atrajo hacia él y la sentó en su regazo.

–Todos estamos bien y tú deberías estar durmiendo.

–William está leyendo, acostumbraba a leerle para que durmiera. Pero creo que eso ya no va hacer posible.

Thomas continuaba acariciando el rostro de Marie, con mucho cuidado se levanto del asiento y la levantó en el aire.

–Te llevaré a tu habitación, debes estar cansada. –Marie acercó su rostro al hombre recostando su cabeza en el hombro de este y cerró los ojos mientras su esposo subía las escaleras con ella en brazos.

***

ELIZABETH

La luna se encontraba en el mismo centro del cielo iluminando toda la pradera, el pueblo era pequeño tan solo unas cuantas casas agrupadas alrededor de una pequeña capilla y una plaza. Robert caminó silenciosamente atravesando el pueblo tomando una pequeña calle detrás de la iglesia. La calle terminaba en un viejo edificio de dos plantas, pudo ver dos hombres saliendo de la taberna situada en la planta baja completamente borracho y otro grupo que reía sentados alrededor de una mesa en el portal de la taberna. Entro al lugar observando todo en su interior; se podía decir que ese era el único lugar con vida a esas horas de la noche. Divisó la cantina en un costado del salón y vio a un hombre grueso detrás de ella que limpiaba unas jarras con un paño blanco; se dirigió a él. El hombre al verlo colocó una jarra en el mostrador esperando a que Robert hiciera su pedido.

–¿Una cerveza?– Dijo después de varios segundos; Robert fijó sus ojos en él y el hombre se estremeció al ver sus rojas pupilas.

–¿Por favor?– Contestó al fin, el cantinero le sirvió la bebida y se retiró inmediatamente. Robert tomó la jarra en sus manos y continuó observando a cada una de las personas que se encontraban en el salón. Colocó la jarra nuevamente en el mostrador sin haber bebido un solo sorbo. El cantinero regresó al cabo de unos minutos para ofrecerle otra, al ver el líquido sin tocar dio la espalda nuevamente sin decir una palabra. La voz de Robert lo detuvo.– ¿Tiene cuartos disponibles?

–Queda uno al final del pasillo.

–Lo tomó.– Robert sacó dos monedas de oro del bolsillo de su chaqueta y las colocó en el mostrador cerca del hombre.– Esto es por el cuarto.– Sacó dos monedas más.– Y esto es porque necesito saber si tiene alguna mujer hospedada aquí.– El hombre tomó todas las monedas del mostrador y las guardó en una bolsa que llevaba sujeta a su cinturón.

–Llego en la tarde acompañada por dos hombres.

–Gracias.– Robert tomó la llave que el hombre le alcanzó y le dio la espalda, la escalera estaba al final del amplio salón. Subió por ella silenciosamente; la segunda planta tenía un amplio corredor que comunicaba con todas las habitaciones. Miró a su alrededor y no vio a nadie en el pasillo; escuchó una música que provenía de una de las habitaciones y pudo ver el reflejo de la luz por debajo de la puerta. Con cuidado se dirigió hacia ella sin hacer ruido, al tocar la puerta se abrió inmediatamente. El interior estaba tenuemente iluminado por la luz proveniente de algunas velas encendidas en una esquina del cuarto; un hombre joven estaba sentado al pie de la cama tocando un pequeño violín, en la cama una mujer de piel blanca como la nieve y de grandes rizos negros retozaba juguetona con otro mancebo aún más joven. Robert cerró la puerta sus espaldas, la música no se detuvo mientras él se acercaba a la cama. Al llegar a esta su mirada se encontró con la de la joven y un extraño brillo relució en sus pupilas rojas como la sangre; Elizabeth sonrió al ver al recién llegado apartó el cuerpo del hombre y se incorporó en la cama.

–Sabía que volvería a verte.– Mientras hablaba se

levantó vistiéndose con una fina camisola que tenia a los pies de la cama; dejando al descubierto su cuerpo bañado en sangre del joven. Elizabeth era de una belleza extraordinaria, su piel era de un blanco translúcido como el marfil, su silueta perfecta y sus grandes rizos negros caían en desorden sobre la espalda. Sus pupilas de un carmesí intenso se fijaron en Robert.– Tardaste mucho.-Sonrió dejando al descubierto una blanca y perfecta dentadura.

–Desearía hablar contigo a solas.

–Estamos a solas.– Contestó sin dejar de sonreír.

–Sabes perfectamente que no me gustan estas escenas.

–Como quieras.– Elizabeth chasqueó los dedos y la música se detuvo– Johnny déjanos solos, y por favor tráeme el agua para el baño.– El aludido se levantó sin hablar una palabra y salió de la habitación.– Por Edward no te preocupes, puedes terminar si quieres.– Expresó señalando el cuerpo inerte del otro hombre tendido en la cama.

Robert dio la vuelta y se aproximó a la cama, el cuerpo desnudo del hombre está cubierto de sangre. Lo examinó detenidamente, la respiración era casi imperceptible cuando le tomó la mano.

–Está sufriendo.

Elizabeth se acercó a Robert, le tomó la mano y con ella acarició su rostro.

–Qué importancia tiene. ¿Deseaba tanto verte?– Los ojos de la mujer brillaban de deseo cuando sus manos tocaron el pecho descubierto de Robert haciendo que este se volviera hacia ella.– Te extrañaba.

–Elizabeth, tú y yo tenemos formas diferentes de ver la vida.

–Tenemos la eternidad por delante, no hay por qué preocuparse.

–¿Quién era?

–No lo sé, tampoco me interesa. – Elizabeth se apartó de Robert sin dejar de mirarlo.– Son nuestras presas.

–Puede que tenga una familia esperando por él.

–Siempre la misma historia, han pasado años Robert.

–Puede que hayas cambiado mi vida, pero jamás olvidaré.

–Los recuerdos se van borrando, pasaran muchos más años y llegara el momento en que ya no recuerdes nada. Esa es una de las ventajas de vivir eternamente.

–No voy a hacer parte de tu juego.– Robert tomó al joven y de un solo golpe le torció el cuello estrangulándolo. El cuerpo sin vida del hombre cayó al suelo.

–Podías haber escogido otra vida para él.

–La eternidad no siempre es una buena opción.

–Te tomas muy en serio tu papel de justiciero, pero eso no te hace diferente a mí.

–Lo sé, somos iguales. ¿Puedo preguntar qué haces por aquí?

–Estoy de paso.

–No te creo, mira a tu alrededor este no es el tipo de vida que te agrada.

–Tienes razón, los tiempos se han vuelto turbulentos. Tuve que alejarme de mi casa hace unos años, creo que el miedo que nos tenían ha ido quedando en el pasado, ahora nuestras presas se revelan en nuestra contra.

–Tenías sometido a todo un pueblo, ya era hora que se rebelaran contra ti.

–Voy hacer caso omiso a tus palabras, aquel también fue

tu hogar.

—Nunca lo fue.

—Estoy tan decepcionada, cuando te vi por primera vez aquella noche desee tener una vida a tu lado. Te cree para que estuvieras conmigo, para que me protegieras.

—No puedo protegerte de ti misma, a demás nunca me preguntaste si estaba de acuerdo, tomaste mi vida sin preguntarme.

—Creí que ya habíamos dejado eso atrás, te has adaptado increíblemente bien a esta vida. ¿Haz visto a Thomas? Robert fijó sus ojos en la mujer al oír la pregunta.

—¿Haz regresado por él?

—¿Estas celoso?— Los picaros ojos de Elizabeth tampoco se apartaban de los de Robert.

—No te hagas ilusiones, hace mucho que no tengo sentimientos hacia ti. Thomas lleva años huyendo, me lo encontré en Francia hace un tiempo.

—¿Entonces no está aquí?

—No, no está. Llegue hace unos días y no lo he encontrado.

—Curioso, pero bueno creo que podré esperar a que regrese.

—Lamento decepcionarte pero no creo que sea posible. Thomas puso sus reglas hace mucho tiempo y tú y yo sabemos que solo él puede romperlas. No te será posible cazar por aquí.— Robert volvió su mirada al cuerpo muerto de joven.— Creo que tienes suficiente sangre en tu interior para emprender el camino de regreso; claro que puedes usar a Johnny pero quedarías sola y eso sé que no te agrada. —Las facciones de Elizabeth cambiaron de inmediato al oír las palabras de Robert, ella más que nadie sabía las reglas y no le gustaba reconocer que

Robert tenía razón sin embargo pudo percatarse de que había algo más detrás de las palabras del joven.

–Tienes razón, me iré en la mañana.

–Bien, ten cuidado cuando deseches el cuerpo; por estos alrededores todos están consientes de lo que somos realmente y saben muy bien cómo defenderse.– Robert dio un último vistazo a la habitación, hizo una pequeña reverencia y se marchó justo en el mismo momento en que entraba Johnny con un balde agua. Elizabeth cerró la puerta y se acercó a Johnny comenzó a acariciarle el pecho, el hombre no reaccionaba estaba hipnotizado con los encantos de la vampiresa.

–Johnny te voy a necesitar muy temprano en la mañana, estoy segura que Robert me oculta algo y tú me vas a ayudar.– Una sonrisa maliciosa brotó de sus labios, sus facciones cambiaron por completo y de sus labios brotaron dos enormes colmillos que desaparecieron en el cuello del hombre.

Ya casi estaba amaneciendo cuando la figura de Robert se deslizó silenciosamente por el muro hacia el patio interior. No había nadie aun en las caballerizas y entró directamente en la casa se disponía a subir las escaleras cuando la figura de Thomas apareció en el salón.

–¿La viste?

–Sí, está en una pensión en un pueblo vecino.

–No entiendo porque tiene que aparecer ahora.

–Está huyendo, el mito sobre los vampiros se ha extendido demasiado y las personas ya han perdido el miedo que hace años nos tenían.

–Aquí no puede cazar.

–Ya lo sabe, le dije que no estabas; prometió que se iría al amanecer. Pero sé que no lo hará; Thomas la conozco y sé que vendrá.

—Yo también, pero esta vez no huiré.

—Yo estaré aquí, junto terminaremos con esta pesadilla.

—William sospecha.

—Lo sabía, es muy perspicaz debes tener cuidado con Marie.

—Hoy debe llegar un médico a examinarla.

—¿Ya te dijo cuáles eran sus intenciones?

—No está dispuesta a dejar solo a su hijo.

—Lamento no poder ayudarte en ese aspecto, me cambiaré de ropa Margaret y Henry deben estar ya despiertos.

—Nos vemos luego.

Thomas quedó solo nuevamente en el salón, se acercó al fuego y estuvo contemplando las llamas por largo rato; llevaba una copa en sus manos con un poco de sangre en su interior. Con fuerza apretó sus puños y la copa se convirtió en mil pedazos la sangre de animal corrió por sus manos mezclándose con la suya. Segundos más tarde la herida se cerró. Elizabeth estaba cerca y amenazaba con destruir todo lo que tenia, ya había perdido muchos años de su vida con Marie, la había condenado a ella y a su hijo; no estaba dispuesto a permitirlo; por primera vez en su vida tenia la fuerza necesaria para enfrentarse a cualquier obstáculo para defender a su familia y estaba decidido a hacerlo.

***

NOTICIAS

William estaba en su habitación, ya había amanecido y contemplaba el sol desde el balcón, sintió unos golpes en la puerta y se volvió, Thomas entró en la habitación sonriendo.

–¿Cómo amaneciste?

–Bien. ¿Y mi madre ya esta despierta?

–Aun no, estuve en su habitación hace unos momentos y todavía duerme.

–¿Robert ya regresó?

–Llego al amanecer, está ayudando a Margaret y a Henry

–Debería ir a cazar, Robert me dijo que era necesario que no sintiera sed. Por la seguridad de los que nos rodean y la mía propia.

–Tiene razón. Los hombres llegaron hace un rato trajeron unos ciervos para la comida, están vivos cerca de los establos; no es necesario que salgas.

–¿Por qué?

–No conoces estas tierras y resulta peligroso que salgas a cazar. Aunque todos en la aldea conocen nuestro secreto siempre te puedes encontrar con alguien que está de paso y no tiene conocimiento de lo que en realidad sucede aquí. Más tarde te enseñare los límites de la propiedad, puedes ir sin temor a los establos no te encontraras con nadie allí.

–Ellos saben lo que hacemos con esos animales.

–Saben que están a salvo, prefieren traernos los animales y que no estemos cazando por el bosque; siempre existe el riesgo de que podamos herir a alguien.

–Está bien, hare lo que dices.

–William, se que hasta hace muy pocos días no sabíamos nada uno del otro, te pido perdón si en algún momento llegara a molestarte; puede ser que te parezca un poco posesivo pero te juro que todo lo que hago es por el bien tuyo y sobre todo el de tu madre.

–No logro entenderte.

–No quiero privarte de nada, bastante te he hecho sufrir;

solo te pido que en los próximos días seas cauteloso y no te alejes de la casa.

–¿Elizabeth regresó?

–Le prometió a Robert que se marcharía, pero no estamos seguro de eso; Elizabeth es muy voluble.

–No me alejare de la casa, se lo prometo.

–Gracias, te veré en un rato.

–¿Usted no tiene sed?

–No, estoy bien, estaré en mi despacho.

Thomas abandono la habitación, segundos más tardes William se deslizó por el balcón hacia los establos en busca de sus presas. Le tomo muy poco terminar con la vida de dos enormes animales, sintió unos pasos y se alejo dejando un tercer ciervo con vida. Sintió miedo de herir a alguien y salto por el muro alejándose de la casa. Se detuvo cerca de unos árboles y volvió a respirar no pudo percatarse de quien era, podía haber sido Henry o cualquiera de los hombres que trabajaban para su padre. Hasta ese momento en su corta vida como vampiro nunca había herido a nadie, se sentía cómodo al lado de su madre, Margaret y todos los demás que lo rodeaban, sin embargo sentía miedo en su interior y este iba creciendo a medida que pasaban los días y su necesidad por la sangre aumentaba. Robert le había dicho muchas cosas sobre su nueva vida, sobre todo le había advertido que no debía probar sangre humana jamás porque no sería capaz de controlarse después y eso aumentaba su miedo aun más. Respiró nuevamente el aire puro del bosque y trato de despejar su mente tratando de calmarse, miró su camisa desgarrada debió haberla roto en su carrera contra los arboles, estaba manchada de sangre, se la quitó y la dejo al pie del árbol su madre se preocuparía si la viera, respiro profundamente y emprendió su regresó a la casa a paso lento quería estar completamente calmado antes de llegar a ella.

Una figura femenina apareció detrás de los arboles, Elizabeth caminó lentamente hacia el mismo lugar donde había estado William minutos antes; tomo la camisa rota y manchada de sangre de la tierra húmeda por el roció de la mañana y la acerco a su rostro. El aroma de William era único e irresistible Elizabeth estuvo varios minutos oliendo su aroma, el ruido de unas ramas al romperse la hicieron volverse, Johnny apareció a sus espaldas.

–Tenías razón Johnny, esto era algo que debía saber. Trae lo caballos regresaremos a la posada estoy segura que esta noche tendré visita nuevamente y quiero estar preparada. El aludido se marcho en busca de los corceles, Elizabeth contempló el camino una vez más la figura de William ya había desaparecido por completo solo se veía el estrecho sendero casi invisible por la tupida vegetación. Al oír el galopar de los caballos se volvió y desapareció rápidamente.

William salto por el muro tan pronto llegó, no quería que nadie lo viera en ese estado, le tomó tan solo segundos saltar al balcón de su habitación, Margaret le había preparado el baño en su ausencia, el agua caliente le sirvió para relajar sus músculos y lo ayudó a tranquilizarse aun más, miró por la ventana el sol ya estaba bien alto en el cielo seguro que el médico que su padre había mandado a buscar ya había llegado, debía apurarse quería estar presente, la salud de su madre le preocupaba, Ese pensamiento ocupo su mente por completo y lo hizo olvidarse de los sucedido en la mañana, comenzó a vestirse rápidamente. Salió de su habitación rumbo al gran salón no encontró a nadie en los pasillos interiores, al bajar las escaleras se tropezó con Robert que entraba en ese momento.

—Al fin te veo. ¿Qué ocurrió anoche?

—Nada en especial.

—¿Dónde está mi madre?

—Aun no baja, y tu padre está con el médico en su despacho.

—¿El médico aun no ha visto a mi madre?

—Estuvo con ella hace un rato y ahora está reunido con tu padre en el despacho.

—Quería estar presente. ¿Sabes cuál fue el resultado?

—No. —La respuesta del hombre fue cortante, William levantó una de sus cejas en señal de disgusto.

—¿Qué me ocultas?

Robert se había sentado en uno de los sillones frente al fuego y no contesto la pregunta del joven. William se acercó más a él buscando la respuesta que esperaba.

—La salud de tu madre es algo que puede esperar por ahora, esta delicada pero no es algo que requiera una inmediata atención. En estos últimos días ha mejorado grandemente, debo admitir que estoy impresionado por su fortaleza.

—Que puede ser más importante que la salud de mi madre.

—¿Tu padre no te ha comentado nada?

—Sé lo que está pasando, pero me dijo que Elizabeth prometió marcharse.

—No lo hizo.

—¿Como lo sabes?

—Vino acompañada, uno de los hombres murió anoche; pero el otro aun está con vida y es su mascota. Lo encontré temprano por los alrededores.

–Por eso es que mi padre no quería que saliera a cazar.

–Así es, pero aun así saliste.– La mirada de Robert se fijó en el joven.– ¿Qué fue lo que pasó? ¿Estabas asustado?

William relajo la postura y se sentó en un sillón continuo al de Robert.

–Estaba en los establos, cuando sentí unos pasos no supe quien era solo sentí que se aproximaba. No sé cómo explicarlo pero segundos después estaba en medio del bosque. Pensé que podía ser alguno de los hombres de mi padre, Henry o Albert. Sentí miedo de herir a alguien.

–Te entiendo, esas son las consecuencias de alimentarte cerca de los humanos, tu padre tiene sus propias ideas y no puedo cuestionarlo. Cada cual reacciona de una manera diferente; lo importante es que fuiste capaz de reaccionar. Los pasos que sentiste eran los míos, yo también estaba preocupado cuando Thomas me dijo que ibas a estar en los establos, quise estar cerca por si me necesitabas.

–Gracias nuevamente.

–Siempre a tu disposición, en cuanto a lo del bosque tu padre tenía sus razones cuando te dijo que no quería que salieras.

–¿A qué te refieres?

–Elizabeth te vio hace un rato en el bosque.– William quedo perturbado al oír a Robert, recordó en solo segundos cada momento de su corta estancia en el bosque esa mañana, en ningún momento sintió la presencia de nadie cerca de él.

–No puede ser, la hubiera visto.

–William, no has tenido tiempo suficiente para

desarrollar tus sentidos. Estaba escondida entre los árboles, realmente se sorprendió al verte. Johnny es el hombre que la acompaña, después que regresé en la mañana estuve atento pues estaba convencido que ella lo mandaría para cerciorarse de que era cierto lo que le había dicho sobre Thomas. Johnny se percató de la presencia de Jeremy y sus hombres y corrió a avisarle; ella se acercó y vio a Jeremy entrando con los ciervos que tu padre mando a buscar.

—¿Qué crees que haga ahora?

—No lo sé, iré a verla esta noche estoy seguro que estará esperándome.

—¿Puedo ir contigo?

Robert sonrió

—¿Por qué quieres ir?

—Quiero saber cuáles son tus planes con ella.

—Elizabeth representa un peligro para todos nosotros, y mucho más para ti.

—No te entiendo.

—La mayoría de los vampiros, son como nosotros; como tu padre, como yo. Elizabeth nació siendo así al igual que tu.

—Yo no naci siendo de esta manera, yo era diferente.

—William a ti nadie te convirtió, tú naciste siendo lo que eres ahora. Es cierto que tu abuelo aceleró el proceso en su afán de destruirte; pero existen otras formas que tú no conoces.

—¿Cómo cuales?

—En el caso de Elizabeth, asesinar y beber sangre humana.

—¿Así fue como ella se convirtió?

—Sí, su padre es un vampiro rumano; casi nunca sale de

su castillo tiene sirvientes que lo sirven llevándole sus presas. La madre de Elizabeth era una de ellas, sin embargo el no acabó con su vida sino que la convirtió en su mujer y al poco tiempo nació Elizabeth. Ella fue su creación, unos años después el mismo la echó de su castillo.

–¿Por qué?

–La mayoría de los vampiros antiguos tratan de llevar una convivencia pacífica con los humanos cuando quieren mantener una residencia permanente. Los que deciden vivir errantes se convierten en verdaderos asesinos capaces de acabar con toda una aldea en tan solo unos pocos días.

–Por eso su padre la echo de su lado.

–Así es, Elizabeth posee un pequeño castillo, pero ella misma me confesó que tuvo que irse porque los habitantes de la zona trataron de matarla, por eso anda errante. Pensé que al saber que no podía cazar en estas tierras se marcharía pero al verte esta mañana vi en sus ojos que todo había cambiado. Tú eres su próxima presa William.

–¿Cómo debo tomarlo?

–Esa es tu decisión, Elizabeth es muy voluble pero también es muy hermosa y tú a la única mujer que conoces es a tu madre.

–Eso no me hace débil.

–No lo creo, yo perdí la cabeza cuando estaba a su lado, lo mismo le pasó a tu padre. No entiendo porque tú serias la excepción.

–Cuando tú estabas a su lado no sabias como era ella; lo mismo le pasó a mi padre. Ahora es diferente todos sabemos de lo que es capaz y si ella llega a pensar que caí en sus redes podemos aprovechar la oportunidad y destruirla.

–No me parece mala la idea.

–Si ella me ve llegar contigo hoy, estoy seguro que será una sorpresa total.

–Esperemos a hablar con tu padre, necesitamos su aprobación primero.– Robert se volvió al oír unos pasos que se aproximaban, Thomas apareció en el recinto acompañado de un anciano de baja estatura.

–Muchas gracias por venir doctor.

–Recuerde que debe seguir mis indicaciones, me dio mucho gusto volver a verlo después de tantos años. Dígale a su esposa que el aire libre y el sol le harán muy bien en su recuperación.

–Le aseguro que seguirá sus indicaciones.– Thomas se volvió hacia Robert y William– Ellos son Robert y William son los hijos de mi primo el conde Duport, seguro lo recuerda.

–Claro que lo recuerdo, mucho gusto caballeros su padre era un gran hombre todos lamentamos su muerte.– El anciano hizo una pequeña reverencia hacia ambos hombres parados en medio del salón.– ahora me retiro con su permiso señores.

–Jeremy lo llevara de regreso, aquí tiene por sus servicios, lo espero la próxima semana.

–Hasta entonces señor Palmer.

El anciano se retiró acompañado por Albert; Jeremy lo espera afuera con un carruaje para llevarlo de regreso al pueblo. Thomas espero en la puerta hasta que el anciano subió a ella, extendió su brazo despidiéndose nuevamente de él y entro en la casa.

–¿Puedes explicarme mi parentesco con tu primo el

conde?– Robert reía desde uno de los sillones del salón.

–¿Pretendías que le dijera que William es mi hijo de doce años? El anciano aun no se recupera de la impresión que le dio verme. La última vez que me atendió estaba muriéndome, le dijo a todos que tenía poco menos de una semana de vida acababa de graduarse de medicina; y mírame sigo completamente igual y el apenas puede caminar.

Thomas se veía nervioso no dejaba de caminar de un lado a otro del salón mientras hablaba.

–¿Qué le dijo el médico sobre mi madre?

Thomas se volvió hacia su hijo y lo miro fijamente.

–Marie esta delicada de salud, pero el médico asegura que se recuperara si sigue sus indicaciones.

–¿No me está mintiendo?

–No William, te lo aseguro; disculpa si hace un momento te negué como hijo.

–No se preocupe, lo entiendo; se que debemos mantener las apariencias y vivir de acuerdo al mundo que nos rodea.

–Gracias William.

Thomas se acercó a su hijo y coloco su mano sobre su hombro, hasta ese momento entre ambos no había existido prácticamente ningún contacto físico. William no se movió y Thomas retiro su mano de inmediato volviéndose a Robert.

–¿Haz sabido algo de Elizabeth?

–Esta mañana estuvo por los alrededores.

–¿Por qué no me lo dijiste?

–Se marchó enseguida, pero descubrió a William.

Thomas se volvió hacia su hijo.

–¿Saliste en la mañana?– la voz de Thomas subió de

tono al dirigirse a su hijo; William bajo la cabeza avergonzado ante la reprimenda de su padre.

–Disculpe, no fue mi intención desobedecer sus órdenes.

–William es peligroso, no sabes de lo que es capaz.

–Thomas, recuerda que William es muy joven, no puedes culparlo; no sabe cómo controlar sus instintos.

–Robert no lo estoy culpando, no deseo que le suceda nada; Marie se moriría si algo malo le pasara.

–Discúlpeme señor, no volverá a suceder y le aseguro que entiendo sus razones.

–Thomas, entiendo tus deseos de protegerlo, pero lo que hiciste en la mañana no estuvo bien. Sabes perfectamente que no es conveniente alimentarnos cuando hay humanos cercas; eso fue lo que le sucedió sintió unos pasos y se aterró tanto que salió corriendo. Tu hijo tiene miedo de herir a un ser humano Thomas. El hombre sacudió la cabeza y se volvió nuevamente hacia su hijo.

–William no tienes porque disculparte, el error fue mío. Al parecer no hago nada bien últimamente.

–Thomas, estoy seguro que William despertó aun más la curiosidad de Elizabeth. A partir de ahora debemos ser cautelosos y estar muy atentos.

–No quiero a Elizabeth cerca de la casa mucho menos de Marie.

–Ha William se le ha ocurrido algo que puede llegar a funcionar, pero todo depende de su fortaleza.

–¿A qué te refieres?

–Estoy convencido que Elizabeth espera mi visita esta noche, William desea acompañarme.

–Eso es imposible, no lo voy a dejar a merced de esa vampiresa.

Robert sonrió al escuchar las palabras del hombre.

–Solo hay una manera de mantener a Elizabeth lejos de aquí y es ofreciéndole lo que realmente quiere.

–Padre, disculpe pero esa es la única opción que tenemos.– William se acercó a Thomas mientras hablaba.

–Es una locura William, puedes caer en su juego macabro.– Los ojos de Thomas estaban fijos en su hijo.

–Piénselo bien y se dará cuenta que tengo razón.– William se situó frente a su padre, había resolución en su miraba.

–Está bien, es una locura pero si ya te vio en la mañana no habrá fuerza en el mundo que le impida no salir en tu búsqueda. Robert tu iras con él asegúrate de tener una buena historia capaz de convencerla.

–Creo que el parentesco que acabas de inventar esta perfecto. William es tu primo y me acompaña; ambos andamos en tu búsqueda. Tratare de alejarla de aquí, no te preocupes lo importante es ganar tiempo.– Robert seguía sentado en el sillón frente al fuego, su rostro se encontraba relajado; nada comparado con la agitación reflejada en el rostro de Thomas.

–Está bien, William ve con tu madre ha estado preguntando por ti.

–Con su permiso.– El joven hizo una reverencia y se dirigió a las escaleras rumbo a las habitaciones interiores.

–Espero que todo salga bien, que tu plan funcione. ¿Crees que sea suficientemente fuerte?– Dijo tan pronto William salió de la habitación.

–William es de una fortaleza sorprendente, estoy seguro que Elizabeth tendrá que jugar muy bien su juego si quiere enredarlo en sus redes.

—Eres muy confiado.

—Eso te lo digo yo a ti, no debiste dejar que William se alimentara dentro de la casa, su necesidad por la sangre va en aumento y pudo herir a alguien.

—Si es fuerte como dices, sabrá superarlo.

—Thomas, no juegues con tu suerte. William es completamente diferente a nosotros, apenas está descubriendo su lado salvaje.

—Tengo demasiadas cosas en mi cabeza, el médico no puede asegurar nada con respecto a la recuperación de Marie y ella esta consiente de todo.

—¿Está decidida?

—Sí, su decisión es inquebrantable.

—Thomas debes mirar la vida de otra forma, como ella lo está haciendo. Tiene la posibilidad de vivir eternamente al lado de los que ama.

—Marie no se acostumbraría, ella es toda bondad y amor.

—Thomas; Marie cambió mucho en los últimos años, su bondad y compasión cambiaron totalmente desde que William nació.

—No puedo condenarla a esta vida.

—Esa decisión ya fue tomada hace mucho tiempo; deberías preocuparte por William cuando ese momento llegue. Realmente no se que será más difícil para él; aceptar la enfermedad y la muerte de su madre o aceptar el hecho de que ella pueda transformarse en alguien como él. —Robert se levantó de su asiento y caminó hacia Thomas le dio varias palmadas en la espalda y se encamino fuera de la casa.

El resto del día transcurrió tranquilo y sin visitas. Jeremy se marchó al pueblo de regreso con el médico. Albert y

Henry estuvieron todo el día enfrascados en las tareas de la casa ayudando a Margaret a preparar la comida y con la limpieza. William y Marie estuvieron sentados al piano gran parte de la tarde jugueteando entre diferentes notas musicales tratando de crear una nueva melodía. Thomas por su parte se sentó a observarlos en silencio; la relación entre madre e hijo era muy especial casi extraordinaria.

Robert decidió ir a cazar sus hábitos eran muy distintos a los de su amigo y aliado; Thomas solo consumía la sangre que le era necesaria para mantenerse, usualmente bebía solo pequeños sorbos varias veces al día y rara vez salía a cazar. Había logrado controlar sus impulsos, y veía en su abstinencia el castigo que merecía por haber entregado su alma al diablo. Robert por su parte llevaba días sin alimentarse, y sus hábitos alimenticios variaban con frecuencia; el carmesí en sus ojos aun era intenso, el único testigo de su ultima cacería. Aun se sentía fuerte, pero al ver que no tenía mucho que hacer en la casa decidió salir a divertirse un poco en espera de la noche.

***

PRIMER ENCUENTRO

Thomas se quedo en el portón de su propiedad hasta que los caballos se perdieron dentro del bosque, era ya muy avanzada la noche y todos dormían en la casa. William y Robert se habían marchado en busca de Elizabeth y él había decidido quedarse y proteger la casa. No estaba muy seguro del plan de Robert pero no le había quedado más alternativa que aceptarlo. Marie se había ido a dormir temprano y sin sospechar nada en lo absoluto. Robert y William llegaron al pueblo casi en la madrugada, todo estaba en silencio y no se veía nadie por las pequeñas calles. Al llegar a la posada solo encontraron al encargado durmiendo en un asiento cercano a la puerta. En el segundo piso no encontraron a nadie en el pasillo y se encaminaron directamente a la habitación de la vampiresa.

Elizabeth estaba acostada en la cama, el cuerpo de Johnny yacía sin vida sobre un asiento cercano. La mujer lo contemplaba desde su sitio, no había la más mínima señal de remordimiento en su miraba. No le estaba permitido cazar en esa zona y eso le perturbaba grandemente. Había pensado en marcharse pero su curiosidad era mucho más fuerte que sus deseos. Aun tenía en su mente la imagen de William y sus manos acariciaban la camisa rota del joven que encontró en los arboles. Sintió unas pisadas cerca de la puerta pero no se movió de su sitio, había vivido lo suficiente al lado de Robert y reconoció sus pasos inmediatamente. Lo esperaba, sabía que volvería para asegurarse que en realidad se había marchado del pueblo. La puerta se abrió y la figura del hombre apareció en la puerta.

–Acabas de terminar con tu única presa disponible por esta zona.– Exclamó Robert al descubrir el cuerpo de Johnny en el sillón.

–No tenía suficiente sangre, era muy débil. Sabía que algo me ocultabas cuando me visitaste anoche.

Robert se aproximó al cuerpo del hombre y le tomo la mano tratando de encontrar vida en él.

–¿No vas a contestar mi pregunta?– Elizabeth se movió rápido y cuando Robert se volvió tropezó con el rostro de la mujer muy cerca de él. Elizabeth comenzó a acariciarle el rostro, había deseo en sus ojos.– Había olvidado lo suave que se siente tu piel cuando la tocas.–

Robert cerró los ojos al sentir las caricias de la mujer por unos segundos cuando los abrió una sonrisa apareció en su rostro, Elizabeth también sonrió al ver deseo en los ojos del vampiro.

–Debes comportarte, no estamos solos.– Robert se alejo de la mujer y esta lo siguió con la mirada, fue entonces cuando descubrió a William parado en la puerta.– El es William, es pariente de Thomas y también anda en su búsqueda.

Elizabeth se acerco a él lentamente observándolo detenidamente.

–¿Pariente? No sabía que Thomas tuviera familia.– dijo Elizabeth mientras caminaba a su alrededor devorándolo con la mirada; William no se movió de su sitio y tampoco dejaba de mirarla. Robert observo la escena por unos segundos antes de hablar.

–Al parecer hay muchas cosas sobre él que no conoces. Elizabeth se volvió hacia Robert y lo miro por unos segundos para luego regresar su mirada a William, quien se movió finalmente extendiendo una de sus manos hacia la mujer. Elizabeth le ofreció la suya y este la beso cordialmente.

–Mucho gusto en conocerla.

–El gusto es mío.– Los ojos de la mujer brillaban con una intensidad increíble al escuchar la voz de William.– ¿Dime William que te trae por aquí?

–Vine en busca de mi primo, pero sus hombres nos han informado que hace mucho que no lo ven.

–¿Se puede saber como ustedes se conocieron?– Elizabeth fijo su mirada en William tratando de descubrir la verdad en ellos. Robert soltó una risita maliciosa al descubrir las verdaderas intenciones de la mujer pero se mantuvo en silencio. William y el habían repasado muy bien todas las palabras mientras se dirigían al pueblo, el conocía muy bien a Elizabeth, sabía perfectamente que cualquiera que fueran sus intenciones hacia el joven buscaría la verdad primero para estar segura. Por eso guardo silencio ante la pregunta de la vampiresa, si se adelantara y respondiera en lugar de William la mujer se daría cuenta de todo. William por su parte sonrió sin dejar de mirar a la mujer y se apuró en responder.

—Ando en busca de respuestas, pensé que podría encontrarlas con mi primo pero en su lugar me encontré con Robert. No conozco el área, para ser más exacto no conozco casi nada, mi padre fue muy estricto conmigo, tenía miedo de lo que yo pudiera llegar a hacer; por eso decidió ocultarme la verdad durante muchos años.

—¿Cuántos años tienes en realidad?

—Poco más de quince, no sé exactamente siempre intentaron ocultarme la verdad.

—¿Si tu naciste así, tu padre es un vampiro?

—Era, murió hace unos días.

La mirada de Elizabeth era aterradora ahora, el brillo en sus ojos cambio completamente al descubrir el peligro detrás de las palabras de William.

—¿Qué le paso?

—Al parecer existen cazadores de vampiros por la zona, hace unas semanas salió a cazar, cuando regresó se encontraba en muy mal estado, estuvo alucinando durante días. El dolor se apoderó de su cuerpo y no pudo recuperarse. Murió tres días después.

—Sangre envenenada. ¿Y tú, no estabas con él?

—No, sus reglas eran muy claras; jamás se me permitió

salir de las paredes de la casa. Vivía acompañado por mi nana y él me visitaba a menudo. Solo conocí la verdad en sus últimos días cuando decidió contármelo todo.

–¿Por qué decidiste venir en busca de tu primo?

–Thomas Palmer lo convirtió en lo que era, pensé que estaría seguro aquí en sus dominios. Mi casa ya no es segura, después de la muerte de mi padre los habitantes de la aldea nos asaltaron y destruyeron la casa llevándoselo todo.

–¿Y tú, cuando descubriste tu lado salvaje?

–Esa noche, los asaltantes me buscaban, mi nana se interpuso para defenderme y murió en el intento, a partir de ese momento no recuerdo nada más; cuando reaccione me encontraba lleno de sangre.

–¿Y tu Robert, como encajas en esta historia?

–Como te dije andaba en busca de Thomas, lo vi muy mal cuando me lo encontré en Francia me dijo que se regresaría a su casa por eso pensé que ya estaría aquí.

–Todo sería más fácil si no existiera esa estúpida ley de Thomas.

Las carcajadas de Robert retumbaron en toda la habitación

–Sabes perfectamente que Thomas se arrepiente de la decisión que tomo hace años para salvar su vida. Jamás permitirá que la vida de cualquiera de los habitantes de esta zona se ponga en peligro a causa de su naturaleza, por eso puso esa ley; ningún vampiro puede cazar en esta zona. Creo que es la única razón que lo mantiene vivo, todos por aquí saben cómo defenderse si saben que hay algún vampiro cerca. Por eso te recomendé que te marcharas anoche.

–¿Debó agradecerte por tu advertencia?

–No es necesario, pude haberme callado y haber dejado que violaras la ley. Sabes perfectamente lo que pasaría si eso ocurre.

–Ningún vampiro puede violar la ley impuesta por otro vampiro, si lo hace…– Elizabeth dejo la frase incompleta al mirar por la ventana.

–Si lo hace muere.– Robert término el pensamiento de la mujer.– Hubiera sido muy fácil acabar contigo, ahora me arrepiento de habértelo dicho.

Una sonrisa maliciosa apareció en los labios de la mujer.

–Es una lástima que no hayas tenido el valor para hacerlo. Señal que todavía sientes algo por mí.

–No te confundas. ¿Te marcharas?

–¿Eso quieres?

–Quiero saber cómo piensas quedarte, sino puedes alimentarte.

–No sería mala idea, seguir tus pasos, creo que podría vivir un tiempo con sangre animal en mi cuerpo

Las fuertes carcajadas de Robert retumbaron en toda la estancia.

–Realmente desearía llegar a ver eso.

–Puede ser que me regrese a mi casa. Llevo algún tiempo lejos y espero que todo se haya calmado ahora que regrese.

–Crees que los habitantes del pueblo cercano se hayan olvidado tan pronto de todo lo que has hecho.

–El dinero hace cambiar a las personas, los humanos son débiles ante el brillo del oro.

–Son capaces de vender su alma al diablo por unas cuantas monedas.– Robert termino la frase con una sonrisa.

–Le di unas cuantas hectáreas de tierras a los campesinos

de la aldea cercana a cambio de mi seguridad. Les prometí que podrían vivir en ellas y que estas serian de sus hijos y nietos; a cambio deberían protegerme de los cazadores de vampiros, jure jamás tocar a ninguno de ellos ni a su descendencia. En la tarde me llego un mensaje que me confirmaba que habían aceptado mi trato.

–Muy inteligente de tu parte, tu padre lleva siglos viviendo de esa manera.

–Mi padre no es más que un decrepito vampiro que se oculta tras los muros de su castillo. Lleva siglos sin salir de él.

–Sin embargo se siente seguro en él y no vive una vida errante.

–¿Y tu William, cuáles son tus planes?

El aludido se volvió hacia la mujer

– En realidad no tengo ninguno en estos momentos.– Mientras hablaba su ojos están fijos en la mujer. Trataba de controlar su expresión, Robert le había advertido sobre la habilidad de Elizabeth de reconocer la mentira. En realidad la respuesta que acababa de dar no estaba muy lejos de la verdad, no tenias planes exactos para su vida futura.

–¿Puedes irte conmigo?– La mujer extendió su mano al joven quien la tomo suavemente.– Serás bienvenido en mi casa.

–Gracias por la invitación, quizás más adelante pueda aceptarla. Ahora solo pretendo encontrar respuestas.

–Puedes encontrarlas conmigo. Yo mejor que nadie podría enseñarte.

–Más adelante le garantizo que aceptare su invitación.– William besó la mano de la mujer nuevamente– Ahora con su permiso me retiro. –William dio una última mirada a Robert y salió de la habitación cerrando la puerta a sus espaldas, Elizabeth lo observo hasta que salió de la estancia.

–Quisiera saber porque todos confían en ti, sin conocerte.– Dijo volviéndose hacia Robert.

–Quizás porque pueden ver la sinceridad en mis ojos. Yo también me retiro, con tu permiso.

–¿Robert?– La mujer dejo la pregunta en el aire, el hombre le devolvió la mirada.– ¿Aun no me perdonas?

–Toda la eternidad no será suficiente para perdonarte.– Robert se acercó a Elizabeth y tomo su mano.– ¿Realmente te interesa mi perdón?

–Nunca has entendido porque te convertí, me enamoré de ti desde el primer momento en que te vi.

–No tenías derecho a tomar mi vida.

–Me iré en la mañana, no deseo viajar de noche seria sospechoso. Sabes dónde encontrarme, siempre serás bienvenido a mi lado.

–Buena suerte Elizabeth.– Robert besó la mano de la mujer y se marchó de la habitación; William lo espera afuera montado en su caballo, solo cruzaron miradas y emprendieron el regreso. A pocos kilómetros de la casa William se detuvo.

– ¿Crees que se marchará?

–No lo sé, no me creo la historia sobre el convenio. Elizabeth desprecia a los humanos y nunca haría un trato con ellos.

–A lo mejor se ha dado cuenta que es mejor mantener la paz con ellos.

–No lo creo, de todas formas hay que esperar a mañana, estaré atento. No puedo regresar a la posada porque entonces se daría cuenta pero buscare la forma de vigilarla. Ahora vámonos dentro de unas pocas horas amanecerá y tu padre debe estar ansioso.

El sol ya empezaba a salir cuando ambos hombres llegaron a la casa, fueron directo a las caballerizas a guardar los caballos. Robert se quedo en la entrada mientras William entraba los caballos, miró hacia la casa y se tropezó con la mirada de Thomas que lo observaba desde la ventana del segundo piso. No era necesario hablar ambos conocían lo suficientemente a Elizabeth y Thomas pudo leer en la mirada de Robert sus sospechas.

***

FAMILIA

El sol ya se encontraba en lo alto del cielo azul sin una nube cuando Marie se despertó, la luz que entraba por la ventana iluminaba toda la habitación. Abrió los ojos y se volteó en la cama hasta quedar frente a la ventana. La fina cortina se movía al compás de la brisa; se sentía tan feliz desde su llegada que había logrado dormir serenamente por varias noches. Sintió la puerta abrirse y unos pasos que se le aproximaban, pero se quedó quieta en la cama, la fría mano de su esposo le acaricio el rostro.

–¿No piensas levantarte hoy dormilona?

Una amplia sonrisa apareció en su rostro, tomó la mano de Thomas y la abrazó llevándosela hacia su pecho.

–Deseo levantarme, pero al mismo tiempo siento tanta paz.

–Margaret te subirá el desayuno. ¿Necesitas algo más?

Marie se incorporó en la cama sin dejar de sonreír.

–¿Has visto a William?

–Creo que está en su habitación leyendo.

—El también se siente bien aquí; eso también me hace feliz.

—No debes preocuparte por nada, William está bien, tú misma acabas de decirlo. Ahora solo debes preocuparte por tu salud.

—Estoy bien Thomas, me siento mucho mejor.

Los verdes ojos de Marie se fijaron en los de su esposo buscando las palabras que él no se atrevía a decir en voz alta.

—¿Qué es lo que te preocupa realmente? Te conozco Thomas, sé que hay algo que quieres decirme.

El aludido abrazó a su esposa contra su pecho, disfrutando del aroma de sus cabellos

—Eso mismo te digo yo, te conozco y sé muy bien en lo que estas pensando.

Marie se levantó de la cama tomó un fino camisón de un asiento cercano se lo puso y camino hacia la ventana. En el patio divisó a su hijo con Robert, ambos reían.

—Robert le había prometido enseñarlo a usar la espada. Desea tanto saber defenderse, una noche antes de que lo apartaran de mí había encontrado la forma de abrir la puerta que daba al patio y estaba planeando nuestra huida. Me dijo que se sentía fuerte y que si yo era capaz de guiarlo fuera de esa puerta estaba dispuesto a escapar. No tuve las fuerzas suficientes para defenderlo cuando me necesitó. Durante años solo fuimos yo y él encerrados en aquella habitación, solo pensaba en disfrutar cada segundo de su existencia, no había mañana para él. Rezaba todos los días porque mi padre no entrara en el cuarto, pero cada día William cambiaba y si yo podía notar la diferencia estando a su lado mi padre aun más. Ahora todo es diferente, podemos ser una familia finalmente y yo no voy a hacer el obstáculo que lo impida.

Thomas se aproximó a su esposa mirando por encima de ella, William se había caído contra un árbol esquivando un golpe de Robert y este le tendía la mano ayudándolo a levantarse.

–No lo entiendes Thomas, quiero ser yo quien ayude a mi hijo a levantarse en cada caída que el destino le tenga preparada. Quiero estar ahí para él, siempre.

–Marie, yo también me sentí desesperado cuando los médicos me dijeron que no tenia salvación. Ese no es tu caso, el médico ha dicho que puedes curarte.

–No lo entiendes, es cierto que me puedo curar pero que pasara cuando los años pasen, voy a morir y cuando eso pase mi hijo se quedara solo.

–No te precipites, eres muy joven aún.

Marie se volvió hacia su esposo sonriendo y se abrazó a él escondiendo su cabeza dentro de su pecho.

–Te quiero Thomas, pero desde ahora te digo que aunque te opongas ya mi decisión está tomada

Thomas no contestó, se quedó callado; sabía perfectamente que Marie estaba decidida a cambiar su vida. No podía culparla por haber tomado esa decisión; la vida se había encargado de castigarla lo suficiente y solo había encontrado el amor en aquellas personas que como él habían entregado su alma al diablo. Solo le quedaba esperar ese momento, estaba seguro de poder retrasar los planes de su esposa por algún tiempo podía contar con la ayuda de William quién no se sentía conforme con su destino y trataba de salvar su humanidad. Pero esa ayuda solo seria pasajera, con el pasar de los años él también sentiría miedo de perderla y terminaría cediendo a sus deseos. Tampoco estaba seguro de sí mismo, la posibilidad de una vida eterna al lado de Marie era demasiado tentadora para él. Unos toques en la puerta lo hicieron reaccionar y Margaret apareció en la puerta con el desayuno

–Buenos días señora

–Buenos días Margaret

–El día esta excelente su hijo está desde muy temprano en el patio con Robert.

–Ya me di cuenta, yo también quiero salir a tomar el sol. Thomas que te parece si vamos los dos a dar un paseo por el campo.

–Me gusta la idea, te dejo para que desayunes estaré con Robert y William. Hasta luego Margaret. El hombre abandonó la habitación y se encamino hacia el exterior de la casa. Robert sostenía la espada y había logrado derrotar a William en varias ocasiones tirándolo al suelo. Cuando vio a Thomas que se aproximaba tomo una de las espadas sostenidas en la pared y se la lanzó; Thomas alcanzó la espada en el aire y comenzó a examinarla detenidamente.

–Tus movimientos son muy torpes William.– Dijo mientras se encaminaba hacia ellos ocupando el lugar de William frente a Robert. El aludido se dio cuenta y camino unos cuantos pasos hacia atrás.

–Robert es muy rápido y no logro alcanzarlo.

–Recuerda que la fuerza no sirve de mucho si no tienes astucia. – Se volvió hacia Robert y lo saludo con la espada; Robert le devolvió el saludo y acto seguido arremetió contra él con todas sus fuerzas. Thomas era un excelente espadachín, había enseñado a Robert años atrás, ambos se enfrascaron en una lucha sin igual. Los movimientos de Thomas eran seguros y gozaban de mucha técnica. Robert por su parte no se quedaba atrás; después de varios minutos el combate seguía tan parejo como al principio y ninguno de los oponentes mostraba signos de debilidad. Al cabo de un rato Thomas aprovecho un segundo en el que Robert bajo la guardia y la espada de este voló por los aires. William estaba observándolo todo desde una esquina del patio y soltó una carcajada cuando vio a Robert derrotado.

—Ahora me doy cuenta que no todo lo que haces es perfecto.

—Nada es perfecto en este mundo William. —Robert tomo la espada y se volvió hacia el joven retándolo. William busco la aprobación de Thomas con la mirada quien le dio su consentimiento; inmediatamente el duelo comenzó. Marie salió de la casa un rato más tarde, al ver a los hombres tan enfrascados en las clases de esgrima y a su hijo tan contento no quiso interrumpir con su idea de un paseo por el campo. Los estuvo observando durante un tiempo hasta que decidió marcharse rumbo al pequeño jardín donde se encontró con Albert quien estaba regando las rosas.

—Buenos días Albert

—Buenos días señora

—Las rosas están hermosas.

—Como usted señora

—Gracias Albert, tu siempre tan voluntarioso. Iré por unos guantes para cortar las malas ramas.

—Marie radiaba una alegría contagiosa, eran como rayos de luz que iluminaban todo a su alrededor. Las faenas en el jardín era algo que siempre había disfrutado; cuando llego a vivir a la villa con su esposo todo era sombrío y sin color. Con la ayuda de Albert había logrado un jardín maravilloso justo en la entrada de la casa lleno de rosas blancas y rojas.

–Albert creo que es necesario un poco más de agua.

–Tiene razón señora iré por más

El anciano desapareció en el patio hacia la cocina en busca de más agua y Marie quedo sola en el jardín. Estaba muy entretenida cortando unas rosas para el jarrón de la sala que no sintió los pasos que se aproximaban.

–Bonitas rosas.

Marie se levantó de inmediato y se volvió para encontrarse frente a frente con Elizabeth. La recién llegada era de una belleza extraordinaria sus negros cabellos caían en desorden alrededor de su cuello y sus ojos rojizos relucían a la luz del sol. Sin embargo los verdes ojos de Marie eclipsaban por completo la belleza de la vampira.

–¿Puedo ayudarla señora?

–Ando en busca de Thomas Palmer.

–Yo soy su esposa.

Los ojos de Elizabeth se fijaron en la mujer y una sonrisa maliciosa apareció en sus labios, sin dejar de sonreír extendió su mano hacia Marie

–Ya me lo suponía, Thomas me hablado mucho de usted. Pero creo que sus halagos no fueron suficientes, usted es mucho más bella en persona.

–Muchas gracias señora, mi nombre es Marie.– la mujer extendió su mano devolviéndole el saludo a la recién llegada con una sonrisa en sus labios– Mi esposo se encuentra en los establos en compañía de mi hijo y un amigo, enseguida mando por él. ¿Si gusta acompañarme adentro el sol está un poco fuerte?

En ese momento Albert se acercaba arrastrando los pies con un enorme balde lleno de agua.

–Albert gracias, ve por favor a avisarle a Thomas que tenemos visita lo estaré esperando en el salón– volviéndose hacia Elizabeth–Perdón que descuido el mío no le he preguntado su nombre.

–Elizabeth

–Bonito nombre, acompáñame por favor.

Ambas mujeres subieron la escalinata hacia el interior de la casa mientras Albert iba al encuentro de Thomas. Al llegar al patio Thomas se batía duelo con su hijo y Robert se encontraba de espectador recostado a una pared cercana. El anciano se acerco a ellos y espero que el duelo terminara.

–Disculpe, pero la señora Marie lo está esperando en el salón.

-Lo había olvidado por completo Marie quería salir a cabalgar

–La señora tiene visita. Una joven espera con ella en el salón.

Inmediatamente las miradas de Robert y Thomas se encontraron. Había terror en los ojos de Thomas, quedo petrificado en el lugar; no hicieron faltas palabras para que William se percatara de la situación.

–Es ella no tengo la menor duda.– Thomas lanzó la espada al piso y se encaminó hacia la casa. William lo observó mientras se alejaba y se volvió hacia Robert.

–¿Que vamos hacer?-Le preguntó

–No creo que Elizabeth vaya a intentar algo en contra de tu madre, es mejor estar tranquilos. Debemos observarla y seguir su juego ya que por lo visto nuestro plan no dio resultado.

–Debemos ir adentro con ellos

–Tienes razón, cuando estemos frente a ella no hables déjame a mí, recuerda que va a estar a la defensiva pues descubrió que le mentimos.

–Está bien ahora vamos.

Ambos hombres salieron del patio rumbo al interior de la casa. Thomas por su parte ya estaba en el salón al entrar descubrió a las mujeres conversando sentadas frente a la chimenea; Marie se levanto al ver a su esposo y fue a su encuentro

–Thomas tenemos visita. –Elizabeth se levanto de su asiento mirando fijamente a Thomas.

–Buenos días Thomas.

El hombre no contesto sus ojos estaban fijos en la mujer, le tomo unos segundos recuperarse; miro a Marie y se acerco a Elizabeth devolviéndole el saludo.

–Buenos días Elizabeth jamás pensé encontrarte por estos lares.

Una sonrisa siniestra apareció en los labios de la mujer

– Pasas años sin verme y me recibes de esta manera. Le estaba diciendo a tu esposa lo hermosa que es; con razón estás tan enamorado de ella.

Marie se acerco a su esposo tomándolo del brazo.

–No sabías que hablabas de mí a mis espaldas.

Thomas tomó las manos de su esposa y las besó tiernamente.

–De que más podría hablar yo si no es de ti. –Su rostro regreso al de Elizabeth–Me alegro que hayas conocido a mi esposa; Marie es muy especial. Aún no me has dicho el motivo de tu visita.

–Estoy de paso, tengo ciertos problemas en mi casa y he

decidido alejarme por un tiempo. Pensaba que tal vez podía pasar unos días en tu casa.

–Es lamentable lo que me cuentas, confió que puedas resolver pronto tus problemas. Nosotros apenas llegamos hace unos días, Marie pasó una temporada con su familia en Londres. La casa aún se encuentra muy desordenada.

–Vamos Thomas no puedo creer que te niegues a que Elizabeth se quede unos días. –Thomas se volvió de inmediato al oír la voz de Robert a sus espaldas– Estoy seguro que Elizabeth puede seguir las reglas de tu casa.

–Thomas, es solo unos días. Si tu amiga necesita de nuestra ayuda no veo motivo por el cual no pueda quedarse con nosotros– Marie interrumpió la frase para dirigirle una mirada a Robert– Además, al parecer ella también es amiga de Robert.

Thomas se quedo callado miró a su esposa y luego a Robert.

–Está bien, por mí no hay problema solo estaba tratando de explicarle que la casa aún no está preparada, pero estoy seguro que Margaret podrá ayudarnos a preparar a una habitación para Elizabeth.

–Iré por Margaret con su permiso.– Robert salió del salón y William se apresuro a seguirlo.

–¿Crees que corren peligro?

–Elizabeth no se atreverá a hacerles daño, pero de todas formas no la quiero muy cerca de ellos es mejor evitar las tentaciones.

Al llegar a la cocina la anciana estaba en compañía de Henry terminando de preparar el almuerzo.

–Margaret tenemos visita, Elizabeth está en la casa y pretende quedarse unos días. Prepara una de las habitaciones para ella y por favor eviten estar cerca de ella recuerda que no es de confiar. —La anciana se marcho de inmediato; Robert estaba ansioso y caminaba de un lado a otro de la cocina. William lo observó durante unos minutos sin saber que decir.

—¿Qué piensas hacer?

—Estoy pensando, necesitamos saber qué hacer con Elizabeth a partir de ahora no podemos cometer errores.

—Hay algo que no entiendo, si tanto daño te ha hecho porque no has podido deshacerte de ella.

-No están sencillo William, Elizabeth es mucho más fuerte que yo y Thomas juntos. Los vampiros más viejos son más fuertes, o como Elizabeth que nació siendo así; su fortaleza es formidable, tenemos que planear muy bien el ataque si queremos vencerla.

—¿Crees que mi madre corre peligro?

—Recuerda que no puede tocarla, Elizabeth no puede hacerle daño.

—Eso es lo que no entiendo, Elizabeth mató a los hombres que venían con ella y estaban en territorio de mi padre.

—Esas personas no pertenecían a este lugar, la ley no era válida para ellos.

—Pero mi madre acaba de llegar a esta casa.

—Esta casa le pertenece a ella, tu padre se la otorgó hace muchos años. Ella es la verdadera dueña y toda aquella persona que sea aceptada por ella está a salvo en estas tierras.

—¿Pero a ti te preocupa Margaret y Henry?

—Ellos son la única familia que tengo y Elizabeth lo sabe; están a salvo a aquí y conmigo. Los humanos a los que ofrecemos nuestra protección están a salvo de cualquier vampiro.

–Ese era el trato del que Elizabeth hablaba anoche.

–Si, por eso no creí nada de lo que decía, ella jamás haría un trato con humanos.

–¿Qué piensas hacer entonces?

–Por ahora seguir su juego, y en eso entras tú. Recuerda que tú eres el motivo que la atrae aquí; todo lo demás es circunstancial para ella.

–Está bien.

–Ve con tus padres, Thomas debe estar furioso y no sabe cómo manejar su genio. No es recomendable que tu madre sospeche que algo pasa.

–Iré con ellos– William se marchó rumbo al salón y Robert quedó solo en la cocina. Muchos años habían pasado desde la última vez que había convivido con Elizabeth. Su presencia no le era indiferente, no era amor lo que sentía por ella, era una especie de pasión que le consumía el alma. Elizabeth era peligrosa para él y las personas que formaban la única familia que tenia; pero el deseo era muy fuerte y mientras estaba lejos de ella era controlable, pero su cercanía encendía aun más la llama de la pasión.

William por su parte regresó al salón, las dudas y la incertidumbre se habían apoderado de él, Robert era el único amigo que conocía la persona que lo había ayudado a él y su madre. Admiraba su seguridad y la de su padre, pero desde la llegada de Elizabeth la confianza y la seguridad de ellos se había esfumado dando lugar a la incertidumbre y a la duda.

Marie estaba sentada en el amplio sofá junto a Elizabeth, ambas conversaban animadamente cuando entro en la estancia; Thomas se encontraba junto a la chimenea sin hablar; Elizabeth volvió su mirada hacia William; Marie siguió el rumbo de su mirada y descubrió a su hijo en la entrada.

−¿Se puede saber porque desapareciste sin saludar primero?

−Lo siento madre, fui con Robert un momento pero ya estoy de regreso.

−Está bien, quiero presentarte a Elizabeth una amiga de tu padre.

−Mucho gusto Elizabeth.− William hizo una pequeña reverencia saludando a la mujer; los ojos de esta relampaguearon con un brillo extraño mientras fijaba su mirada en el joven.

−Marie eres muy joven para tener un hijo tan grande.

La aludida sonrió y su cara se torno roja ante la pregunta de Elizabeth. Thomas miro a su esposa y luego se dirigió a la mujer contestando la pregunta.

−William en realidad es muy joven, solo que su altura lo hace parecer mayor, apenas tiene diecisiete años.

−Claro, tiene mucho de Marie en él, pero también se parece mucho a ti.

Margaret entró en el salón en ese momento

−La habitación de la señora ya esta lista.

−Excelente, desearía descansar un poco me siento muy cansada por el viaje.

Marie se levantó de su asiento indicándole el camino.

−Te acompaño. −Thomas se levantó inmediatamente con la intención de interrumpir los planes de su esposa; pero no fue necesario William se anticipó acercándose a Elizabeth.

−Permíteme madre, yo puedo indicarle el camino si me lo permite.

Una sonrisa picara y llena de malicia apareció en el

rostro de Elizabeth. Marie no dijo nada y le dejo el camino libre a la mujer, quien se apresuro rápidamente hacia William aceptando el ofrecimiento. El joven la espero y cuando estuvieron muy cerca le mostro el camino, ambos subieron las escaleras en silencio hacia el segundo piso. Al cabo de unos minutos Elizabeth decidió romper el silencio.

—Me decepcionó mucho el saber que me habías mentido. No es bueno que mientas.

William sonrió y su mirada se encontró con la de Elizabeth sorprendiéndola por completo.

—No te mentí, tan solo cambie un poco los hechos. —La sonrisa del joven la trastornó, nunca antes había sentido nada igual. Apenas había observado a William por unos instantes; le había parecido atractivo e interesante pero ahora algo había cambiado. William no dejaba de observarla mientras caminaban por el amplio pasillo. La belleza de la mujer era inigualable, sin embargo con tan solo mirarla se había percatado que su corazón estaba vacío; Marie le había enseñado a buscar el alma y los sentimientos de las personas en la mirada, ella decía que los ojos eran el reflejo del alma y la mirada de Elizabeth se encontraba vacía. Sin embargo se había percatado que había despertado el interés de la mujer y eso lo había convencido aun más de que su plan podía llegar a funcionar.

—Entonces es verdad que apenas estas conociendo el mundo.

—Así es, mi madre y yo llegamos hace muy poco en busca de mi padre.

—¿No conocías a Thomas?

—No, llego un par de días después.

—¿Y Robert, donde lo conociste?

—El nos encontró a mi madre y a mí, nos ayudo a llegar aquí. ¿Vez que no te he mentido?

—Quisiera creerte, pero comprenderás no confió mucho en Robert.

—Robert es una gran persona, no te perdona que hayas tomado su vida, pero te quiere. El amor que siente por ti lo ha enterrado muy adentro de su corazón y a tratado de disfrazarlo con odio.

—Nosotros no tenemos corazón; al menos es lo que todos dicen.

—Si somos capaces de sentir, amar y odiar; si tenemos corazón. Muchas veces los humanos son capaces de hacer las más terribles cosas y ellos si tienen un corazón latiendo dentro de su pecho.

La mujer se volvió hacia al joven al llegar a la puerta de la habitación, William abrió la puerta y unos rayos de sol proveniente de una ventana cercana le iluminaron el rostro; sus cabellos rojizos brillaban bajo la luz lanzando destellos a su alrededor. El brillo que emanaba de sus azules ojos le hizo perder el control a la vampira quien por unos segundos se sintió pérdida bajo la mirada del joven. Aturdida cambio la mirada mientras entraba a la habitación.

—Me encanta tu definición.— Dijo sin volver a mirarlo.— Gracias por acompañarme.

—A su disposición siempre.— Elizabeth no pudo resistir los deseos de volver a mirarlo y una vez más se sintió perdida en los ojos del joven. Titubeo por unos segundos antes de cerrar la puerta; no sin antes ver la hermosa sonrisa que brotaba de los labios de William. El joven sonreía complacido al darse cuenta que su plan inicial podía dar resultado, la puerta se cerró y se encaminó por el pasillo en busca de Robert; lo encontró en uno de los balcones con la mirada perdida en el horizonte. Al sentir los pasos que se le aproximaban se volvió para ver quién era, al descubrir la figura del joven retomó su posición inicial.

–¿Cómo te fue con Elizabeth?

–Creo que mi plan puede funcionar.

–¿Aún crees que puedas seducirla sin caer en sus redes?

–Creo poder conseguirlo, ¿si tú me ayudas?

–¿A qué te refieres?

–Se que aún la quieres, y si no sabes controlarte entonces no logaremos nada.

–¿Qué te hace pensar que la quiero?

–La odias, pero prefieres alejarte y no hacerle daño; eso significa que algo sientes por ella.

–Sí; tienes razón. Elizabeth me arrebató lo único bueno que existía en mi vida, no es amor lo que siento por ella, es una pasión intensa que me corroe el alma y que me hace perder los sentidos cada vez que estoy cerca de ella.

–¿Por eso te pregunto si en realidad quieres deshacerte de ella?

Robert clavó la mirada en el joven quién lo observaba tratando de adivinar lo que estaba pensando.

–Sí; esa es mi respuesta. Tienes razón, al igual que tu padre decidí huir en vez de enfrentarla. Ella ha regido mi vida desde que la conocí; de una manera u otra y ya ha llegado el momento de acabar con eso.– Robert extendió su mano hacia William aceptando su trato, el joven hizo lo mismo apretando fuertemente la mano de su amigo.

–Creo que Elizabeth se ha enamorado de mí. No quiero precipitarme pero en el poco tiempo que he estado a su lado me he dado cuenta que no sabe qué hacer se siente perdida cuando la miro. Puedo hacer que confié en mí, mientras tanto tú tienes que pensar cómo eliminarla. Robert asintió con la cabeza, su parte del trabajo no era fácil pero estaba decidido a lograrlo.

***

PACTO

Elizabeth había quedado a solas en la habitación, lejos de la mirada de William fue capaz de pensar nuevamente. Margaret le había preparado el baño con agua caliente, reconoció varias prendas de ropas que estaban encima de la cama; las había dejado olvidadas la última vez que visitó a Robert. La habitación era amplia y cómoda; llevaba algún tiempo vagando de un lugar a otro y no estaba acostumbrada a llevar una vida errante y sin comodidades. El baño caliente la relajó grandemente, se sintió descansada pero se encontraba sedienta, llevaba casi dos días sin alimentarse y el estar rodeada de humanos no ayudaba mucho en sus deseos de controlarse.

Debía pensar muy bien que hacer a partir de ese momento, había tomado la decisión de visitar a Thomas después de que los habitantes de un pueblo cercano a su casa se habían rebelado en su contra. Había ido en busca de su padre, pero solo encontró su rechazo, después de algún tiempo vagando había decidido llegar a un acuerdo con los habitantes del pueblo pero no estaba segura de poder lograrlo y tampoco le agradaba la idea de tener tratos con humanos. Había pensado pasar un tiempo con Thomas hacía mucho que no lo veía pero estaba confiada en que la recibiría, sin embargo jamás se imagino la sorpresa que se encontró al llegar; Thomas siempre le había parecido un hombre oscuro y sin motivos porque luchar en la vida, cuando se lo encontró por primera vez se aferraba a la vida con todas sus fuerzas luchando contra una terrible enfermedad. En aquel tiempo accedió a sus deseos más por diversión que por compasión, al ver que en su vida no había incentivo alguno había decidido prolongar su calvario otorgándole la eternidad; sin embargo la vida le había sonreído y había encontrado el amor y una familia algo raro en un vampiro. Su estadía en esa casa dependía de muchas cosas, lo primero era esa estúpida ley que no le permitía cazar, segundo la presencia de Robert la inquietaba grandemente había perdido la cabeza enamorándose de él hacía varios años atrás y su rechazo le había afectado grandemente y la última de todas la más importante, William. No había dejado de pensar en el joven ni un solo momento desde que lo vio por primera vez entre los árboles. Nunca antes había conocido a alguien como él, los vampiros de nacimiento no abundaban mucho, ya que eran muy pocos los de su clase que tenían descendencia. El deseo de sangre siempre era más fuerte que cualquier otro sentimiento y la mayoría decidían acabar con sus presas en lugar de tener hijos con ellas. En sus primeros años de vida había vivido al lado de su padre, un viejo vampiro mañoso y caprichoso quien había logrado llevar una vida casi normal después de siglos de abstinencia. Los habitantes de los pueblos cercanos a su castillo lo protegían pues él también había impuesto la misma ley estúpida que no le permitía a ningún vampiro cazar en sus territorios. Su mismo padre la había echado de sus dominios al enterarse que cazaba cerca en un pueblo vecino; ese día juró vengarse de todos los humanos y beber su sangre durante toda la eternidad; hasta el día que conoció a Robert, lo vio tan hermoso y perfecto que decidió otorgarle la eternidad pensando que este se quedaría con ella para siempre. William por su parte era diferente, su atractivo era inigualable, sus ojos reflejaban una bondad infinita que nunca antes había visto en ninguna persona. Pero por ironías del destino le había tocado esta vida, con la cual no estaba de acuerdo; estuvo largo rato disfrutando del agua caliente y tratando de poner en orden sus ideas, el sol ya estaba en lo alto del cielo cuando se decidió a salir de su habitación. Sintió una suave melodía proveniente de la planta baja, al llegar al salón se encontró con William sentado en el piano, silenciosamente fue a su encuentro y se detuvo a unos cuantos centímetros de distancia. Los dedos del joven se deslizaban con precisión sobre el teclado y la suave melodía llenaba toda la habitación.

–¿Pudo descansar?

–Si, en realidad me hacía falta, las habitaciones de las pensiones no son nada confortable.

–Me alegro mucho.– William no dejaba de tocar y la melodía no dejaba de fluir

–¿Y donde están los demás?

–Mis padres salieron a montar un rato y Robert anda por ahí en algún lugar hace rato que no lo veo.

–¿Te gusta tocar el piano?

–Durante años fue mi mejor compañero, mi madre me enseño desde que era muy pequeño por supuesto ella es mejor pianista que yo.

–Lo dudo mucho. – Las notas dejaron de fluir y el rostro perfecto de William se volvió hacia ella y una hermosa sonrisa apareció en sus labios.

−¿Quiere salir a dar un paseo conmigo?

El rostro de la mujer se ilumino y le sonrió sin dejar de mirarlo.

−Será un placer

−Hay un pequeño río cerca y el prado alrededor de él es hermoso

−¿Sabes cuales son los limites de las tierras de tu padre?

William reconoció las intensiones de la mujer detrás de la pregunta

−No se cuales son los limites de esta propiedad, y no creo que se los dijera si los supiera. Mi padre ha dado órdenes y no seré yo quien las desobedezca.

−Ya eres lo suficientemente mayor para tomar tus propias decisiones.

−Lo sé y créeme que la decisión ha sido mía y de nadie más.

−Vaya, piensas igual que tu padre.

−De cierta manera me considero humano. ¿En verdad desea dar un paseo conmigo?

−Encantada.

−Iré por unos caballos, si gusta puede esperarme en el portón.

−Claro

William salió del salón dejando sola a Elizabeth, sus planes de tentar al joven no habían funcionado tendría que conformarse con sangre animal, mientras no supiera los límites de la propiedad tendría que prolongar su abstinencia. Salió al portón en espera de William y pudo divisar a Robert en las caballerizas ayudando a Henry y a Albert. El joven no llevaba camisa y su blanco cuerpo desnudo era de un atractivo impresionante, le hizo recordar el porqué había perdido la cabeza por el años atrás. William salió con dos caballos de un establo cercano, Robert lo observaba y lo siguió con la mirada. El joven atentamente le ofreció su mano a Elizabeth para ayudarla a montar; esta dio un último vistazo en dirección a Robert y una picara sonrisa brotó de sus labios al reconocer deseos en los ojos de Robert. Volvió su mirada hacia William quien le sonreía, le dio su mano aceptando su ayuda y minutos más tardes ambos se internaban en el bosque.

—¿A dónde me llevas?

—El bosque termina en una pradera, cerca vamos a encontrar un pequeño río, ahí donde ambos se unen el paisaje es encantador.

—Y por supuesto no me enseñaras los límites de las tierras de tu padre.

—Siempre podrás encontrar una manada de ciervos cerca de la ladera del río.

—Nunca he entendió los hábitos alimenticios de tu padre, Robert es diferente él sabe como desviarse y volver al buen camino.

—Hábitos que no comparto en lo absoluto.

—Eres muy joven tienes una eternidad por delante, y créeme eso es demasiado tiempo.

—¿No te cansas de tentar al joven Elizabeth?

La voz de Robert provenía de un árbol cercano, levantaron la mirada y encontraron al hombre sentado en una rama justo frente a ellos. William lo miro seriamente mientras que Elizabeth le sonrió pícaramente.

—Se me había olvidado tu habilidad de trepar a los arboles y aparecer de la nada.

Robert soltó una fuerte carcajada, dio un solo salto y alcanzo la rama de un árbol cercano se balanceo en ella, para luego caer frente a la mujer.

–Nunca fui un caballero, el bosque era mi guarida de niño y los arboles mis compañeros.

–¿Que buscas Robert? –William fijo su mirada en el hombre con cierto disgusto.

–No te molestes amigo, solo trato de librarte de la tentación.

William lo miraba fijamente, Elizabeth por su parte sonreía al ver las intenciones de Robert reflejadas en sus ojos. Ya se había percatado que el joven no iba a hacer presa fácil y el poder disfrutar al menos de unas horas de placer le haría olvidar la resequedad que sentía en su garganta.

–No te disgustes William, ¿pensé que Robert era tu amigo?

–Y lo es tenemos mucho que agradecerle, y no estoy molesto solo que a mí también me sorprendió su presencia aquí.

Robert se aproximo al joven y tomo las riendas del caballo.

–Tus padres acaban de regresar. Y tu madre ya ha preguntado por ti, sabes que se inquieta mucho cuando no te ve. Puedes regresarte a la casa, estoy seguro que Elizabeth solo acepto tu invitación pensando poder seducirte para así conocer los límites de la propiedad. – Mientras hablaba no dejaba de sonreír y tenía su vista fija en la mujer.– Yo me quedare con ella, no te preocupes.

El aludido miro a la mujer buscando su aprobación, esta lo miro y le hizo una pequeña señal aceptando el ofrecimiento de Robert.

–Te agradezco tus intenciones de hacer mi tarde

placentera, pero Robert tiene razón me aburro mucho y la idea de cazar una manada de ciervos no me agrada en lo absoluto.

–Como desee. ¿Vas a necesitar el caballo?

–No gracias, te veré en la noche.

William se despidió de la pareja y emprendió su camino de regreso a todo galope. Robert lo observo hasta que lo perdió de vista.

–¿No creo que te perdone lo que acabas de hacerle?

–Al contrario, en el fondo sé que me agradece por haberlo liberado. William es un joven sano, y tiene sus propios prejuicios.

–¿A qué se debe tu cambio, me quedo claro hace dos días que no querías saber nada de mí?

–Eso está muy claro, no pienso pasar mi eternidad a tu lado, y tampoco caer en tus redes está en mis planes. Pero ya que estas aquí tampoco pienso negarme a mí mismo un momento de placer.

–Ese es el Robert que me gusta, frío, calculador y a la misma vez apasionado.

–El río ya está muy cerca, podemos caminar.

Elizabeth se bajo del caballo, y camino hacia Robert. El pecho desnudo del hombre era algo que no podía dejar de mirar. Cuando estuvo cerca de él extendió su mano para acariciarlo. Robert la agarró fuertemente llevándola hacia él, sus ojos se tornaron rojos y brillaban de deseo. La mujer no se quedo atrás y respondió a sus caricias con la misma pasión y locura enterrando sus colmillos en el. Ambos se fundieron en un solo cuerpo bañado en sangre.

Por su parte William no demoro mucho en cruzar el umbral de la casa, fue directo a los establos para guardar el caballo, al salir se encontró con su padre que lo aguardaba.

–¿Dónde estabas?

–Salí con Elizabeth a dar un paseo.

Thomas miro a su hijo con un gesto de desaprobación

–No me gusta esa idea que tienes, y tampoco me gusta que estés a solas con ella

–No te preocupes, Robert parece estar de acuerdo contigo, acabo de dejarlo con ella.

–Fue mejor así, te repito que no estoy de acuerdo con esa idea tuya, Elizabeth es muy ágil y tú no tienes experiencia.

–Necesito hablar con Robert a su regreso, el y yo tenemos un trato; y lo que acaba de hacer no forma parte de el

–Robert sabe lo que hace.

–No me parece. ¿Dónde está mi madre?

–Con Margaret ayudándole con la comida.

– Iré a verla.

–¿William?

–Si

–Mañana pienso ir al pueblo, quisiera que me acompañaras.

–¿Y mi madre?

–Ella no nos va a acompañar, Albert ha llevado los negocios muy bien en estos últimos años pero hay algunas cosas de las que debo encargarme personalmente y desearía que estuvieras conmigo.

–Está bien, iré con usted mañana. Ahora voy con mi madre.

William se marcho hacia el interior de la casa dejando a su padre solo en los establos, Thomas demoro unos

segundos y siguió a su hijo.
***
DECISIONES
Era ya muy entrada la madrugada cuando Robert y
Elizabeth regresaron a la casa. Thomas los estaba
observando por la ventana. Elizabeth se fue directo a su
habitación, la tarde había sido agradable gracias a Robert
pero su sed era intensa, no había querido cazar animales
ya que aun albergaba la esperanza de convencer a
William o a Robert para que le dijeran los límites de la
propiedad. Robert por su parte vio la luz encendida en la
habitación de William y fue a hablar con él.
—¿Puedo pasar?
William abrió la puerta y dejo pasar al hombre.
—¿Estuvo entretenida tu tarde?
—Se que te molestaste por mi intervención, pero créeme
que fue necesario. Elizabeth esta sedienta y va ha hacer
hasta lo imposible para salir a cazar.
—Pensé que estabas de acuerdo conmigo.
—William tu plan es excelente, pero Elizabeth no se
confía de nadie.
—Te pregunte si sentías algo por ella y me dijiste que no.
—No te voy a negar que la pasión me ciega, cuando estoy
cerca de ella pierdo los estribos.
—¿Sentiste celos esta tarde por eso fuiste tras nosotros?
—Más o menos, no puedo negártelo. Pero por otro lado
sabía que Elizabeth iba a insistir en su idea de salir de
caza.
—Robert si no eres capaz de contenerte, no tiene sentido
continuar con mi plan.
—De eso quería hablar contigo, creo que es mejor que
desistas de la idea. Creo poder convencer a Elizabeth de

que nos vayamos de aquí, si me lo permites desearía que Henry y Margaret se quedaran aquí, de esa forma ustedes podrían vivir su vida tranquilamente.

—¿Por qué cambiaste de idea ahora?

—Es lo mejor, no es necesario qué te involucres de esa manera con Elizabeth, ella anda buscando un lugar donde vivir y yo puedo ofrecerle mi casa. Henry y Margaret estarán bien con ustedes y seguros bajo tu custodia. Yo estoy acostumbrado a llevar una vida errante y sin prejuicios y muchas veces he regresado a ella.

—La quieres aunque lo niegues, por eso le hablaste sobre la ley, si en verdad hubieras querido eliminarla solo bastaba con ocultárselo.

—Te distes cuenta.

—Era ilógico, Elizabeth es más fuerte que todos nosotros y la única posibilidad de eliminarla era que cazara en estas tierras.

—Olvidas algo, para eliminar a Elizabeth hubiera hecho falta sacrificar una vida. ¿Hubieras estado de acuerdo?

William le dio la espalda al hombre y camino hacia el balcón el cielo resplandecía bajo la luz de la luna y un sin fin de estrellas.

—Por supuesto que no, mi padre tampoco lo hubiera permitido.

—William, créeme lo he estado pensando y lo mejor es que me vaya, ella se irá conmigo ya se convenció que aquí no le es posible vivir; a demás siempre hablamos de que los acompañaría hasta aquí me aseguraría de que estuvieran bien y me iría.

—Tienes razón, estas acostumbrado a vivir de una manera diferente.

—Mi humanidad se perdió hace mucho tiempo, y no es necesario que te involucres de esta manera. Piensa que ahora tienes una familia, ya no necesitas de mi protección pues tienes a tu padre contigo.

—¿A dónde iras?

—Tengo una casa en una región apartada cerca de Francia. Hace mucho que no voy por allá pienso que podría pasar una temporada allí con Elizabeth. Desearía que Henry y Margaret se quedaran con ustedes, ya están muy ancianos y necesitan vivir sus últimos años en paz. Sé que querrán irse conmigo porque se preocupan por mí, pero aunque yo los proteja siempre estarán en peligro a mi lado.

—No hay ningún problema con eso, mi madre estará encantada y mi padre estoy seguro que no se opondrá.

—Gracias William, iré a ver a tu padre; hablare con Elizabeth y nos iremos mañana mismo.

—¿Cómo puedes vivir con ella, sabiendo todo lo que te ha hecho?

—La eternidad es demasiado tiempo, los años son como días para nosotros y eso nos hace muy volubles. Te aseguro que ya tendré tiempo para arrepentirme nuevamente de haber regresado a ella. No vemos mañana.

—Hasta mañana.

Robert le dio unas palmadas en el hombro a William y abandono la habitación. Al salir se dirigió a la habitación de Elizabeth, vio luz por debajo de la puerta, titubeo unos segundos con la mano en la cerradura; sintió unos pasos en la planta baja que le hicieron cambiar de idea, dio media vuelta y bajo las escaleras rumbo al salón de la entrada. Thomas se encontraba cerca de la chimenea con las manos extendidas hacia el fuego.

–William se molesto por lo ocurrido hoy en la tarde.

–Acabo de hablar con él, he decidido marcharme con Elizabeth.

Thomas se volvió hacia su amigo.

–No te creo.

–He estado pensando y eso sería lo mejor. Ustedes quedarían libres para rehacer sus vidas. Me vine hasta aquí acompañando a Marie y a William porque pensé que necesitaban mi protección. Ya tu estas aquí y mi presencia es totalmente innecesaria.

–Haz vuelto a caer en sus redes.

–Thomas tú tienes a Marie, la perdiste durante años por tu cobardía pero siempre tuviste un motivo para vivir. Nuestras vidas tienen que tener un motivo, sino carecen de sentido; yo lo perdí hace mucho tiempo cuando murió Lucinda. Por años fui capaz de resistir porque sabía que ella existía en algún lugar, pero el día que murió mi humanidad se fue con ella.

–No te creo, si eso fuera verdad no hubieras rescatado a William ni ayudado a Marie.

–Thomas tu y yo no somos iguales, estas consciente del peligro que representa Elizabeth en esta casa, necesitas tiempo para resolver la situación con Marie. Piensa que lo mejor es que me la lleve lejos, tú quedaras solo con tu esposa y tu hijo.

–Tienes razón, tu pasión hacia ella siempre fue más fuerte que tu.

–Hablare con ella en la mañana, tratare de convencerla para irnos mañana mismo. Solo necesito que te hagas cargo de Henry y Margaret ya están viejos y no quiero que sigan llevando una vida errante.

–Estarán bien aquí, te lo garantizo.

–Te veré en la mañana.

Robert se marcho y dejo solo a Thomas en el salón, ninguno de los dos hombres se percato de la presencia de Marie en la habitación continua, quien había oído toda la conversación. La mujer espero unos segundos antes de marcharse para que Thomas no se diera cuenta que había estado escuchando. Silenciosamente se fue a su habitación, cerró la puerta y se fue al balcón apretándose las manos contra su pecho. Sabía perfectamente que su esposo no la apoyaba en sus ideas, con su hijo no podía contar, William estaba viviendo una etapa muy difícil en su vida y no pensaba agobiarlo con sus problemas. Robert se había convertido en su única esperanza, si se marchaba ahora no podría lograr lo que se proponía. Tenía que hacer algo cuanto antes para impedir que se marcharan, Elizabeth y Robert no podían marcharse ahora, ellos eran su única esperanza y estaba dispuesta a conseguir lo que se proponía al precio que fuera necesario. Salió nuevamente al pasillo, en silencio camino hacia la habitación de Elizabeth, y dio unos suaves golpes en la puerta antes de entrar.

La belleza de la vampira era sobrenatural, sus cabellos eran más negros que la noche y el contraste que hacían con sus ojos de tono rojizo era escalofriante.

–¿Puedo pasar?

–Por supuesto. ¿Sucede algo?

–Perdona que la moleste, quería saber como estaba, ya que no la vi en toda la tarde.

–Salí a dar un paseo con su hijo.

–Mi hijo regreso temprano, pero solo.

–Robert se nos unió y él prefirió regresarse.

–Me alegra ver que Robert y usted han dejado a un lado sus diferencias para darse una nueva oportunidad.
Elizabeth miro asombrada a la mujer sin entender lo que decía.
–¿A qué se refiere?
–Hace un rato oí a mi esposo hablando con Robert, y este le decía que pensaban marcharse juntos mañana.
–No sé de qué me habla, Robert no ha hablado conmigo.
–Disculpe, a lo mejor ha sido una imprudencia de mi parte venir a decirle.
–Estuve con Robert toda la tarde pero en ningún momento hablamos de marcharnos.
–A lo mejor era una sorpresa y yo la he arruinado con mi indiscreción.
–Lo más seguro es que sea un plan de su esposo para que yo me marche.
–No lo creo Thomas se veía muy sorprendido, incluso oí cuando Robert decía que se lo comunicaría a William en la mañana.
–Entonces Robert tiene planes de marcharse.
–Con usted, no piense ni por un solo momento que pretende dejarla atrás.
–Hablare con el mas tarde, quizás tenga razón de todas formas aquí no puedo estar por mucho tiempo.
–Espero que el marcharse de aquí sea una buena decisión.
–Marie, tu esposo no desea verme cerca de su casa y mucho menos cerca de ti. ¿Tú en realidad sabes la verdad sobre nuestra naturaleza? –Marie le dio la espalda a la mujer, se encontraba muy nerviosa y no sabía cómo llevar a cabo su plan; apretaba fuertemente las manos contra su pecho. Elizabeth noto el nerviosismo en el

rostro de la mujer.– ¿Usted quiere decirme algo, y no se atreve?

Marie le dio la cara finalmente a la vampira mirándola fijamente con sus verdes ojos.

–Quiero proponerle algo.

Elizabeth sonrió con malicia y le devolvió la mirada a la mujer que hacia enormes esfuerzos ocultando su miedo tras una máscara de valor muy mal montada.

–Soy todo oído.

–He oído decir que los motivos por los cuales se encuentra aquí es porque tuvo que huir de sus tierras.

–Así es.

–Usted no está acostumbrada a llevar una vida errante, Robert le ha dicho a mi esposo que piensa llevarla a una casa que tienes cerca de Francia. Pero supongo que deba ser una Villa apartada y solitaria algo que seguro no es de su agrado.

–Puede ser que tenga razón, pero no puedo quedarme aquí por mucho tiempo. No puedo cazar en estas tierras y mi necesidad va en aumento.

–Lo sé, mi esposo es muy estricto en sus ideas. Estoy segura que con Robert su vida será diferente si se marchan mañana temprano para el final del día estarán fuera de estas tierras y todo volverá a la normalidad para usted. Sin embargo usted también sabe que Robert es muy voluble, no lo conozco lo suficiente pero si me he dado cuentan que sus emociones no son muy estables y muy pronto usted se puede encontrar en la misma situación, vagando sin rumbo y sin casa nuevamente.

Elizabeth se recostó en la cama sin dejar de escuchar a la mujer.

–¿Y usted tiene una mejor propuesta para mí?

Marie suspiro y se acerco a la vampira.

—Recibí de mi madre una propiedad en las afueras de Londres, es una casa bastante amplia, ha estado vacía durante años. Mi madre al morir nos dejo una pequeña fortuna a mi hermana y a mí; a escondidas de mi padre por supuesto. Mi padre era un hombre muy avaricioso y mi madre siempre tuvo miedo de lo que pudiera pasar con nosotras, ella murió cuando yo nací, era muy joven y no tenía testamento mi padre se apodero de todos sus bienes por derecho de matrimonio. Una buena parte de su patrimonio quedo en manos de un viejo amigo de la familia. Nunca supe de la existencia de esa fortuna hasta hace muy poco tiempo. Unos días antes de que me separaran de William me enviaron a una finca de la familia para que mi salud se recobrara, Jonathan el administrador de mi madre fue a mi encuentro y me entrego las llaves de la casa. Pensaba huir con William, pero bueno, la historia tuvo otro desenlace y ahora estoy aquí con mi familia. La casa está perfectamente ubicada y muy cerca de la ciudad, no sé si usted ha estado en Londres pero le aseguro que la ciudad es un lugar muy seguro para la caza. Hay tanta gente que si sabe hacer las cosas bien nadie se daría cuenta de lo que usted es en realidad.

—¿Por qué quiere ayudarme?

—Ya le dije, tengo una propuesta para usted.

—¿Que quiere a cambio de la casa?

—Quiero que usted haga conmigo lo mismo que hizo con mi esposo años atrás.

Elizabeth río fuertemente al oír la propuesta de la mujer.

—Sin lugar a dudas usted debe estar desesperada.

—Mi hijo jamás lo haría, Thomas se debate mucho entre

el bien y el mal, en su interior se empeña en convertir su vida en una perfecta agonía, según él es el precio que debe pagar por vender su alma al diablo. Pensé en Robert, pero estoy segura que no lo hará si mi esposo y mi hijo se lo impiden. Y a mí se me acaba el tiempo, no soy idiota hace mucho que los médicos pronosticaron mi muerte; los años de encierro dejaron su huella en mi; y me rehusó a dejar este mundo.

Elizabeth se acerco a la mujer, sus ojos estaban fijos en ella; había miedo en los ojos de Marie, pero a la misma vez resolución. Sintió los latidos de su corazón que eran como un caballo desbocado y pudo ver la muerte reflejada en los verdes ojos de la mujer.

—Es increíble que usted venga a pedirme eso, nadie en esta casa confía en mí. ¿Su esposo no le ha hablado de mí?

—Se perfectamente quien es usted, se lo que significo en la vida de mi esposo. Por eso estoy convencida que usted es la única que me puede ayudar.

—No es tan fácil, no puedo cazar aquí. Para convertirla necesito beber su sangre y eso sería una muerte segura para mí en estas tierras.

—Mi esposo tiene planeado ir al pueblo mañana con mi hijo.

—¿Eso qué significa?

—No pienso acompañarlos, me quedare en casa quizás podamos salir a dar un paseo. Ahora me retiro, ya es tarde y usted debe estar cansada. —Marie dio media vuelta y salió de la habitación dejando sola a Elizabeth quien salió al balcón, levanto la vista y fijo sus ojos en las estrellas que brillaban bajo la luz de la luna.

—Mañana será un gran día, me agrada la idea de la ciudad

no había pensado en eso. Marie me dará las llaves de la casa y me marchare, pero antes haré que me recuerden por toda la eternidad.

Una sonrisa siniestra resplandeció en el rostro de la mujer. Desde su balcón pudo ver la luz en la habitación de William y la figura del hombre recostado en la cama leyendo, durante varios minutos contemplo el pecho desnudo del joven mientras sus dedos jugaban con un mechón suelto de sus cabellos. Cerró sus ojos y se imagino en sus brazos y sintió el calor del cuerpo del joven sobre su piel.

–Robert es fenomenal, pero estoy segura que no se puede comparar contigo. Muy pronto me odiaras pero al igual que Robert vendrás a mí y yo sabré disfrutar muy bien de esa pasión.

Dio un último vistazo al joven y volvió al interior de la habitación.

***

FINAL DEL CAMINO

Era muy temprano cuando Robert entro en la cocina, Margaret ya se encontraba preparando el desayuno y Henry acomodaba la leña que había acabado de traer en un rincón de la estancia.

–Buenos días Margaret, Henry

–Buenos días joven.

–Necesito hablar con ustedes.

Margaret se volvió hacia él y lo miro fijamente por unos segundos para luego regresar su mirada al fogón, Henry dejo caer unos pedazos de leña al piso e inmediatamente se apresuro a recogerlos, pero la mano de Robert fue más rápida. Los levanto del suelo y camino hacia el enorme fogón, los coloco dentro de la estufa y sin atreverse a mirar a Margaret a los ojos continuo.

–Margaret, no quiero lastimarlos. Marie y su familia son buenas personas, estoy seguro que se van a sentir bien aquí.

–¿Se marcha nuevamente?

–Así es, creo que lo mejor es que se queden aquí.

Henry se sentó en la silla más cercana

–Sabia que llegaría el día en que fuéramos un estorbo para usted.

Robert se acerco al anciano y se sentó a su lado, coloco su fría mano en el hombro de Henry.

–No, las cosas no son así. Ustedes son muy importantes para mí; han sido la única familia que he tenido desde que me convertí en lo que soy. Ustedes me devolvieron algo que pensé que había perdido cuando mi vida cambio; mi humanidad. Por eso es que deseo que se queden, me preocupo cada vez que me voy y los dejo solos, aquí tienen a Albert, a Marie y a los demás hombres de Thomas, personas al igual que ustedes. Además estoy seguro que Thomas los protegerá, es un buen hombre a pesar de ser como yo y William es de una nobleza infinita.

Margaret tomo una gran olla de la estufa y la coloco encima de la mesa.

– Esa joven no es de fiar, ya se lo he dicho otras veces. Nosotros nos quedaremos, pero usted debe prometernos que cuando vuelva vendrá a buscarnos.

Robert sonrió, fue hacia la mujer que estaba parada frente a la mesa y la abrazó besándola en la frente.

–Sabes que será de esa manera. Iré con Elizabeth hablare con ella para salir hoy mismo.

Robert salió de la cocina rumbo al salón donde se

encontró con William y su madre que venían bajando las escaleras.

—Buenos días.

—Buenos días Robert. – Marie saludo al hombre con una sonrisa en los labios.

—Mi padre quiere ir a la ciudad hoy y quiere que lo acompañe.

—Bien, iré a ver a Elizabeth. Los veré antes de partir.

Robert hizo una gentil reverencia a la mujer y subió las escaleras de prisa. William lo observo hasta que se perdió en el pasillo interior y se volvió hacia su madre.

—¿De verdad no desea acompañarnos?

—No te preocupes por mí, ve con tu padre es bueno que puedan tener un momento a solas sin tanta gente alrededor. El viaje les servirá para que se conozcan mejor. Yo me quedare aquí con Margaret.

—Como usted diga, nos veremos en la tarde. Mi padre dice que podemos estar de vuelta antes del anochecer.

—Vayan con cuidado.

Marie beso a su hijo en la frente y se retiro a la cocina mientras William se dirigía a los establos.

Robert llego a la habitación de Elizabeth, dio un suave golpe en la puerta antes de entrar.

—Buenos días. —La mujer estaba en la cama casi desnuda, Robert se acerco a ella y se acostó a su lado. Elizabeth se limito a mirarlo sin contestarle el saludo.

—¿Estas muy callada esta mañana?

—Más bien estoy molesta.

—¿Por qué?

—Sabes que no me gusta que tomen decisiones por mí.

—Robert fijo su vista en la mujer que no se había movido ni un centímetro y miraba ahora por la ventana abierta.

—¿A qué te refieres?

—Oí tu conversación anoche. ¿Qué te hace pensar que estoy dispuesta a marcharme contigo? —Robert se levanto de la cama, enseguida se percato del significado de las palabras de la mujer, que estúpido había sido en pensar que podían disfrutar de un tiempo juntos.

—¿Pensé que eso era lo que querías? Tengo una casa cerca de Francia, necesitas un lugar estable y también necesitas cazar.

—Hace años atrás quizás hubiera aceptado tu propuesta.— Elizabeth se levanto de la cama mientras hablaba y fue hacia el hombre.— Yo te lo di todo, te enseñe lo que sabes y puse el mundo a tus pies. ¿Y que recibí a cambio? El desprecio y el olvido.

—En ese caso estamos parejos, tú me arrebataste la vida.

—Basta ya de lo mismo, tu estúpida historia de amor con Lucinda es pasado. ¿No puedo creer que después de más de cien años aun sigas pensando en lo mismo? Estas vivo gracias a mi, eres quien eres gracias a mi, tienes dinero, casas, fortunas gracias a mi. ¿Y que recibí a cambio? Reproche tras reproche, una y otra vez. Te vas vienes, me buscas y luego te cansas y te vuelves a ir. Lo siento esta vez no será igual, no pienso irme contigo. —Mientras hablaba la mujer se había acercado al hombre, los ojos de Robert brillaban de ira y coraje ante la mirada despiadada de Elizabeth.

—Una vez más me equivoco contigo, haz lo que quieras. Vete al infierno si así lo prefieres.

Robert le dio la espalda a la mujer y salió muy de prisa de la habitación, Margaret había escuchado la conversación desde la habitación continua levanto sus ojos al cielo y dio gracias a dios pues Robert ya no se

iría estaría molesto unos días pero después todo volvería
a la normalidad.

Elizabeth por su parte estaba feliz, pues había
conseguido lo que quería ver la rabia y la desesperación
en los ojos de Robert, ahora debería llevar a cabo la otra
parte del plan, debía apoderarse de las llaves de la casa
de Marie lo antes posible. Thomas y William estarían
afuera gran parte del día y eso le facilitaría mucho las
cosas. Marie iba estar completamente indefensa solo
para ella. Después de la discusión Robert se marcho de
la casa, salió corriendo con toda la rapidez que sus
músculos le permitían, William y Thomas aun estaban
en las caballerizas los vio al cruzar el portón pero no
tenia ánimos de hablar con ellos, los vería en la noche a
su regreso. Marie se unió con su esposo e hijo a la salida.

–Vayan con cuidado y no se dilaten.

–No te preocupes Marie todo estará bien nos veremos
antes del anochecer. No salgas de la propiedad recuerda
que tenemos visita, Robert estará cerca, piensa
marcharse pronto con Elizabeth pero no creo que lo haga
antes de nuestro regreso.

–No te preocupes, aquí estaré esperándolos.

Marie se quedo en el portón hasta que su esposo e hijo se
perdieron de vista por el camino. Sonriendo se dirigió a
la casa, se encontró con Margaret en el salón.

–Buenos días Margaret. ¿Haz visto a Robert?

–El señor salió muy rápido hace un rato; al parecer se
disgusto con la joven.

–Escuche que pensaba marcharse con ella.

–No creo que eso vaya a pasar.

–Bueno, estoy segura que te alegras de que no se
marche. Margaret ve y dile a Henry que me prepare dos

caballos pienso salir con Elizabeth, por favor.

–Señora, no creo que sea buena idea, su esposo y su hijo no se encuentran y esa señorita de es de confiar.

–No te preocupes Margaret no hay peligro. Estaremos de regreso dentro de muy poco tiempo, iré a cambiarme y a avisarle a Elizabeth que podemos partir de inmediato.

–Marie dejo el salón y se dirigió a la habitación de Elizabeth, dio unos toques en la puerta antes de entrar.

–Buenos días.

–Buenos días. ¿Se levanto muy temprano hoy?

–Margaret me ha dicho que Robert salió deprisa, me imagino que discutieron.

–Así es, pero bueno, si en realidad se fue eso facilita mucho tus planes para el día de hoy.

–Mande a preparar unos caballos, iré a cambiarme y podemos salir de inmediato.

–Espera.

Marie se volvió justo cuando cruzaba el umbral.

–¿Que sucede?

–Espero que cumplas tu parte del trato, después de lo que hare hoy ya no podré regresar aquí.

–Recibirás tu parte como lo prometí, te daré las llaves de la casa y algo de dinero que me lleve de casa de mi padre. También espero que cumplas con tu parte.

–Un trato es un trato. ¿Están muy lejos los límites de la propiedad?

–Las tierras de Thomas se extienden mucho más allá de la pradera.

–¿Nos tomara mucho mas de un día llegar allá?

–No dije que iremos allí, cerca del río después del acantilado hay un lugar que conozco que es muy apropiado para nuestros planes de hoy. –Marie sonrió y salió de la habitación dejando sola a Elizabeth.

–Así que hay un lugar cerca de la casa que esta fuera de las leyes de Thomas. Marie sabe mucho más de lo que me suponía, Thomas debió enseñarle muchas cosas, pero por lo visto paso por alto lo más importante. Marie no tiene ni idea de lo que me está pidiendo.

Elizabeth termino de vestirse y abandono la habitación al llegar a los establos Albert ya tenía los caballos listos.

–¿Marie no ha bajado aun?

–Esta con Margaret.

–¿Albert que hay después del río cerca del acantilado?

El anciano fijo la vista en la mujer, y se volvió caminando con sus pies cansados alejándose de ella.

–Tengan cuidado, el sendero esta mojado aun por el rocío de la mañana.

–Viejo zorro, no me contestaste, eso confirma mi sospecha Thomas tiene un escondite secreto donde puede cazar y su esposa lo sabe, muy humano de su parte.

–¿Estas lista?

Elizabeth se volvió hacia Marie, y le contesto con la mirada. Inmediatamente se monto en el caballo, Marie la siguió tomando su corcel y montándose en el. El camino hacia el río les tomo casi una hora, ninguna hablo una sola palabra durante el trayecto. Al llegar al río Elizabeth se detuvo y espero por Marie que estaba algo retrasada.

–Sigamos el sendero detrás de aquellas piedras pronto llegaremos al acantilado.

Elizabeth obedeció y espero que Marie se adelantara para luego seguiría.

–¿Me va a decir que hay en ese lugar?

–Las tierras de Thomas terminan en el acantilado, el río

es como la frontera. Originalmente le pertenecían a él pero las cedió hace muchos años a una familia vecina, es solo esta parte cerca de río y es un tramo muy pequeño lo hizo para ayudarlos y que tuvieran acceso al agua del río.

—Thomas tan misericordioso como siempre.

—Como te dije es un tramo muy pequeño y es un poco difícil de encontrar.

—¿Estás segura que Thomas no utiliza esta parte de su propiedad para otras cosas?

—Mi esposo es un hombre justo, su decisión de proteger a todos los que viven en sus tierras lo demuestra.

—¿Te ha contado el alguna vez lo que pasa cuando alguien se convierte en vampiro?

—A Thomas no le gusta hablar sobre eso.

—¿Y aun así estas dispuesta a convertirse?

—Mi decisión está tomada desde hace mucho tiempo.

—Estas tan desesperadas que has confiado en mí cuando todos los que te rodean te han advertido que no soy de confiar.

—No acostumbro a juzgar a las personas, creo que cada cual tiene su propia historia y enfrenta la vida a su manera.

—Me sorprendes, en verdad.

El caballo de Marie se detuvo justo al lado del acantilado.

—A partir de aquí debemos ir caminando, las rocas están muy mojadas por el rocío y es peligroso seguir a caballo.

Marie dejo su caballo cerca de un árbol y comenzó el ascenso por un sendero muy escabroso, Elizabeth la siguió un poco molesta por la demora, les había tomado más de dos horas llegar a ese lugar, su sed era cada vez más intensa y el estar cerca de Marie y sentir su aroma era una autentica tortura. Unos metros más arriba el sendero se volvía estrecho y el acantilado más peligroso hasta llegar a una pequeña cueva escondida entre algunos árboles justo a la orilla del río. Marie se detuvo y se volvió hacia Elizabeth fijando sus verdes ojos en ella. La vampira recorrió el lugar con la mirada aspiro profundamente el aire húmedo. El aroma de Marie se hizo más fuerte, tanteo el aire a su alrededor y se sintió liberada, sus ojos se volvieron rojos, su rostro se transformo y su sonrisa malévola dejo al descubierto un par de blancos colmillos.

—Tenías razón, no siento la presencia de Thomas en este lugar. ¿Tienes miedo?

Marie no contesto, se quedo parada en el mismo lugar observando a la mujer. Había decisión en su mirada, la transformación de Elizabeth no la alteró en lo absoluto.

—Aquí están las llaves de la casa en Londres y el dinero que te prometí. – Marie saco una bolsa de seda de su vestido y la tiro a los pies de Elizabeth. – Ahora es tu turno.

—Créeme Marie, fue un grave error el haber confiado en mí. –La vampira se abalanzó sobre la mujer sin que esta tuviera la más mínima oportunidad de huir. Marie sintió los colmillos de Elizabeth hundiéndose en su cuello y un dolor intenso se apodero de su cuerpo. Sintió que la vida se le iba, su cuerpo se estremecía por el dolor mientras la vampira chupaba hasta la última gota de vida de su cuerpo.

En apenas unos segundos Elizabeth soltó el cuerpo casi sin vida de Marie, se sintió fuerte nuevamente, contemplo a la mujer tirada en la hierba.

–No te preocupes, estoy convencida que Thomas te encontrara antes de que mueras. –Tomo la bolsa que Marie le había dado minutos antes y se dio la vuelta tomando el sendero de regreso a donde habían dejado los caballos. Al llegar al río tomo el caballo de la mujer y lo soltó – Ve de regreso a la casa, al verte llegar se darán cuenta de que algo paso y saldrán en busca de Marie. El caballo relincho y emprendió el regreso a la casa. Elizabeth tomo el suyo y se alejó a todo galope del bosque dejando atrás las tierras de Thomas

***

REALIDAD

Robert regreso a la casa después del mediodía, había pasado toda la mañana afuera tratando de calmar su ira, Margaret y Henry se alegrarían al saber que ya no se marchaba pero después de la discusión con Elizabeth no tenia animo de enfrentarlos, necesitaba darle riendas a su naturaleza ser quien era en realidad solo así podía calmarse y poder enfrentar a Elizabeth nuevamente. Al entrar a la casa fue directamente a la habitación de la vampira, toco varias veces a la puerta antes de decidirse entrar, al abrirla descubrió que Elizabeth no se encontraba, recorrió toda la casa buscándola y comenzó a preocuparse al no encontrar a Marie. Se dirigió a la cocina y vio a Margaret quien estaba atareada preparando la comida.

–¿Margaret donde están los demás?

La anciana se volvió al oír la voz del joven con una sonrisa en sus labios.

–¿Ya está de regreso señor?

–Perdóname Margaret pero necesitaba estar solo unas horas. ¿No hay nadie en la casa?

—La señora Marie salió casi prácticamente después de su esposo a dar un paseo a caballo con la señorita Elizabeth.

—Marie debe haber perdido la razón. ¿Hace cuanto que salieron?

—Muy temprano señor, inmediatamente el señor se marcho ella ordeno dos caballos.

—Iré a buscarlas, no sé porque pero tengo un mal presentimiento. La decisión de Elizabeth tiene mucho que ver con Marie. Margaret si Thomas regresa dile lo que está pasando por favor.

—¿Cree que la señorita Elizabeth pueda hacerle daño a la señora?

—Elizabeth no hace nada sin pensarlo muy bien antes. Robert salió a la carrera de la casa tomo el primer caballo que se encontró en el establo y se interno en el bosque, pudo sentir el aroma de Elizabeth camino al río mezclado con el olor de Marie. Al llegar al rio sintió el relinche de un caballo, detrás de unos árboles reconoció a uno de los corceles de Thomas

— Hola bonito, no me gusta nada encontrarte solo en el bosque. —Dejo ambos caballos cerca de un árbol y continuo su búsqueda a pie, dio varias vueltas por el rio pero el olor se perdía justo en la orilla, el ruido del galope de unos caballos que se aproximaban lo hizo volverse. Thomas y William aparecieron en el bosque.

—¿Margaret me dijo que Elizabeth y Marie habían salido desde la mañana?— Preguntó Thomas tan pronto llego.

—Cuando llegue ya no estaban. —El hombre se desmonto y fue al encuentro de Robert seguido por William.

—¿Pensé que te marcharías con Elizabeth?

—Yo también lo pensé, pero Elizabeth al parecer ya tenía sus propios planes.

—¿A qué te refieres?– Thomas no podía dar crédito a nada de lo que oía.

—Esto no es una coincidencia, Marie mando a preparar los caballos justo después de que se fueron.

—No te entiendo.

—Con Elizabeth lejos no existiría ni la más remota posibilidad de seguir adelante con sus planes.

—¿A qué te refieres?

—Estoy convencido que Marie planeo todo esto.

William se aproximo más a los hombres al oír las últimas palabras de Robert

—¿Eso no es posible? –Robert miro a Thomas para luego volverse a William.

—Tu madre desea convertirse en uno de nosotros.

William abrió los ojos y su mirada paso rápidamente a su padre

—Eso no es cierto. – Thomas sostuvo su mirada por unos segundos y luego le dio la espalda, el joven fue hacia él.

— ¿Es cierto eso padre?

—Si William, tu madre me lo ha pedido en varias ocasiones y me he negado.

—Eso no puede ser, mi madre no puede desear esto.

Robert interrumpió la conversación señalando hacia el cielo.

—Debemos encontrar a Marie cuanto antes, muy pronto oscurecerá. Elizabeth ya debe estar muy lejos. Thomas no conozco los límites de tu propiedad, pero estoy seguro que Marie le debe haber indicado el camino, el olor se pierde justo aquí en la orilla. –¿Cuál es la frontera más cercana?

Thomas se volvió hacia Robert con un extraño brillo en la mirada.

–Claro, Marie es la única persona que conoce de la existencia de ese lugar. Cerca del acantilado por el rio.
–Thomas salió corriendo hacia la orilla del rio y segundos después desapareció entre los árboles, William se apresuro a seguirlo pero Robert lo detuvo
–¿Que hace, debo ir por mi madre?
–No, tú te quedaras aquí, deja que vaya tu padre solo.
–Mi madre puede estar herida.
–Por eso mismo es necesario que no vayas, William estoy convencido que tu madre esta herida, pero tú lejos de ayudar serias un peligro para ella. No sientes deseos cuando estas cerca de ella o de cualquier humano porque has crecido con ellos y porque jamás has probado la sangre humana. El olor que sientes atreves de la piel no es nada comparado a cuando está fresca y cálida brotando de una herida.
–No puedo ser un peligro para mi propia madre.
–Tu padre es fuerte, él la encontrara.
Apenas transcurrieron unos minutos cuando Thomas apareció entre los arboles con el cuerpo desmayado de Marie en sus brazos. William quedo paralizado en el lugar al percatarse que Robert tenía razón, el olor a sangre lo fulmino de inmediato.
–¿Como esta? – Dijo Robert aproximándose a Thomas.
–Está muy mal, apenas puedo sentir el latido de su corazón debo llevarla de inmediato a la casa.
–Ve delante, nosotros te seguiremos con los caballos.
–Thomas se perdió rápidamente en el bosque con Marie en los brazos.
–William toma los caballos y vámonos para la casa.
–¿Que pasara ahora?
–Debemos irnos, lo que pase de ahora en adelante será

decisión tuya y de tu padre.

Robert monto uno de los caballos y tomo otro por las riendas, William lo siguió haciendo lo mismo y ambos emprendieron a todo galope el regreso a la casa. Cuando llegaron a esta Thomas ya había llegado y estaba con Marie en la habitación Robert se apresuro hacia el interior y William lo siguió pero se detuvo justo en el umbral de la puerta.

–¿Como esta? – Le pregunto Robert a Thomas quien se encontraba junto a Marie.

– Esta muy débil, aun esta inconsciente. –Robert le coloco su mano en el cuello de Marie tratando de encontrar su pulso. –¿Crees que sea lo suficientemente fuerte para convertirse?– Había miedo en la voz de Thomas

–Está muy débil, Elizabeth tomo demasiada sangre.

–Debe beber sangre de inmediato.

–Thomas, no será capaz de sobrevivir sin sangre humana, la sangre animal no sirve.

–No sé qué hacer.

William dio unos pasos hacia su padre, su mirada asustada estaba fija en el cuerpo de su madre que yacía inconsciente sobre la cama.

–¿No piensan hacer nada para salvarla?

Thomas se volvió hacia su hijo.

–Las cosas no son tan simples William.

Robert fue al encuentro del joven y le puso su mano en el hombro.

–¿Creo que es a ti quien le toca decidir?

–¿Decidir qué cosa?

–Tu madre está muy débil, Elizabeth no dejo mucha sangre en ella. Sino bebe sangre cuanto antes, no sobrevivirá.

William fijo sus ojos en Robert.

—¿Entonces que están esperando?

—¿Estarías dispuesto a sacrificar a un inocente para salvar a tu madre?

William comprendió entonces las palabras de Robert, su madre no podía ser salvada sin sacrificar una vida inocente.

—William tu padre y yo hemos vivido demasiado, nosotros cometimos nuestros propios errores y estamos condenados a vivir con ellos por toda la eternidad. Tu madre deseaba esto, ella quería convertirse para poder vivir eternamente al lado de las personas que ama.

—Eso no puede ser cierto, mi madre jamás desearía esto.

—Robert tiene razón hijo, Marie estaba decidida acudió a Elizabeth porque yo me negué, nuevamente soy responsable por su desgracia.

—No puede ser, me niego a perder a mi madre. Ustedes están equivocados ella no desea ser así. ¿Tiene que existir alguna forma de salvarla?

El joven estaba desesperado, no se atrevía a acercarse a su madre temía lastimarla; Robert estaba parado a unos cuantos pasos de Marie su mirada estaba fija en Thomas quien caminaba de un lado a otro de la habitación.

—Thomas el tiempo se acaba, deben decidir qué hacer cuanto antes.

—Marie no está preparada para marcharse, podría llevarle fuera de aquí pero no creo que resista.

—¿Fuera?

—Si William, debo llevármela de aquí.

—¿A dónde?

— No lo sé, pero es única solución, te quedaras aquí con

Robert.

— Iré con usted.

—No, no es conveniente. Solo andaré más rápido y no quiero que te involucres en esto, eres muy joven.

—No voy a dejar a mi madre sola.

Robert se acerco a William.

—No es momento para discusiones, tu padre tiene razón, tú no serás de mucha ayuda. Debe concentrarse en salvar a tu madre. Si vas con el serias un peligro no solo para tu madre sino también para las personas que puedan llegar a estar a tu alrededor.

—William puedo conseguir que tu madre obtenga la sangre que necesita sin sacrificar la vida de ningún inocente, pero no puedo estar pendiente de ti.

—Ya entiendo, yo soy el peligro.

—Yo me quedare contigo, ahora no hay tiempo que perder. – Robert coloco su mano en el hombro del joven y luego se dirigió hacia Marie que yacía sin conocimiento sobre la cama tomo su mano nuevamente tratando de encontrar su pulso, los latidos del corazón de la mujer eran muy débiles, se acerco mas a ella y con fuerza se mordió su propia muñeca de donde comenzó a brotar la sangre, coloco su brazo en la boca de Marie y la hizo beber su sangre. William no pudo decir nada, quedo petrificado sin saber qué hacer. Pasados unos segundos Marie se movió un poco pero sin recobrar el sentido.– Esto la ayudara por ahora, ¿Como piensas conseguir la sangre?

—Conozco un medico en un pueblo cercano él puede ayudar a conseguir a alguien que esté dispuesto a hacerse una sangría por un poco de dinero.

—Es arriesgado que la muevas, si esa es una solución

puedes encontrar voluntarios aquí mismo, ve por alguno de tus hombres yo realizare la sangría y no estarán en peligro conmigo.

Thomas desapareció de inmediato, William se acerco un poco más a su madre.

—¿Crees que pueda sobrevivir?

—El proceso de transformación no es tan peligroso si la persona se encuentra sana y fuerte. Solo resulta doloroso los primeros días, pero tu madre aun no estaba completamente recuperada y Elizabeth se encontraba sedienta.

—¿Le distes tu sangre?

—Eso la ayudara un poco.

—¿Yo puedo hacer lo mismo?

—Claro, pero recuerda que nuestros cuerpos no producen sangre. Dentro de unas horas puedes darle un poco, pero debes tener cuidado si quieres estar cerca de ella no puedes estar sediento.

—Estaré con ella, me siento fuerte.

—Iré con Margaret, esperare abajo a que tu padre regrese.-Robert salió de la habitación en dirección a la cocina, ahí se encontró con Margaret y Albert.– ¿Donde está Henry?

—Fue por un poco de agua.

Robert fue hacia Albert que estaba sentado en una esquina de la mesa.

—¿Que le sucede?

—El señor está desesperado, es mi culpa debí impedir que la señora saliera con esa mujer.

—Albert no te culpes, Marie había tomado esa decisión desde hace mucho, solo que confió en la persona equivocada. Cuando Thomas regrese con sus hombres, quiero salir en busca de Elizabeth necesito que me hagas un mapa con los pueblos cercanos que no estén bajo la ley de Thomas.

—¿Usted cree que aun este cerca?

—No lo sé, jamás pensé que hiciera algo semejante no tiene adonde ir.

—Solo la señora Marie sabe.

—Creo que tienes razón, Marie debió darle algo a cambio. Elizabeth no actúa por instinto, yo ya le había propuesto irnos lejos, estoy seguro que la propuesta de Marie fue mucho mejor que la mía. ¿Crees que los hombres de Thomas me ayuden?

—Ellos harán lo que mi señor les ordene, le son leales.

—Eso espero, Thomas necesitara mucho de ellos. ¿Margaret podrías ayudar a William con Marie?

—Por supuesto.

—El no quiere separarse de ella, pero será mejor que tú la atiendas él no tiene experiencia.

—Iré por sabanas limpias. — Margaret salió de la cocina rumbo a las habitaciones interiores dejando solo a Albert y a Robert. El anciano permanecía sentado en un borde de la mesa con la vista clavada en el suelo.

—¿Albert?

—Sí señor.

—¿Que también conoces a Jeremy y a sus hombres?

—Son de confianza ya se lo he dicho.

—Bueno de todas formas pronto sabremos si en verdad son de confiar, Thomas está a punto de pedirles un gran favor.

Ya muy entrada la noche, Robert sintió el galope de varios caballos que se aproximaban desde una ventana vio a Jeremy y a tres de sus hombres que guardaban sus

caballos en los establos. Se dirigió al salón y se encontró
con Thomas que acababa de llegar.

–¿Como esta Marie?

–William esta con ella, aun no ha recobrado el
conocimiento y ha tenido fiebre toda la tarde.

–Jeremy y sus hombres están aquí. ¿Como la vez?

–Es difícil decir, le he estado dando gotas de sangre y
William me ha ayudado en eso. Albert, Henry y
Margaret querían ayudar pero están muy ancianos,
William no acepto. Lo único bueno en todo esto es que
al estar tan débil no siente tanto dolor, la fiebre es señal
de que su cuerpo aun lucha contra el veneno.

–Jeremy te tiene un poco de desconfianza.

–Es natural, no es recomendable que confié en personas
como nosotros. – En ese momento los hombres entraron
en el salón.

–Usted dirá señor.

–Jeremy, una vez más te pregunto si desean ayudarme,
estas en todo tu derecho de decir que no.

–Señor, aquí estamos. –Jeremy fijo sus ojos en Robert–
¿Usted dirá?

–No te asustes Jeremy, es muy sencillo aunque un poco
doloroso, necesito que te hagas un corte en tu muñeca.
Puedo hacértelo yo pero sé que no me tienes confianza y
es normal.

–Disculpe señor.

–Marie necesita sangre y si ustedes están dispuestos a
ayudar podría salvarse. Vamos a arriba la sangre no
puede estar fría.

Jeremy miro a Thomas con recelo, este le hizo una señal
dando su aprobación y el hombre siguió a Robert por las
escaleras hasta la habitación de Marie, al entrar a ella

William mantenía su muñeca en la boca de su madre tratando que esta bebiera de su sangre.

—William, baja por favor, ve con tu padre.

—No, me quedare aquí.

—Jeremy está dispuesto a ayudar, y eso es lo que se necesita ahora.

William miro a Jeremy parado en la puerta y comprendió que había venido a ofrecer su sangre, Robert no quería que se quedara porque la vida del hombre podía estar en peligro si al brotar su sangre había otro vampiro en la habitación.

—Buenas noches Jeremy, gracias por venir. Esperare abajo con mi padre. —Le dio un beso a su madre en la frente y salió de la habitación cerrando la puerta detrás de él.

—Bien Jeremy ahora somos tú y yo.

—¿Está muy mal la señora?

—Si Jeremy, Marie estaba enferma y muy débil, si no se convierte no podrá sobrevivir.

—¿Y para eso necesita sangre?

—Así es. ¿Tienes tu puñal?

—Sí señor.

—Necesito que te hagas un corte en la muñeca de ahí brotara más sangre, no te preocupes sabré resistirme.

El hombre tomo su puñal respiro profundo y cerro sus ojos. El filo del metal corto su carne y la sangre roja comenzó a brotar de su muñeca, su mirada se clavo entonces en el vampiro. Los ojos de Robert se tornaron rojos pero su mirada no se perturbo, tomo una copa de una mesa cercana y se acerco al hombre, tomó con sus manos la muñeca ensangrentada y acerco la copa.

—Esto te va a doler un poco más Jeremy. – Diciendo esto

apretó el brazo del hombre y la sangre fluyó, el hombre apretó sus labios para sostener el dolor. Robert casi lleno la copa, soltó el brazo del hombre sin mirarlo y sostuvo la copa con ambas manos.

—Ve a que te curen, sal por la escalera del fondo William y Thomas están en el salón, Margaret te vendara la herida.

El hombre asintió con la cabeza y abandono la habitación, los ojos de Robert se clavaron en la copa de sangre caliente que sostenía en sus manos el también se encontraba sediento respiro profundo y se dirigió a Marie. Le levanto un poco la cabeza y le cerco la copa a sus labios.

—Bebe Marie, bebe. —La mujer aun no recobraba el conocimiento, Robert mojo sus labios sin retirar la copa y fue entonces cuando la mujer se movió un poco y comenzó a beber sin abrir los ojos, en tan solo unos segundos término con todo su contenido. Robert acomodo la cabeza de la mujer nuevamente en la cama y se quedo observándola unos minutos. Coloco su mano en la frente de Marie, estaba caliente la fiebre aun no abandonaba su cuerpo.

—Lo siento mucho Marie, decidiste mal y ahora abandonaras este mundo mucho antes.

Robert salió de la habitación y se dirigió al salón, Thomas estaba parado frente a la chimenea y William caminaba de un lado a otro de la habitación, al ver a Robert bajar las escaleras fue a su encuentro

—¿Y bien?

—Marie aun no se recupera, tiene fiebre y eso no me gusta.

—¿A qué te refieres?

—Ya hace varias horas, la fiebre significa que su cuerpo se resiste. Si no se convierte en las próximas horas no creo que lo logre.

—¿Pero y la sangre?

—William, Marie escogió muy mal momento.

—No pude ser, tú dijiste que si tomaba sangre podía salvarse.

—Su cuerpo se resiste, no se las razones, pensé que al estar débil le sería fácil transformarse si bebía sangre, pero no fue es así y aun tiene fiebre. —Thomas regreso su mirada al fuego después de oír las palabras de Robert.

—¿Has visto algo así antes?

Robert camino hacia Thomas.

—No, no es usual que un vampiro convierta a un humano, cuando eso pasa es porque tienen ciertas intenciones con esa persona.

—Tiene que existir algo.

—Probablemente, solo que no contamos con el tiempo que se necesita.

—Debo ir por Elizabeth, ella él la única que puede darme una explicación.

William había permanecido callado hasta ese momento.

—¿Elizabeth? Eso es lo que menos importa en estos momentos.

—Tu padre tiene razón, Elizabeth es la única que nos puede dar las respuestas que necesitamos.

—¿Pero y mi madre?

—Tú te quedaras con Robert, Jeremy y los demás pueden seguir dándole la sangre que necesita, es importante que se mantenga con vida.

—Pero eso no es suficiente.

—William, escucha a tu padre, déjalo que vaya en busca

de Elizabeth.

—Te prometo que la encontrare. —Thomas fue hacia su hijo, acaricio su mejilla y desapareció inmediatamente.

Robert observo a William por unos segundos. — Ve con tu madre, estoy convencido que es lo que deseas en estos momentos.

—No creo que pueda vivir en mundo donde ella no este.

—Eres joven y aunque la vida te ha golpeado muy duro en tus primeros años aun te queda mucho por aprender. Nosotros no somos humanos William, vivimos en su mundo pero a diferencia de ellos tenemos la eternidad por delante. Con el pasar de los años veras a las personas que quieres partir, mientras que nosotros seguiremos siendo los mismos; es por eso que muchos vampiros optan por separarse de los humanos.

—Ahora entiendo todo, mi madre solo quería quedarse con nosotros.

—Así es, sin embargo tomo una decisión equivocada.

—¿Tú crees que haya esperanza?

—William, no voy a mentirte.

—Lo sé, por eso te pregunto a ti.

—No creo que tu madre supere esto.

William bajo la cabeza y camino despacio hacia las escaleras, Robert lo siguió con la mirada.

—Voy con ella.

—Estaré cerca, por si me necesitas.

—Gracias.

William subió las escaleras hacia la habitación de Marie y Robert quedo solo en el salón, Elizabeth nuevamente se había salido con la suya. Thomas se había marchado con la esperanza de encontrarla y William se encontraba herido en lo más profundo de su alma. Llevaba años luchando por mantener su humanidad pero en situaciones como estas deseaba no sentir nada para poder seguir adelante con su vida.

Horas más tarde, Robert repitió la misma operación con los demás hombres y le dio de beber más sangre a Marie. El fuerte olor a sangre se había tornado irresistible en la habitación de la mujer, William no quería separarse de su madre pero cada segundo que pasaba le resultaba más difícil contenerse; miraba a Robert quien a pesar de tener los ojos rojos por la sed no mostraba el menor signo de debilidad. El último de los hombres se retiro ya casi amaneciendo con su muñeca sangrando camino rápido por el pasillo sin apartar la mirada de William quien lo observaba desde el salón. El joven espero unos segundos a que el hombre desapareciera por la escalera del fondo y se dirigió a la habitación de su madre. Robert estaba colocando a Marie de vuelta en la cama cuando William entro.

—¿Como sigue?

—Creo que la fiebre empieza ceder un poco, ya no esta tan sudada.

—No sé cómo puedes resistir, aun estando en el salón puedo oler la sangre.

Robert se volvió hacia William.

—¿Necesitas salir?

—Creo que si, por más que lo intento ya se me hace insoportable.

—Está bien yo iré contigo. Margaret puede cuidar a Marie unas horas.

—¿Crees que se recupere entonces?

—Es difícil, vamos a mi también la sed me está matando.

—¿Desde cuándo no cazas?

—Desde el incidente en casa de tu abuelo, la sangre animal no me satisface.

—Eso fue hace mucho.

—Tienes razón, vamos.

Ambos hombres salieron de la habitación, en el pasillo se encontraron con Margaret.

—¿Margaret puedes cuidar de Marie por unas horas?

—Claro señor.

—William y yo tenemos que salir. Por favor de te apartes de ella.

— Como usted diga señor.

***

VERDADES

Había amanecido completamente cuando Thomas llego a Londres, el rastro de Elizabeth le había sido fácil de seguir, ya en la ciudad le iba a resultar más difícil, todo el camino se lo había pasado pensando en el lugar exacto donde podría esta la mujer. Hasta donde sabia esta no tenía ninguna propiedad en la ciudad y estaba convencido que tampoco tenía amistades ni conocidos. Habían pasado muchos años desde su última visita a la ciudad, tenía una casa ahí pero después de su desaparición no sabía que había sido de ella; estuvo dando vueltas por la ciudad casi toda la mañana sin resultado alguno. Ya casi al mediodía se encamino hacia su casa, buscaría ayuda entre los pocos conocidos que le quedaban. Al llegar a ella la puerta estaba cerrada, no vio a nadie por los alrededores, dio la vuelta y entro por la puerta trasera. En el patio no había nadie, vio dos caballos en los establos pero no encontró persona alguna. La puerta que daba al patio estaba abierta y pudo entrar a la casa, todo estaba ordenado y limpio señal de que la casa estaba habitada. Sintió unos pasos en la habitación continua y fue hacia ella justo en el pasillo se encontró con Claire, la mujer llevaba una bandeja en las manos que fue a parar al piso cuando vio a su cuñado frente a ella

—¿Thomas?

—¿Claire, que haces aquí?

—No puede ser, tú estás muerto.

—Eso no fue más que una historia de tu padre para apoderarse de lo mío.

—Más de doce años han pasado desde la última vez que te vi.

—Sí, hace ya bastante tiempo. – Thomas tomó la bandeja del piso y se la dio a la mujer. – ¿Y tú, que haces aquí?

—Es una larga historia. ¿Haz sabido algo de Marie?

—Marie esta delicada de salud, por eso estoy aquí en la ciudad.

—La vi hace unos días, el día que murió nuestro padre. Es mejor que no hablemos de él ya estoy enterado de todo el sufrimiento que le causó a Marie y a mi hijo.

—Vamos a la sala, Eva debe estar al llegar fue al mercado acompañada de mi hija.

—¿Como esta ella?

—Katherine está muy bien, gracias. —Claire dejo la bandeja en una mesa y se sentó en uno de los asientos del salón.

—¿Tu esposo?

—Martín está de viaje, esta por regresar.

—Por lo poco que pude hablar con Marie a mi regreso, ella te dio toda la herencia a ti.

—Marie solo tomó lo que te pertenecía.

—El hecho de que estés aquí en mi casa y no en la de tu

padre me da que pensar.

–Martín tuvo un mal año, al morir mi padre la fortuna que me dejo no fue suficiente para cubrir todas las deudas. Mi padre nunca pudo tomar tu dinero, Marie era tu única heredera y los banqueros nunca quisieron entregarle tu fortuna por mucho que lo intentó.

–Eso lo sé, mis órdenes fueron muy estrictas. Conocí muy bien a tu padre, me vendió a Marie con la esperanza de quedarse con todo lo mío.

–Marie tomó de la casa todas tus pertenencias, Martín regreso a los pocos días y encontró que la fortuna de mi padre no era suficiente. Quiso ir en busca de Marie pero yo no lo dejé, terminó vendiendo la casa de mi padre y nuestra casa ya estaba perdida solo que no me lo había dicho.

–Lamento mucho lo que te ha pasado.

–No te creo, mi hermana me odia y con toda la razón, por años me alejé de ella y la dejé a su suerte. Mi estancia aquí es temporal, solo hasta que encuentre los papeles y las llaves de la antigua casa de mi madre.

–¿A qué te refieres?

–Mi madre tenía una casa en las afueras de Londres, mi padre nunca supo de su existencia. Jonathan era su administrador, por años cuido de su fortuna. Unos días antes de que Marie desapareciera le entrego las llaves de la casa para que tuviera un lugar seguro adonde ir.

Thomas se quedo pensativo por un momento.

–¿Sabes donde esta esa casa?

–Si, a la salida de la ciudad.

–Gracias Claire. Ahora debo irme ando en busca de una persona y debo encontrarla cuanto antes de ella depende la salud de Marie. Puedes quedarte aquí el tiempo que lo necesites, te recomiendo que no te acerques a la casa de tu madre por lo visto tu hermana decidió darle la casa a esa persona que ando buscando.

—¿Marie regalo la casa de mi madre?

—Me temo que si, debo irme, quiero estar de regreso en la Villa cuanto antes. Si necesitas dinero, cualquier cosa no dudes en acudir a mí. No simpatizo con tu esposo, pero no pienso dejaste desamparada ni a ti, ni a tu hija. Las puertas de mi casa están abiertas para ti, pero no para tu esposo.

Thomas salió de la casa de prisa dando gracias al cielo por haberse encontrado con Claire. No tardó mucho en encontrar la casa y al acercarse reconoció de inmediato el aroma de Elizabeth. Al llegar a la puerta pudo sentir el olor a sangre, dio unos toques en ella y solo segundos después Elizabeth abrió. La vampira se sorprendió al ver a Thomas parado en el umbral, segundos más tarde el hombre apretaba su cuello y ambos se encontraban en el suelo.

—¿Por qué lo hiciste?

—Ella me lo pidió. — La vampira se soltó de Thomas lanzándolo contra la pared más cercana —Estúpida decisión la de retar a alguien más fuerte que tu. —El hombre se levanto de inmediato, sus colmillos blancos sobresalían de sus labios y sus ojos rojos parecían salirse de sus órbitas. La vampira solo se encontraba a unos pasos de él. — Marie y yo hicimos un trato, yo solo cumplí con mi parte.

—Casi la matas, bebiste hasta la última gota de su sangre.

—¡Estaba sedienta! Tú y tu estúpida ley.

—¡Marie te pidió que la transformaras no que la mataras!

—Debe beber sangre para completar el proceso.

—Ese es el problema, está demasiado débil para lograrlo.

La siniestra risa de Elizabeth retumbo en toda la habitación.

—Sangre humana estúpido. Deja a un lado tus escrúpulos si quieres salvar a tu querida esposa.

—Ya lo hicimos, pero la fiebre no desaparece.

Elizabeth lo miro fijamente y escondió sus colmillos.

—Eso es raro, por lo general cuando el cuerpo está débil es más fácil la transformación. He visto personas transformarse prácticamente en su lecho de muerto.

—Pero algo está pasando, porque la fiebre no desaparece.

—¿Qué haces aquí?

—Tú eres la única que puedes ayudarme.

—Vienes aquí con intenciones de matarme o de pedirme ayuda.

—Si no hubieras hecho lo que hiciste Marie estuviera bien.

—Marie se estaba muriendo desde mucho antes de llegar yo. Tú lo sabías perfectamente, todo ese cuento de su recuperación era solamente para engañar a William.

—William no está preparado para ver a su madre partir.

—¿La hubieras transformado tu?

—Elizabeth ayúdame a salvarla, te lo suplico.

La vampira sonrió al oír a Thomas.

—¿Donde he oído eso antes? ¡Oh! ya recuerdo, hace más de cincuenta años me suplicaste por tu vida.

—Por favor, se que Marie te dio la casa, te daré dinero si así lo deseas, solo ayúdame a salvarla.

—No sé cómo.

—¿Como que no sabes?

—No sé, en todo el tiempo que viví con mi padre lo vi transformar a varios humanos y nunca oí algo semejante.

Yo misma he transformado a varios y tú lo sabes, Robert, tú mismo.

—No puedo haber perdido el viaje, Marie me necesita, pensaba regresar hoy mismo con respuestas.

—Lo lamento mucho, aunque no lo creas.

—No tiene caso seguir aquí, el daño ya está hecho.

Thomas le dio la espalda a la vampira y se dirigió hacia la puerta, Elizabeth se quedo observándolo y justo cuando estaba cruzando el umbral lo detuvo al hablar.

— William debe darle su sangre.

Thomas se volvió al oír a la mujer.

—¿Que dices?

—William debe darle su sangre, no sé si funcionara o no, pero una vez oí a mi padre decir que la sangre de un vampiro de cuna es mucho más poderosa que la de un vampiro creado.

—William ya le ha dado su sangre, Robert le dio de la suya y William quiso hacer lo mismo pero no ha funcionado.

—William no es lo suficientemente fuerte, recuerda que solo se ha alimentado de animales y que hasta hace muy poco se alimentaba de comida como los humanos.

—¿William debe beber sangre humana?

—Así es, eso lo hará fuerte.

—El es fuerte.

—No lo suficiente, como dices él le ha dado su sangre a Marie y no ha funcionado.

—No creo que pueda alimentarse de sangre humana, se repudia a sí mismo por lo que es.

—Entonces deberá decidir entre salvarle la vida a su madre o dejarla morir y seguir con sus prejuicios.

Thomas miro por última vez a la vampira y desapareció

rumbo a su casa.

William y Robert regresaron casi al mediodía a la casa.

Al llegar fueron directo a la habitación de Marie.

Margaret estaba cambiando las sabanas de la cama.

—¿Margaret, como sigue mi madre?

—Aun tiene fiebre, pero ya no tan alta. Se quedo dormida hace un rato.

—¿Dormida?

—Sí, recupero el sentido por unos minutos le di un té de hierbas que siempre uso para bajar la fiebre pero lo vomito todo.

Robert se acerco a la mujer en la cama y le puso la mano en la frente.

—Margaret tiene razón, la fiebre ya no es tan alta.

—Y devolvió el té que Margaret le dio, recuerdo que me paso exactamente lo mismo la primera vez que tome agua en tu casa.

—Eso puede ser buena señal. Esperemos que Thomas no demore mucho. ¿Jeremy y sus hombres donde están, Margaret?

Dos de ellos salieron hace un rato con Albert, Jeremy debe estar por los establos con John.

—No creo poder convencer a Jeremy de que de más sangre, ya tiene un corte en cada una de sus muñecas al igual que los otros dos.

La anciana dejo las sabanas sobre una mesa cercana y se acerco a Robert.

—Henry y yo podemos ayudar.

William miro a Robert por unos segundos y se dirigió a Margaret, le tomo las manos y las beso gentilmente.

—Gracias Margaret, pero no es necesario.

—Como usted diga, con su permiso estaré abajo por si me

necesitan.

La anciana salió de la habitación dejando solo a los dos hombres.

–Gracias. – Dijo Robert a William

–No tienes porque agradecérmelo, Margaret y Henry son dos ancianos y se lo importantes que son para ti.

–Cada día me sorprende tu gentileza y nobleza de alma. Otro en tu lugar haría lo que fuera por tal de salvar a la persona que ama.

–Estoy desesperado Robert, mi madre se muere y no sé qué hacer, pero aun dentro de mi desesperación se diferenciar entre el bien y el mal.

–Ya veo.– Robert se volvió de pronto, William lo siguió con la mirada y descubrió a Thomas en la puerta. – ¿Regresaste rápido?

–¿Como esta? –Thomas se acerco a su esposa y le tomo la mano.

–Margaret dice que recupero el conocimiento por unos minutos, también devolvió un té de hierbas que le dio para la fiebre. Robert y yo habíamos salido en ese momento.

Robert se quedo observando la mirada perturbada de Thomas quien no dejaba de acariciar a Marie

–¿Encontraste a Elizabeth? – Pregunto Robert. – ¿La vistes?

Thomas se levanto del lado de Marie y fue hacia la puerta sin mirar a su hijo y a Robert.

–Vayamos al salón, si como dices recupero el conocimiento no quiero correr el riesgo de que nos oiga.

Robert siguió a Thomas fuera de la habitación, William titubeo unos instantes pero termino siguiéndolos. Ya en el salón no pudo contenerse y le pregunto a su padre.

–¿Que paso?

–Encontré a Elizabeth, estaba en Londres a cambio de que la transformara Marie le entrego las llaves de su casa en Londres.

–¿Te dijo como salvar a mi madre?

–No sabe, dice que nunca había sabido de algo así.

–Entonces ella no te dijo nada.

Thomas no contesto la pregunta de William y se dirigió a Robert.

–¿William ha seguido dándole de su sangre?

–No, lo hizo en un principio, pero desde ayer que te fuiste Jeremy y sus hombres han dado de su sangre.

–Robert se volvió y enfrento al hombre. –¿Por qué lo preguntas?

–Elizabeth me dijo que la sangre de un vampiro original, es mucho más poderosa que la nuestra. Por lo poco que me has dicho Marie ha tenido una leve mejoría desde ayer.

William se dirigió a su padre irritado.

–¿Por qué no lo dijiste desde que llegaste?

–William, déjame terminar. Tu sangre puede ser la solución, solo que tienes que beber sangre humana.

–¿Que dices?

Robert había permanecido callado, en una esquina del salón.

–William deja que Thomas termine, por favor.

–Elizabeth me dijo que William no tenía la suficiente fuerza ya que desde su transformación solo ha tomado sangre animal. – Thomas se volvió hacia su hijo. – Al principio no le creí pero ahora que llegue y me dices que ha tenido una leve mejoría no tengo dudas.

– No creo que Elizabeth te haya mentido, yo también he

oído que la sangre de un vampiro de nacimiento es mucho más poderosa. Nuestra sangre puede salvar a un humano en peligro de muerte la de un vampiro de nacimiento puede salvar a un vampiro. Pensé que era un mito, nunca he tenido que salvar a nadie con mi sangre. William les dio la espalda a los dos hombres y se dirigió hacia la ventana.

—Entonces debo beber sangre humana para salvar a mi madre. O mejor dicho para convertirla en un vampiro.

Robert suspiro y fue hacia William.

—No creo que te sea posible seguir luchando en contra de lo que eres. – le puso la mano en el hombro. – William tienes que aceptarlo.

—Pase años de mi vida encerrado porque según mi abuelo era un peligro para las personas que me rodeaban, y resulta ser que era cierto. Y ahora debo acabar de convertirme en el monstruo que mi abuelo siempre dijo que era, para convertir a mi madre y que viva conmigo por toda la eternidad.

—William, nuestra realidad es dura, pero no es muy diferente a la vida de los humanos. El destino muchas veces es cruel, pero hay que enfrentarlo.

—¿Qué puedo hacer?

—Debemos partir.

William se volvió hacia Robert al igual que Thomas.

—¿A qué te refieres?

—Podemos ir a un pueblo que esta a unas pocas leguas de aquí. Estaremos ahí al anochecer.

—Ya lo tienes pensado.

—No veo porque prolongarlo más, ve con tu madre y dale mas de tu sangre por lo visto eso ayudara a mantenerla con vida hasta nuestro regreso.

William no contesto y salió del salón, Thomas lo siguió con la mirada y se volvió hacia Robert.

—¿Qué piensas hacer?

—Llevar a tu hijo de caza.

—Sabes perfectamente lo que pasara cuando sienta el olor a sangre humana.

—Matara a su presa, se alimentara de ella. Es lo que un depredador hace.

—Se me olvidaba lo bueno que eres cazando. — Thomas estaba visiblemente irritado al ver a rápida disposición de Robert.

—¿Que quieres entonces? Quedarte sentado viendo como a tu mujer se le va vida. O piensas huir de nuevo y dejar los problemas atrás para que otro venga y los resuelva por ti.

Los ojos de Thomas se volvieron rojos por la ira y sus labios dejaron ver dos grandes colmillos le tomo solo un segundo tomar a Robert por el cuello y lanzarlo hacia la pared más cercana. Robert por su parte reacciono de inmediato y con sus colmillos afueras se levanto y con una sola mano tomo a Thomas y lo levanto por el cuello.

—No me hagas perder la poca paciencia que tengo, recuerda que solo estoy aquí tratando de ayudar.

Thomas apretaba las manos de Robert con fuerza tratando de soltarse de él mientras sus pies se movían en el aire.

—Eres un asesino, eres igual que Elizabeth.

—Recuerda que gracias a mi recuperaste a tu familia. La familia que perdiste por tu cobardía. Ahora no me vengas con escrúpulos, soy mucho más fuerte que tu y puedo destruirte ahora mismo si me lo propongo. — Diciendo esto Robert abrió su mano y Thomas cayó al suelo. Pasados unos segundos el rostro de Robert volvió a la normalidad y le tendió la mano al hombre en el piso para ayudarlo a levantarse. Thomas titubeo pero termino aceptando la ayuda de Robert en señal de arrepentimiento, su rostro también se había calmado y los colmillos habían desaparecido.

Disculpa.

—Aceptadas.

Thomas se arreglo la ropa y le dio la espalda a Robert.

—No puedo levantar la ley aquí, se lo prometí a los habitantes de la zona hace años a cambio de su silencio. Si lo hago ahora esta casa dejara de ser segura para nosotros.

—Me iré con William, tratare de estar de regreso al amanecer.

—Como quieras, iré con Marie.

—No creo que tus hombres estén dispuestos a dar más sangre.

—Creo que ya les he pedido demasiado.

—Te encargo a Margaret y a Henry.

—Estarán seguros aquí.

William apareció en las escaleras.

—Le di de mi sangre.

—Bien es hora de irnos.

—Iré por los caballos.

—No los necesitaremos.

—Como digas, padre le encargo que este al pendiente.

—Ve con cuidado, yo estaré con ella todo el tiempo.

William asintió con la cabeza y siguió a Robert quien ya estaba parado en la puerta.

—¿Estás listo para una carrera?

—No estoy de humor.

—Como quieras, sígueme si puedes.

Robert se despojo de su chaqueta de cuero y desapareció, William titubeo unos segundos antes de decidirse a seguirlo, salto el muro y desapareció entre los arboles siguiendo el rastro de Robert. Thomas los observo desde el balcón, desparecieron en tan solo segundos, se volvió hacia la cama y se quedo observando el cuerpo inerte de Marie. Las palabras de Robert aun estaban muy presentes en su mente, en realidad era un cobarde nunca había tenido el valor de luchar y enfrentarse a los problemas. Su debilidad lo había llevado a convertirse en lo que era, le había faltado valor para enfrentar la muerte por eso le había pedido a Elizabeth que lo convirtiera, ahora el destino lo ponía nuevamente en una encrucijada, Marie había tomado ella misma la decisión y ahora se debatía entre la muerte y la eternidad.

Se sentó a su lado y le tomo la mano besándola tiernamente.

—Por favor Marie, no me dejes. Tu tenias razón ahora podemos ser una familia, mi falta de valor te llevo a confiar en la persona equivocada, pero te juro que de ahora en adelante todo será diferente te lo prometo. No me dejes, he vagado por años en la soledad y ahora que la vida me da la oportunidad de tenerte nuevamente no me resigno a perderte. Thomas beso una y otra vez la mano de Marie, hubiera deseado llorar pero no le era posible.

***

SANGRE

Apenas estaba oscureciendo cuando William y Robert llegaron al pueblo. No había tanta gente en las calles, los hombres estaban regresando de sus tareas en el campo y las mujeres ya estaban en sus casas preparando la cena.

–¿Qué piensas hacer? –Pregunto William a Robert.

–Busquemos una taberna, debe haber una cerca.

–¿Robert? –El aludido se volvió hacia William y enarco una de sus cejas esperando a que continuara. William suspiro y le dio la espalda, su vista se fijo en un hombre que cruzaba la calle en ese momento. Es un desconocido, pero puede tener una familia que lo espera, esposa e hijos.

–Así es. –Respondió Robert fríamente. – William nosotros somos depredadores y ellos son nuestras presas.

–Aun siendo lo que somos, no tenemos porque perder nuestra humanidad, tú mismo me lo has dicho.

–Es verdad, debes aprender a seleccionar tus presas.

–¿Cómo?

–El mundo está lleno de personas malas, como tu abuelo, Carl y muchos más. Hay ocasiones en que la justicia no es suficiente, y es ahí donde entramos nosotros. Te aseguro que hay comida para rato.

–Como estar seguro de que esa persona merece morir, no somos dios Robert.

–No, pero algo si te aseguro, dios no es para nosotros William.

Robert sonrió y con la mano le hizo una señal a William alentándolo a que lo acompañara. La mirada de Robert era siniestra, asintió con la cabeza y fue hacia él, ambos caminaron juntos adentrándose en el pueblo. La taberna se encontraba irónicamente al doblar de la iglesia. Había varios hombres sentados en el piso con jarras de cervezas, y otros entraban en ese momento.

–Está lleno el lugar.

Robert sonrió y miro al joven

–¿Desde cuándo no te tomas una cerveza?

William lo miro perplejo, no había vuelto a comer ni a tomar nada desde el incidente con el agua en casa de Robert.

–No creo que pueda.

–Debes hacerlo, resultaría sospechoso estar dentro de una taberna sin tomar nada.

–Aun recuerdo el agua regresando como candela por mi garganta.

–Es normal, nuestros cuerpos ya no necesitan comida, estamos muertos.

–¿Como lo haces?

–Puedes controlar el dolor, y después lo expulsas todo, simple.

–Puedo probar.

–Vamos, debemos apurarnos, ya casi es de noche.

Ambos hombres entraron en el lugar que se encontraba totalmente lleno, había varias mujeres dentro entreteniendo a los hombres, ellas también estaban de cacería, William sonrió al darse cuenta.

–¡Vez, no somos los únicos! – Robert contesto a la pregunta reflejada en la mirada del joven. William sonrió y ambos se sentaron en la mesa más cercana, tan solo unos minutos más tardes una mujer de cabellos rojizos se acerco a ellos, llevaba la blusa abierta dejando ver gran parte de sus senos que sobresalían levantados gracias a un apretado corsé negro que dejaba ver su fina cintura, llevaba una amplia falda de color gris que se encontraba algo sucia, al ver a ambos hombres sonrió.

–Buenas noches caballeros. ¿En qué puedo servirles?

Robert miro a la mujer y le sonrió.

–Dos jarras de cervezas por favor.

–Enseguida. –La sonrisa en los labios de la mujer se hizo más pronunciada, antes de marcharse por las cervezas le lanzo una mirada a Robert reparándolo de arriba abajo.

–¿Parece que le agradaste?-William reía y le dio un suave golpe a Robert en la mano.

–Anda buscando clientes para esta noche, eso es todo.

–¿Puedes leer la mente de las personas?

–En ocasiones he llegado a saber lo que los demás piensan, gracias a eso te encontré. Pero en realidad no sé como lo hago, porque no siempre pasa.

La mujer regreso en ese instante con dos enormes jarras de cerveza que coloco en la mesa, fue en ese momento que su mirada se encontró con la de William.

–Aquí están señores. –Dijo sin dejar de mirar de William. – ¿Quienes serán?– pensó –No son de esta zona, deben tener dinero ya que sus ropas son buenas. – ¿Algo mas caballeros?

Robert la miro sonriendo saco dos monedas de oro de la bolsa que llevaba colgada al cinturón y se las dio a la mujer quien las tomo acariciando la mano del hombre.

–Gracias, ha sido usted muy amable.

–¿No son de por aquí, verdad?– La mujer no dejaba de sonreír.

–Mi hermano y yo estamos de paso.

La mujer fijo sus ojos en Robert para luego volver su mirada a William.

–¿No se parecen?

–Muy observadora. ¿Cómo te llamas?

–Abigail.

–Bonito nombre.

–Gracias. ¿Y usted como se llama?

–Robert

–Su hermano es muy callado.

–El es William

–Encantada William. –La mujer extendió su mano hacia William quien la tomo gentilmente y la beso.

–Mucho gusto Abigail.

–Estaré cerca por si necesitan algo más.

La mujer se marcho sin dejar de sonreír. William la observo mientras se alejaba.

–¿Qué significa eso?

Robert soltó una carcajada.

–Significa que le gustas.

–¿Cómo? Apenas acaba de conocerme.

–¿William haz estado con alguna mujer?

–¡No!

–Pues esta parece ser tu oportunidad.

–Robert debemos concentrarnos a lo que vinimos, recuerda que debemos regresar cuanto antes.

–No te preocupes la noche es joven y aun no podemos hacer nada todavía. Bebé tu cerveza. –Robert levantó su jarra y William hizo lo mismo sin dejar de observar como este se la bebía rápidamente, miro el contenido de la suya e intento hacer lo mismo pero se detuvo justo cuando la primera gota de cerveza cruzo por su garganta.

–No puedo.

–Ya te acostumbraras, es necesario disimular en lugares públicos o cuando estás en compañía de humanos. Recuerda que no debemos llamar la atención.

Abigail observaba a los hombres desde una esquina, pudo darse cuenta de la mueca en el rostro de William al probar la cerveza. Dejo a un lado unas jarras que llevaba en una bandeja y fue hacia la mesa de William.

–Veo que no le gusto la cerveza.

William reacciono al oír la voz de la mujer y enseguida busco la mirada de. Robert sin saber que contestar.

—Mi hermano es muy joven, aun no está acostumbrado a estas cosas.

—Ya veo, siempre se puede aprender. — La mano de la mujer acaricio el rostro de William al mismo tiempo que se acercaba a él para tomar la jarra, colocando sus senos justo en la cara del joven. William dejo de respirar y cambio el rumbo de su mirada en señal de respeto.

Abigail se dio cuenta y tomo un poco de cerveza de la jarra del joven.

—¿Tímido?

—Disculpe señorita.

—Está bien, todo está bien. ¿Tienen donde pasar la noche?

—No, estamos de paso y debemos estar de regreso en la mañana. — Contesto William aun sin mirar a la mujer que se había recostado a él y aun le acariciaba el rostro.

Robert no paraba de reírse.

—¿Conoce algún lugar a donde podamos ir?

—Claro, cerca de aquí.

—Quizás podamos pasar la noche. ¿Mi hermano podría disfrutar de su compañía?

Abigail, no dejaba de sonreír volvió su mirada a William y lo observo detenidamente.

—Estaré encantada.

—Perfecto.

—Pueden esperarme afuera, mientras busco compañía para usted.

—Genial

La mujer se marcho, William se volvió hacia Robert indignado.

–¿Qué haces?

–Solucionar el problema.

–No voy a hacerle daño a una mujer.

–William, debemos volver cuanto antes no dispones de mucho tiempo. Piensa de esta forma, no tiene familia ni hijos que la esperan. Las mujeres que se dedican a esta vida no son felices y la gran mayoría muere jóvenes.

–Robert, no sé si pueda hacerlo.

–Confía en tus instintos.

Robert termino el contenido de su jarra y salió del lugar, William se quedo sentado durante unos segundos, recorrió la habitación con la mirada y pudo ver a Abigail hablando con otra mujer sentada del otro lado de la estancia de cabellos negros. Ambas mujeres miraron en ese momento y le sonrieron al joven. El lugar estaba lleno de hombres de todas las edades, ninguno tenía buen aspecto. Robert tenía razón la vida de estas mujeres no podía ser agradable. De todos los presentes en la taberna él y Robert eran los únicos que se encontraban limpios y bien vestidos. Miro de nuevo a ambas mujeres y les sonrió esa noche ellas se irían con dos hombres apuestos y jóvenes para nunca regresar. Tomo la jarra, titubeo unos segundos y se tomo todo su contenido de un solo golpe. Tuvo que salir corriendo del lugar, encontró un rincón cerca del edificio y expulso toda la cerveza que había tomado. Sintió una risa a sus espaldas y descubrió a Robert recostado a la pared.

–Es una lástima que no te agrade la cerveza.

–Es horrible, no creo que pueda volver a hacerlo.

–Vamos, acabo de ver a Abigail salir acompaña por la otra joven.

–No quiero pensar mucho en eso.

Ambos hombres se encaminaron por una oscura calle siguiendo el aroma dejado por ambas mujeres. Pasados unos minutos llegaron a una vieja casa de dos pisos. Apenas había luz en ella y pudieron ver a dos hombres de avanzada edad salir por la puerta pasados de copa. Robert entro primero y se encontró con la joven de cabellos negros justo en la puerta

–¡Hola! – Dijo la joven caminando hacia él.

–Buenas noches. – Robert tomo la mano de la joven y la beso. – ¿Me buscabas?

–¿Si gustas acompañarme? – La joven le indico el camino hacia la planta alta, Robert la siguió y ambos entraron en una habitación del segundo piso. William los siguió con la mirada desde la puerta. La figura de Abigail se interpuso en ese momento frente a él.

–¿Estas nervioso?

El rostro de William reflejaba todo lo que sentía en su interior, quería buscar la palabra correcta pero no la hallaba, quizás Abigail tenía razón y era miedo lo que sentía.

–Disculpa, si estoy un poco nervioso.

–Eres muy joven. ¿Qué edad tienes?

–No me vas a creer si te digo mi edad.

–Ven conmigo, te prometo que esta noche será inolvidable para ti.

Abigail lo tomo de la mano y ambos subieron las escaleras hacia el final del pasillo, abrió la puerta y entro a la habitación. El cuarto era pequeño, un minúsculo tocador y una vieja silla estaban situados justo en entrada. La cama se encontraba pegada a la pared y era tan vieja como la casa. La mujer le dio la espalda y fue hacia un espejo situado al lado de la cama, se soltó el cabello y zafo el lazo del corsé que llevaba, el vestido se deslizo por su cuerpo y cayó en el suelo. Los ojos de William se quedaron fijos contemplando el blanco cuerpo de la mujer, Abigail se volvió dejando ver sus senos y se acerco a al hombre.

–¿Te gusta lo que ves?

–Eres muy hermosa. – Contesto William con voz temblorosa, Abigail tomo la mano del joven y la puso sobre su seno derecho cerca del corazón.

–No tengas miedo, solo déjate llevar.

La mujer comenzó a acariciar el pecho de William, despojándolo de la camisa. La mano temblorosa del joven recorrió el cuerpo desnudo de Abigail desde sus senos hasta el torso. Jamás había visto a una mujer desnuda, jamás había experimentado la sensación que sentía en ese momento. Abigail se acerco mas a él y William reacciono apretándola contra su pecho y envolviéndola en sus brazos, besando cada parte de su cuello, dejando sus labios para el final, segundos más tarde las piernas de la mujer envolvían el torso del joven mientras este la apretaba contra la pared.

William perdió el control del tiempo, Abigail sudaba y jadeaba sin dejar de acariciar su cuerpo desnudo, sus labios se detuvieron una vez más sobre el cuello de la joven, fue entonces cuando sintió el rápido latido del corazón de Abigail, al tocarlo sintió el flujo de la sangre bajo la piel y no pudo pensar en nada más. Sus ojos se tornaron rojos y dos enormes colmillos sobresalían de sus labios.

Abigail al ver que se detenía, se separo un poco y su mirada encontró la de William. Los ojos rojos del joven la asustaron, quiso gritar pero no pudo la otra mano del joven le apretaba fuertemente la boca.

–Todo va a estar bien, te lo prometo. – Había algo en la mirada del joven que la hechizaba, sus brazos se desplomaron y sintió que las fuerzas se le iban. William quito su mano de la boca de la mujer y esta no reacciono, sus ojos se fijaron nuevamente en su cuello y con fuerza sus colmillos se hundieron en la piel de la joven. Robert tenía razón, la sangre animal no sabía igual, el líquido rojo fluyó caliente por su garganta aplacando su sed, el sabor era exquisito e intoxican té, jamás había imaginado que pudiera existir algo igual. En ese momento sintió que el corazón de Abigail ya no latía tan apresuradamente, levanto la cabeza y vio el rostro casi sin vida de la mujer, había tomado demasiado de su sangre. La tomo en sus brazos y la llevo hacia la cama, apenas podía sentir su respiración, se sentó a su lado y le paso la mano por los cabellos mojados en sudor.

–Perdóname, fue un error encontrarnos. Yo no soy más que un monstruo. – Hundió su cabeza entre sus manos y varias lágrimas comenzaron a correr por sus mejillas, fue entonces cuando recordó las palabras de Robert que le decían que su sangre podía curar heridas en los humanos. Levanto la cabeza y volvió a mirar a la mujer tendida en la cama. – Mi sangre puede salvarte. – Con fuerza se mordió la muñeca y un hilo de sangre brotó enseguida de la herida. Coloco su mano en la boca de la mujer obligándola a beber su sangre, apenas habían pasado unos segundos y la herida en su muñeca se cerró pero Abigail ya tenía la boca llena de sangre, le levanto un poco la cabeza para que pudiera tragar mejor y le cerró la boca para que ni una sola gota escapara de ella. La llevo hacia su pecho y la envolvió en sus brazos mientras el corazón de Abigail volvía a su ritmo normal y su respiración se volvía más pausada. La herida en el cuello de la mujer había desaparecido por completo solo quedaba el rastro de sangre como testigo de lo ocurrido. Minutos más tarde la mujer recuperaba el sentido, algo aturdida se incorporó en la cama y miró a William.

–¿Que me pasó?

William la miró y le acarició la cara.

–¿Te sientes bien?

–Sí, solo que no recuerdo que me pasó. – Diciendo esto se pasó la mano por el cuello y se vio la mano manchada de sangre. – ¿Qué es esto?

–No es nada, creo que te distes un pequeño golpe. ¿De verdad te sientes bien?

–Estoy bien, de verdad.

Abigail le sonrió al joven y se levantó en busca de sus ropas, William la observó por unos segundos y comenzó a vestirse. En ese momento sintió unos golpes en la puerta, Abigail fue hacia ella y al abrirla se encontró con Robert. El recién llegado observó a la joven y sonrió.

–Vengo por mi hermano.

–Ya estoy listo.

Robert tomó una pequeña bolsa de seda que llevaba prendida al cinturón y se la dio a la joven.

–Aquí está tu pago y el de tu amiga.

–A sus servicios señor.

William se acerco a la mujer y le acaricio tiernamente el rostro.

–Gracias nuevamente.

–Estaré aquí siempre esperando

William salió de la habitación y Robert lo siguió, ya fuera de la casa sintió a sus espaldas las carcajadas de

Robert.

–Sí que me sorprendes.

–¿Qué hiciste con la mujer?

–Tranquilo, está muy bien, supongo que ahora mismo tanto ella como Abigail se están dividiendo su pequeña fortuna.

–Vamos ya, quiero regresar a la casa cuanto antes.

Las calles estaban muy oscuras, ambos hombres desaparecieron en la oscuridad. El camino de regreso no resulto tan largo, William se sentía con más fuerzas. Llegaron a la casa casi amaneciendo y ambos fueron directo a la habitación de Marie. Thomas estaba parado en la ventana cuando vio a su hijo entrar.

–¿Como esta mi madre?

–Creo esta mejor ya casi no tiene fiebre y ha recuperado el conocimiento varias veces.

William fue hacia ella, se sentó en la cama y coloco la cabeza de su madre en sus piernas. Mordió su muñeca y la coloco en la boca de Marie. Un fino hilo de sangre brotó de ella, Marie reacciono y con sus manos agarro fuertemente la mano de su hijo y comenzó a beber de su sangre desesperadamente. William se estremeció por el dolor pero tan solo fueron unos segundos, con su mano libre acariciaba los cabellos de su madre. Marie suspiro y soltó el brazo de su hijo la herida se cerró en solo segundos, la mujer abrió sus ojos por primera vez en dos días.

–¿William?

–Madre.

–¿Que me paso?

– Elizabeth te abandono en el bosque.

–¿Elizabeth? ¿Donde está ella?

–En Londres. –Contesto Thomas acercándose a su esposa. – ¿Cómo te sientes?

Marie miro a su esposo confundida, no recordaba mucho en realidad no sabía que había pasado.

–Salí a dar un paseo con Elizabeth. – La mujer se detuvo al recordar al fin, miro fijamente a su esposo y con fuerza le agarro la mano. –¿Que me paso?

–Marie, han pasado dos días desde que te encontramos en el bosque.

–¿Lo logre? – Había desesperación en la voz de Marie, Thomas acaricio su rostro tiernamente. – ¡Contéstame!

–Sí, Marie.

La mujer sonrió aliviada al oír la respuesta de Thomas, colocó su mano sobre la de su esposo que aun la mantenía en su rostro.

–Todo será mejor ahora.

–¡Marie! ¿Por qué lo hiciste? Casi mueres, fue una locura.

–Tú jamás lo hubieras permitido.

–No sabes nada sobre esta vida.

–Solo sé que voy a estar a tu lado para siempre y que nadie me va a separar de mi hijo nuevamente.

La mujer levanto la mirada y encontró a William a un costado de la cama, extendió su mano hasta alcanzar la de él y le sonrió. El joven le devolvió la sonrisa acercó su rostro al de su madre y le besó la frente con cariño.

–Descanse madre, estaré abajo.

William salió de la habitación seguido por Robert quien había contemplado toda la escena sin hablar.

–¿Qué te pasa?

–Tú tenías razón, ella quería esto.

–William trate de explicártelo muchas veces, tu madre

no estaba preparada para abandonar este mundo.

–Como puede desear ser como nosotros, no lo entiendo.

–No puedes culparla. Ya te lo he dicho muchas veces, tu madre solo ha sido feliz al lado de tu padre, su familia la abandono a su suerte y trato de arrebatarle lo más preciado que tenia, tú.

–¿Que va a pasar ahora?

–Deberá adaptarse a su nueva vida como mismo lo hiciste tú.

–Creo que tienes razón, ya nada se puede cambiar.

Robert sonrió y le dio varias palmadas al joven en el hombro.

–Estaré afuera por si me necesitas

***

NUEVA VIDA

Marie se encontraba aun en la cama desde donde contemplaba a Thomas quién se encontraba en el pequeño balcón.

–¿Vas a seguir huyendo de mí?– Pregunto la mujer levantándose y caminando hacia él.

–No estoy huyendo de ti, solo estoy tratando de asimilar todas las cosas que nos han pasado en los últimos días, y como han cambiado nuestras vidas.

–Nuestras vidas están mejor que nunca Thomas. Estamos juntos y eso es lo que más me importa.

–Se sincera conmigo. ¿Cómo te sientes?

–Me siento bien, de verdad. Aun estoy un poco confundida, porque en realidad no me noto ninguna diferencia, siento que soy la misma.

–No lo eres, ahora estas bien porque en los últimos días has estado tomando sangre y no sientes esa necesidad, pero muy pronto la vas a sentir y cuando eso pase todo cambiará para ti.

—No te entiendo.

—Marie, nuestro cuerpos están muertos por eso necesitamos sangre para poder sobrevivir. La tentación por ella es casi irresistible y se necesita de una fuerza extraordinaria para poder contenerse cuando vivimos rodeados de humanos.

—No sé de que hablas.

—Marie, vivimos con humanos y necesito estar convencido de que vas a hacer capaz de contenerte cuando se te acerquen.

—¿Por qué me dices todo eso? Tú no tienes ese problema, Robert tampoco.

—Son muchos años Marie.

—Estoy bien, no pienso matar a nadie si esa es tu preocupación. Se perfectamente que te alimentas de sangre animal te he visto al igual que he visto a mi hijo.

—William es diferente, por lo visto a él le es muy fácil estar entre humanos.

—Yo también seré fuerte, te lo prometo.

—Este bien, no vale la pena seguir esta discusión, ya tendrás tiempo para organizar todas tus ideas y te prometo que estaré a tu lado para ayudarte.

—Gracias. —Marie tomó la mano de su esposo y se la puso en su rostro mientras se hundía en su pecho. Thomas le besó la frente y la apretó contra su pecho.

—No te he dicho, cuando fui a la ciudad en busca de Elizabeth me encontré con tu hermana.

Marie levantó el rostro para mirar a su esposo.

—¿Cuando fue eso?

—Hace dos días.

—¿Donde estaba?

—En mi casa.

—¿En tu casa?

—Sí. Llegue a la ciudad siguiendo el rastro de Elizabeth pero por supuesto no sabía dónde encontrarla. Decidí ir a la casa donde vivía con intenciones de buscar algún tipo de ayuda y Claire se encontraba ahí con su hija y Eva.

—Vi a Claire no hace mucho, estaba en la casa de mi padre justo antes de este morir. No tuvimos una muy buena despedida pero si le dije que no quería nada de mi padre solo tus cosas que podía quedarse con todo. No entiendo el porqué estaba en tu casa.

—Martin perdió toda la fortuna que tu padre dejó en tan solo días. Incluso la casa paterna, están prácticamente en la calle. A Claire se le ocurrió irse a vivir a mi casa mientras buscaba las llaves de la casa que le diste a Elizabeth.

Marie se separó de Thomas sin dejar de mirarlo, era evidente que estaba molesta, solo que ahora era diferente por primera vez sintió una rabia inmensa en su interior y unos deseos increíbles de matar al esposo de su hermana.

—Es imposible, mi padre tenía demasiado dinero como es posible que todo se haya ido en tan solo días.

—Por lo poco que Claire me contó Martin tenía muchas deudas, incluso pensó venir a buscarte para apoderarse de lo mío solo que tu hermana no lo dejó.

—¿Que va a pasar ahora?

—Creo que tu hermana está pasando por un mal momento. Me imagino la vergüenza que debe estar sintiendo al verse sin nada y aunque crea que se lo merece por haberse aliado a tu padre todos estos años en tu contra estoy convencido de que no la dejaras desamparada.

–Claro que no. ¿Cómo es posible que ese canalla haya acabado con todo?

–Le dije que podía contar conmigo, no pienso dejarla a merced de ese bastardo pero no voy a ayudar a Martin.

–Por supuesto que no.

–No había hecho nada hasta ahora porque estaba muy preocupado por ti, pienso mandar a uno de mis hombres a la ciudad mañana con un poco de dinero. Si deseas mandarle algún mensaje hazlo hoy antes que Jeremy se vaya en la tarde.

–Sí, claro. Gracias Thomas.

–No tienes que agradecérmelo. Te dejo sola para que te arregles iré a ver a William y a ver cómo andan las cosas.

Thomas salió del cuarto dejando sola a Marie, la mujer se cambió enseguida y salió rápido de la habitación. Aunque no había mentido cuando había dicho que se sentía igual que antes había notado la indiferencia en el rostro de su hijo y eso la tenía preocupada. Siempre estuvo convencida que Thomas aunque no estaba dispuesto a ayudarla en sus propósitos, la apoyaría cuando hubiera llevado a cabo sus planes; pero William era diferente y los pocos minutos en que lo había observado en la habitación habían sido suficientes para saber que no estaba bien. Al salir del cuarto sintió las finas notas que provenían del piano del salón y fue al encuentro de su hijo. Se le acercó silenciosamente y se sentó a su lado, sus dedos reemplazaron los del joven y la melodía cambio completamente, las notas eran más pausadas, como una tierna canción de cuna. Los dedos del joven abandonaron el teclado y se quedo sentado observando a su madre, reconoció enseguida la música, su madre solía tocarla para que se durmiera cuando era más pequeño. Marie sostuvo la última nota antes de terminar.

—Pensé que se me había olvidado, hacia tanto tiempo.

—No mucho.

Marie se volvió hacia su hijo y sonrió.

—Hace más de tres años que me dijiste que ya estabas grande para una canción de cuna.

—Bueno técnicamente aun soy un niño.

Marie acaricio tiernamente el rostro de su hijo.

—¿Que te preocupa?

—Madre, han pasado muchas cosas en muy poco tiempo.

—Lo sé, pero creo que has sabido sobrellevar la situación de una manera excelente.

—Eso no significa que esté de acuerdo con todo.

—Mi amor, no quiero que estemos enojados.

—No estoy enojado contigo, es solo que nunca imaginé que pudieras estar de acuerdo con lo que somos.

—¿A qué te refieres?

—Madre por favor, no te hagas la ingenua.

—Sé a lo que te refieres, pero no lo veo de esa manera. La vida tiene cosas malas y buenas, tu padre siempre ha protegido a los que les rodean y todos lo respetan y le son leales. La lealtad se gana y tu padre se la ha ganado. ¿Por qué no puedo llevar yo la misma vida que él?

—Porque aun siendo lo que somos no estamos libres de tentaciones, yo mismo casi mato a una mujer. ¿Sabes por qué?

—¿Por qué?

—Porque la única forma de salvarte era tomando sangre humana, y decidí por ti porque eres mi madre, pero las buenas intenciones no justifican nuestras acciones.

–Tú lo has dicho, casi la matas. Pero no lo hiciste.

–¡Madre, por favor!

–William esta discusión no tiene sentido, no matates a nadie. No tienes porque sentirte culpable.

–¿No voy a convencerte, verdad?

–No hijo, no pude protegerte cuando me necesitaste pero ahora todo será distinto ahora nada ni nadie me va a poder separar de ti.

–Madre, no te das cuenta que soy mucho más fuerte que tu, que mi padre, que Robert.

–Sí y me alegro, pero yo también soy fuerte ahora.

William tomó la mano de su madre y la besó, aunque no coincidía con ella en ese tema, Marie tenía razón ya era demasiado tarde para tratar de razonar con ella. Marie acarició el rostro de su hijo y lo besó en la frente.

–Thomas va a enviar a uno de sus hombres a la ciudad, cuando estuvo ahí hace dos días se encontró con mi hermana y al parecer lo ha perdido todo.

–¿Cómo es posible?

–Martin al parecer estaba lleno de deudas, quiero mandarle una carta. Estaré en el despacho Jeremy piensa marcharse hoy mismo.

–Iré con Robert.

Marie se levantó rumbo al despacho y William quedó solo en el salón, estuvo tocando el piano un rato más pero después de varios minutos abandonó la estancia en busca de Robert. El hombre se encontraba con Margaret y Henry en la cocina cuando William entró.

–¿Dónde has estado?

–Aquí con Margaret, imaginé que ustedes necesitaban tiempo para aclarar muchas cosas.

–¿Haz visto a mi padre?

—Anda afuera con Albert.

—Te interesa salir a cabalgar.

—Está bien, vamos por lo visto no hayas que hacer dentro de estas cuatro paredes.

William asintió con la cabeza sin contestar, Robert había aprendido a conocerlo bien desde el principio y se había convertido en un buen amigo.

La vida en la Villa fue tomando su curso con el pasar de los días. El temor de Thomas tras la transformación de Marie fue disminuyendo con el pasar de los días, la mujer adaptó rápidamente a su nueva vida, seguía disfrutando de sus trabajo en el jardín acompañada por Albert y John, ayudaba a Margaret con las tareas de la casa y poco a poco le fue regresando el esplendor a la casa después de muchos años. Thomas hacía traer animales casi todos los días a la casa para garantizar la dieta de su esposa y la de él mismo. Robert no compartía esas ideas con Thomas ya que pensaba que era un peligro alimentarse dentro de las paredes de la casa por lo que se mantenía cerca cuando eso ocurría, solo por precaución. Él y William salían a cazar casi todos los días y en varias ocasiones acompañó al joven al pueblo en busca de Abigail. William tenía un alma muy bondadosa y la situación en la que vivía la joven lo había conmovido, tras convencerse de que la mujer se encontraba perfectamente bien después de su visita al pueblo, le pidió permiso a su padre para ayudarla económicamente, Thomas no se opuso en lo absoluto y le dio a su hijo una buena cantidad de dinero; suficiente para que le comprara a la joven una pequeña casita. Abigail aceptó gustosa el regalo del joven y continuó recibiendo sus visitas aún después de oír de labios de

William la verdad de todo lo que había pasado y saber lo que realmente era él. La sangre animal ya no sabía igual para él después de probar la sangre humana y aunque no compartía con Robert su estilo de vida, Abigail le permitía tomar de su sangre en ocasiones, tras tranquilizar su conciencia convenciéndole que era más seguro para ella y menos doloroso dejarse extraer un poco de sangre de su cuello que seguir en la posada en la que estaba a merced de cualquier clase de hombres y peligros.

Jeremy había ido a la ciudad como Thomas le había ordenado y se había encontrado con la hermana de Marie. Claire se había sentido muy aliviada al recibir noticias de su hermana y le había regresado una carta agradeciéndole el dinero y la oportunidad que le brindaba Thomas de seguir en la casa. En la carta le comentaba que Martin se había marchado hacía varios días supuestamente a cerrar algunos negocios que le quedaban pendientes pero que aún no tenía razón de él.

Casi dos semanas después del regreso de Jeremy de la ciudad, él y sus hombres se encontraban en el campo cortando el trigo cuando vieron a un campesino de una aldea cercana que se dirigía hacia ellos a todo galope. Scarlett le salió al paso en el medio del camino agarrando al caballo por las riendas.

–¿A dónde va? – Preguntó el hombre al recién llegado con voz autoritaria.

–¿Conoce a Jeremy?

–¿Quien lo busca?

–Mi nombre es Cedric y necesito hablar con Jeremy.

–Venga conmigo. – El hombre se bajó del caballo y siguió a Scarlett, Jeremy y los demás los esperaban al borde del camino cerca de una gran carreta.

—Este hombre te busca. – Dijo Scarlett señalando a Cedric quién que se quedó parado cerca de su caballo a unos cuantos pies de Jeremy.

—¿Que quiere?

—¿Usted es Jeremy?

—Así es.

—Vivo en la aldea vecina después del rio, esas tierras pertenecían a la familia Palmer, tu señor hace mucho tiempo se las cedió a mis padres y a los ancianos de la aldea.

—Eso lo sé, pero sigo sin entender el motivo de tu visita.

—Nosotros estamos en deuda con tu señor, sabemos que contamos con su protección....

Cedric dejó la frase inconclusa mirando a Jeremy seriamente, este último se dio cuenta de lo que realmente trataba de decirle.

—Todos nosotros contamos con la protección del señor Palmer.

—Hace muchos años que se rumora que murió. ¿Qué hay de cierto en eso?

—El señor está bien, de hecho ya regresó y se encuentra viviendo en la casa grande con su esposa.

—Miré, nadie en esta zona está seguro de quien es en realidad tu señor, pero todos le somos fieles pues nuestras vidas cambiaron mucho gracias a él.

—Déjese de rodeos y acabe de decir a lo que viene. – Dijo Jeremy algo molesto.

—Hay un grupo de hombres que llegaron a la zona hace algunos días, pasaron por la aldea en la mañana, se están quedando en el hostal que queda cerca del rio. Han estado haciendo preguntas sobre tu señor.

–¿Qué clase de preguntas? – Jeremy intercambio miradas con Scarlett.

–Preguntaron si era verdad que había muerto y cuanto hacia que no se le veía. También preguntaron por su esposa, dicen que esta de regresó acompañada de un joven. Nadie le dijo nada, pero empezaron a amenazarnos diciendo que ese joven era un demonio que acabaría con todos nosotros.

–¿Que más dijeron?

–Nada más, llevan varios días dando vueltas por estas tierras, pero estoy seguro que tienen miedo por eso no se han atrevido a llegar más cerca. Solo que esta mañana cuando se iba uno de los niños escuchó que hablaban de atacar la casa a la luz del día para matar al demonio. Gracias por la información, estoy seguro que mi señor le estará muy agradecido.

–No dude en acudir a nosotros, estaremos atentos.

–Gracias, pero regrese a su aldea y vigile desde ahí. ¿Sabe cuántos hombres son?

–Seis hombres, el jefe de ellos se llama Martin fue lo único que pude escuchar.

–Regrese cuanto antes a su casa.

Cedric asintió con la cabeza, se montó en el caballo y se marchó a todo galope, Jeremy se volvió hacia Scarlett quien ya se encontraba montado en su caballo.

–Ve a la aldea, que las mujeres y los niños no salgan de sus casas y asegúrate de que todos los hombres estén de regreso del campo cuanto antes y que se mantengan vigilando la aldea. Todos ustedes conmigo ahora.

Scarlett se marchó a todo galope mientras Jeremy y los demás se montaron en sus caballos y se dirigieron a la Villa a toda velocidad. No demoraron mucho en llegar a la casa, al entrar por el portón se encontraron con Albert quien estaba en los establos.

—¿Vienen como si hubieran visto el mismo diablo?

—¿Albert donde está el señor?

—Creo que esta en el despacho no lo he visto en toda la mañana.

—Edmund ve con los otros y revisa todos los alrededores, Albert no salgas de la propiedad debo hablar con el señor.

—¿Que está pasando Jeremy?

—No estoy seguro pero creo que tendremos visita. ¿Los jóvenes William y Robert también están en la casa?

—No salieron desde anoche y aun no han regresado.

—¡Edmund! ¡Edmund! —Jeremy comenzó a gritar, enseguida Edmund apareció seguido por dos hombres.

—¿Que pasa Jeremy?

—El joven William y el señor Robert no están en la propiedad salgan inmediatamente a buscarlos.

Los hombres desaparecieron con sus caballos e inmediatamente Jeremy entró en la casa seguido por Albert, ya en el interior se encontró con Thomas quien se encontraba con su esposa en el salón.

—Buenos días Jeremy.

—Buenos días señor, si me permite necesito hablar con usted.

Thomas observó al hombre quién se veía muy nervioso y enseguida se dio cuenta de que algo pasaba.

—Marie, voy a estar con Jeremy en el despacho. — La aludida se volvió hacia los hombres sonriendo.

—Buenos días Jeremy, estaba entretenida.

—Buenos días señora.

—Vamos Jeremy.

Thomas le indico al hombre el camino hacia el despacho, Albert los siguió lentamente arrastrando los pies. Ya dentro de la estancia Thomas cerró la puerta y se dirigió a Jeremy.

–¿Que sucede?

–Señor, creo que tenemos visita.

Thomas fijo sus ojos en el hombre, Jeremy era de pocas palabras pero siempre le había sido fiel.

–Habla. – La voz de Thomas era autoritaria cuando se dirigió al hombre

–Cedric uno de los hombres de la aldea que está cerca del rio, vino en la mañana y nos dijo que desde hace unos días hay unos hombres merodeando y haciendo preguntas sobre la señora y su hijo.

Thomas se sentó en el sillón y espero a que Jeremy terminara de hablar.

–¿Te dijo quienes eran?

–No sabe señor, dice que los oyó diciendo que venían a matar a él demonio.

–Eso no es posible, de donde sacaron esa historia.

–Creo que son de la ciudad señor, no son de aquí, Cedric le manda a decir que él y sus hombres le son fieles que nadie ha dicho ni dirá nada de usted y de su familia.

–Se quién es Cedric conocí a su padre.

–Planean atacar la casa durante el día.

–El viejo mito de la noche.

–Cedric solo pudo oír que uno de ellos responde al nombre de Martin.

–¿Martin?

–¿Sabe quién es señor? – Pregunto Albert desde una esquina del despacho.

–Es el esposo de la hermana de Marie. – Contesto

Thomas mirando al anciano.

–Cuando estuvimos en la ciudad hace unos días la señora nos dijo que aun estaba de viaje. – Jeremy se acerco al anciano mientras le hablaba.

–Seguro que no ha visto a Claire por eso no sabe que estoy vivo.

–¿Sabe que quiere ese hombre? – Jeremy mantenía su mano en el puñal que llevaba prendido en el cinturón.

–Quiere mi dinero, Claire me contó que esta arruinado. Acabó con la fortuna del viejo Reedwood y ahora decidió venir en busca de Marie. ¿Sabes si William y Robert ya regresaron?

–No señor mande a mis hombres a buscarlos.

–Debo hablar con Marie ella tiene que saber lo que está pasando.

–¿Que quiere que hagamos señor? – El anciano se aproximó a Thomas arrastrando los pies pero con mucha decisión.

–Por ahora solo hay que esperar, no creo que intenten algo precipitado, estoy convencido que vendrán a la casa a reconocer el terreno antes de actuar.

Albert se acercó más a su señor.

–¿No le preocupa el joven William y su amigo?

–Es de día Albert, ya escuchaste a Jeremy si se tropezaran con ellos no sospecharían nada en lo absoluto.

Jeremy comprendió las palabras de su señor.

–De todas formas mande a mis hombres a buscarlos.

–Gracias Jeremy. ¿Albert donde esta John?

–En los establos señor.

–No quiero que salga, ni tu tampoco, díselo a Margaret y a Henry.

—Sí señor, con su permiso. —El anciano se retiró de la estancia dejando solo a los dos hombres. Thomas esperó a que la puerta se cerrara para hablar.

—¿Que más te dijo Cedric?

—Nada mas señor, el asegura que los de su aldea le siguen siendo fieles y que nadie dijo nada más.

—Espero que sea así, si hablaron de atacar de noche significan que creen en el mito pero también pueden estar informados en cuanto a que armas usar en contra de nosotros.

—Señor nosotros estaremos pendientes.

—Hablare con Marie es necesario que crean que somos humanos. Conocí a Martin hace unos años y la valentía no es una de sus cualidades.

—Estaré afuera señor.

Jeremy abandonó la estancia, Thomas se quedo sentado en un sillón hundió su cabeza entre sus manos pensando en la mejor manera de resolver la situación. Unos suaves golpes en la puerta lo hicieron reaccionar, al levantar la cabeza se encontró con la figura de Marie quien le sonreía.

—¿Preocupado?

—Sí. — Thomas extendió sus brazos hacia su esposa, la mujer se refugió en ellos sentándose en su regazo. — Tenemos que hablar.

—¿Que es lo que está pasando? — Las finas manos de la mujer le acariciaron el rostro para luego besarlo tiernamente.

—Martin esta aquí.

—¿Como dices? — Los verdes ojos de Marie estaban fijos en su esposo.

—Al parecer llegaron hace unos días y han estado

haciendo preguntas.

−¿Como cuáles?

−No debe haber hablado con Claire pues me cree muerto, pero sin lugar a dudas te anda buscando y por supuesto viene acompañado de varios hombres para encargarse de William.

−Eso no lo voy a permitir, nadie más volverá a hacerle daño a mi hijo. − La mujer se alejó de su esposo y comenzó a caminar de un lado a otro de la habitación muy alterada.

−Marie cálmate por favor, Martin y sus hombres no podrán hacerle daño a William.

−¡Thomas prométeme que lo vas a proteger! − Marie se volvió hacia su esposo con sus ojos rojos que se le querían salir de sus órbitas.

−Nadie le hará daño a William, te lo prometo. − Thomas le dio la vuelta a la mesa y abrazó a su esposa. − Nadie les va a hacer daño a ninguno de ustedes dos.

La puerta se abrió y William entro en la estancia seguido por Robert.

−¿Que está pasando nos encontramos con Edmund en el camino y estaba muy alterado?

Marie se separo de su esposo y se volvió hacia su hijo.

−Mi amor al fin regresaste.

−¿Madre usted está bien?

−Si mi amor ahora ya estoy bien al ver que estas de regreso, los dejo a solas estaré afuera.

Marie fue hacia su hijo le dio un beso en la frente y salió de la habitación. Robert cerró la puerta a su espalda y se volvió hacia Thomas

−¿Qué está pasando?

−El esposo de Claire esta aquí, él y cinco de sus

hombres. Al parecer decidió venir en busca de Marie y de mi dinero.

—Claire me amenazó con eso cuando acompañé a Marie a casa de su padre pero le dije que no sería conveniente que lo hiciera. Prácticamente le hice saber quién era en realidad

—No creo que Claire le haya dicho nada al respecto, solo está desesperado, al Marie llevarse lo mío la fortuna de Reedwood quedo mermada y según lo poco que se las deudas lo están ahogando.

William se aproximó a su padre para mirarlo de frente.

—¿Que va a pasar ahora?

—Debemos esperar, estoy seguro que vendrá antes de intentar algo, solo que no es conveniente que te vea William.

—¿Por qué?

—Al parecer él y sus hombres creen en el mito de que solo salimos de noche, eso es algo a nuestro favor, por otra parte se llevara una gran sorpresa al encontrarme aquí y a lo mejor mi presencia lo hace desistir. Marie está muy alterada y se quedaría más tranquila si tu no sales así evitarías que tengamos que dar explicaciones sobre tu edad.

—Pero ese hombre no me conoce.

—William él cree en los mitos que existen sobre nosotros, a los bebes vampiros los describen como pelirrojos de ojos azules si te viera se daría cuenta enseguida.

El joven bajo la cabeza y sintió la risa de Robert cerca de la puerta.

—Está bien, no saldré.

—Disculpa hijo, solo trato de protegerte.

—Lo sé, gracias padre.

–¿Que más saben sobre nosotros? – Preguntó Robert aun tratando de contener la risa.

–No lo sé, pero estoy convencido que debemos tener cuidado aunque aún existen muchas cosas que los humanos no conocen sobre nosotros si están enterados de cómo eliminarnos.

–Debemos estar alertas.

–Así es. – Unos toques en la puerta interrumpieron la conversación. – Entre.

Jeremy a abrió la puerta.

–Hay dos hombres en el portón preguntando por la señora.

–Deben ser ellos, Jeremy sal y llévalos al salón no los dejes solo yo me reuniré con ellos enseguida.

El hombre hizo una pequeña reverencia y se marcho.

–William ve con tu madre. ¿Robert me acompañas?

–Por supuesto.

Todos salieron de la habitación y William se dirigió al interior de la casa mientras Thomas y Robert se encaminaron hacia el salón.

Martín era un hombre alto, de cabellos negros, tenía alrededor de unos cuarenta años, convivió muy poco tiempo con Thomas cuando este se caso con Marie y al igual que su suegro soñaba con el día en que Marie enviudara para quedarse con parte de su fortuna. A la muerte de Reedwood descubrió que Marie se había marchado con la fortuna de Thomas y por mucho que Claire le suplico que dejara a su hermana tranquila salió en su búsqueda sin saber los verdaderos motivos por los cuales su esposa le pedía que desistiera de sus planes. Caminaba de un lado a otro del salón observándolo todo en espera de Marie.

–Viejo embustero, aquí hay mucho más dinero de lo que me imaginaba.

–¿Martín?

El hombre se volvió al escuchar su nombre y se encontró frente a frente con Thomas. Su rostro palideció y su corazón se altero de tal manera que parecía que se le iba a salir del pecho.

–¿Thomas?

–Así es, me sorprende verte por aquí.

–¿Tu estas muerto?

–Eso fue lo que nuestro suegro te hizo creer a ti y a todos.

–No es posible.

–Al parecer no has visto a tu esposa, estuve en la ciudad hace unos días y me la encontré en mi casa.

Martín sacudió la cabeza tratando de coordinar sus ideas.

–Llevo días fuera por negocios, por eso no he visto Claire.

–Claire me contó que tus negocios no van bien. ¿Es ese el verdadero motivo por el cual estas aquí?

Martín se sintió descubierto y clavo su mirada al suelo, no sabía que contestar, tardo minutos antes de hacerlo pues sentía los ojos de Thomas fijo en él.

–Claire estaba preocupada por Marie. Por eso vine.

–Mientes, la fortuna del viejo Reedwood no fue suficiente. El único motivo por el cual George accedió a que me casara con Marie fue por mi dinero, pensó que moriría pronto y tú te llevarías tu buen pedazo ya que fue tu idea.

–Tú estabas enfermo, eso era lo que todo el mundo rumoraba. Solo quise ayudarte, jamás hubieras podido casarte con alguien tan joven y hermosa como Marie.

¿Tienes idea de cuantos pretendientes tenía en esa época?

—Pero todos ellos era jóvenes y llenos de vida, eso no les convenía a ustedes.

—¿Donde estuviste todo este tiempo?

—Tenía negocios que atender que se prolongaron más de lo debido. Nuestro suegro al ver que no regresaba se llevo a Marie de aquí y me hizo pasar por muerto.

—Hable con el muchas veces a los largo de los años y me juraba constantemente de que habías muerto.

—¿Por qué crees que nunca pudo tomar las riendas de mis negocios? Solo pudo tomar lo poco que estaba en esta casa cuando se llevo a Marie.

—¿Sabes cómo murió?

—No me interesa, si lo hubiera encontrado vivo a mi regreso lo hubiera matado yo mismo.

—Murió unos días después de que Marie escapara y a Carl su hombre de confianza no se le ha visto desde entonces.

—No es mi problema.

—¿Quien es el hombre que acompañaba a Marie? –Pregunto volviéndose hacia Robert quien había permanecido en silencio durante la conversación.

—El es Robert, trabaja para mí.

—¿Sabes que fue de Carl?

Robert sonrió y se acerco mas al hombre, Martín retrocedió unos pasos había algo en la mirada del joven que lo aterrorizaba.

—No, no sé qué paso con él.

—Uno de los hombres de Reedwood me dijo que habías estado haciendo preguntas sobre Marie.

—Así es, Thomas me mando en busca de su esposa y eso

fue lo que hice.

–¿Qué hiciste con el cuerpo?

–¿A qué te refieres?

Martín volvió su mirada a Thomas.

–Marie tuvo un hijo, nunca lo vi pero George le tenía miedo muchas veces me dijo que era una criatura endemoniada por eso lo encerró. Unos días antes de su muerte este señor apareció y se llevo el cadáver después de haberlo envenenado.

Robert sonrió y se acercó aun más a Martín.

–No sé de qué me hablas.

–¿Cómo puedes negarlo?

–Es cierto que fui a ver a su suegro, le dije que Thomas me había enviado por su esposa, pero este se negó a creerme y me echo de su casa. Regrese a los pocos días y me lleve a Marie.

–Eva lo vio en dos ocasiones, ella conoce al hijo de Marie y me dijo que estaba con ustedes el día que murió Reedwood.

–Eva se equivoco, durante años fue la aliada fiel de Reedwood en su lucha por despojar a Marie de la fortuna de Thomas. El hijo de Marie murió al nacer, muchos médicos de la ciudad pueden certificar su muerte.– La voz de Robert subió unos cuantos tonos.

–No te creo. Thomas pienso ir a las autoridades, estoy convencido que ese monstruo que escondes es el responsable de la muerte de George y la desaparición de Carl.

Los ojos de Thomas brillaron de rabia, cerró fuertemente sus puños y se dirigió a Martín, lo tomo por las solapas de la camisa y lo levanto de suelo.

–Escucha muy bien mis palabras si es que en algo

valoras tu vida. Te quiero fuera de mis tierras cuanto antes Martín. No sé qué pretendes y en realidad no me interesa pero aquí yo soy la autoridad y nadie, nadie te creerá. Puedes ir adonde quieras aquí o en Londres y te aseguro que mi nombre vale mucho más que el tuyo y que nadie levantara un solo dedo en mi contra. Márchate con tus hombres cuanto antes porque si te vuelvo a ver en mis tierras eres hombre muerto Martín.

Thomas soltó al hombre que cayó al suelo asustado, Martín se encontraba aterrado jamás pensó que su cuñado fuera tan fuerte, Thomas aparentaba tener más de cincuenta y su rostro era pálido y demacrado la huella eterna de la enfermedad que padecía cuando Elizabeth lo convirtió. Robert se encontraba cerca de ambos hombres, coloco su mano en el hombro de Thomas indicando le que se calmara. Martín se levanto del suelo, se arreglo su chaqueta y salió casi corriendo del salón. Afuera lo esperaba uno de sus hombres ya montado en su caballo, se monto enseguida en el otro corcel y ambos se marcharon a todo galope.

Marie sintió el galope de los caballos desde su habitación, al mirar por la ventana vio a su cuñado que se marchaba y fue a reunirse con su esposo.

–¿Que paso?

–Martín está desesperado, sabrá dios cuánto dinero debe. Temo por la seguridad de tu hermana y tu sobrina.

–No te entiendo Thomas. Explícate por favor.

Thomas caminaba de un lado a otro del salón. Robert estaba sentado en un amplio sillón cerca de la chimenea.

–Me amenazo con ir a las autoridades, está convencido que la muerte de tu padre y la desaparición de Carl tienen que ver con William.

—Thomas si le das dinero puede ser que se vaya tranquilo y no intente nada en contra de William.

—Marie si le doy dinero confirmaría todas sus sospechas.

—Thomas si Martín va a las autoridades William podría estar en peligro.

—Marie, nadie lo va a apoyar. Puede ir adonde quiera nadie le creerá una sola palabra y mucho menos se pondrían en mi contra.

—No puedes estar seguro Thomas, hace años que estas alejado de todo.

—Marie es cierto que he estado ausente durante años pero no he dejado de pagar mis impuestos, el dinero tiene un poder increíble y por eso te digo que nadie se pondrá en mi contra. ¿Donde está William?

—En su habitación.

—Es necesario que me apoyes en mi historia.

—¿Cual historia?

—William es mi hijo, es necesario que así sea para todos, solo así podré garantizar su seguridad. Nadie se atreverá a tocar al hijo de Thomas Palmer, pero debo decir que no es tu hijo. William aparenta tener más de veinte y tu yo hemos estado casados por poco más de doce años.

—Entiendo, no tengo ningún inconveniente.

—Perfecto, iré al pueblo necesito ver al sheriff.

—¿Iras solo?

—Sí, prefiero que Robert se quede con ustedes por si regresan.

El aludido se levanto de su asiento y se dirigió a Thomas.

—En caso de que eso suceda, que quieres que haga.

—Tienes mi permiso para levantar la ley y defender a mi familia. Solo en defensa de los míos.

—Este bien por mí. Estaré afuera.

—¿Marie? – La mujer se volvió hacia su esposo. – No salgas en mi ausencia.

—¿Demoraras mucho?

—No creo, estaré de vuelta en la noche. Jeremy y sus hombres estarán atentos y Robert cuidara de ustedes.

—Hace un rato me dijiste que temías por mi hermana y mi sobrina.

—Martín está desesperado, si no consigue dinero pronto sus acreedores pueden tomar represalias en contra de su familia.

—¿El te dijo algo?

—No fue necesario que me lo dijera, solo había que verle la cara.

—¿Qué piensas hacer al respecto?

—Mañana a mi regreso mandare por ellas.

—Gracias Thomas.

—Te amo Marie, y te prometo que nunca más te abandonare.

—Yo también te amo Thomas.

Marie se refugió en los brazos de su esposo y hundió su cabeza en su pecho.

—Ahora debo marcharme, cuídate Marie.

—Tú también.

Thomas abandonó el salón y minutos más tarde se escuchó el galope de su caballo que se alejaba.

***

AMISTADES

Estaba casi anocheciendo cuando Thomas llego al pueblo, cruzó rápidamente la plaza y se detuvo frente a una vieja casona de piedra. Al bajarse del caballo se percato que había unos hombres cerca de la casa con sus

caballos. Dio unos fuertes golpes en la enorme puerta de
entrada y minutos más tarde un hombre de edad
avanzada aparecía en el portón.

–Buenas noches señor.

–Necesito ver a tu señor. Soy Thomas Palmer.

–Sígame por favor. El señor tiene visita pero estoy
seguro que lo recibirá.

El anciano le indico el camino y ambos cruzaron el patio
hacia el interior de la casa. Al llegar a la sala el anciano
le hizo una señal y Thomas entro inmediatamente.

Gideon sheriff de Hertfordshire estaba sentado en la
esquina de una gran mesa cerca de la chimenea, al ver a
Thomas se levanto con las manos abiertas.

–Thomas, viejo amigo.

–Gideon, años sin verte.

–¿Cómo has estado?

–Muy bien gracias.

–Pensaba mandar por ti.

–Ya no es necesario.

Thomas abrazó a Gideon con cariño, al volverse
descubrió la figura de Martín en un rincón del salón.

–¿Creo que conoces a este señor?

–Por supuesto, es mi cuñado.

–Entonces sabes porque ha venido hasta mí.

–Me imagino, pensé que había desistido de la idea.
Ahora veo que no es así.

Martín se aproximó a la mesa.

–Usted debe creerme, Thomas y su esposa esconden a
una criatura endemoniada en su casa. Ellos son
responsables de la muerte de mi suegro y uno de sus
hombres.

–Acusaciones muy serias Thomas. ¿Qué tienes tú que

decir?

Thomas sonrió y se acercó a Martín, le coloco una mano en el hombre y le dio un suave apretón.

—Mi cuñado está atravesando por un mal momento. Mi suegro le hizo creer que había muerto y ha venido a apoderarse de mi fortuna. Pero al ver que estoy vivo ha inventado esa historia.

—¿Es cierto eso señor Martín?

—Es cierto que vine por Marie, mi suegro nos hizo creer a mi esposa y a mí que Thomas había muerto por eso decidí venir por ella.

—Cuéntale también de tus problemas económicos Martín, dile también que la herencia que recibisteis de tu suegro no fue suficiente.

—Basta ya Thomas. Esto es algo serio, ningún habitante de esta zona está a salvo. Sheriff usted debe creerme.

Gideon camino hacia Martín y se situó entre ambos hombres.

—Martín, agradezco tu interés pero hasta ahora no me ha mostrado ninguna prueba.

—No conocí al hijo de Marie, jamás lo vi, mi suegro lo mantenía encerrado; estoy convencido que al marcharse Marie, ella se lo llevo con él.

—Eso no prueba nada Martín. Sin embargo Thomas está muy seguro de lo que dice en tu contra.

—Mis únicas intenciones es proteger a la hermana de mi esposa.

—No seas cínico. —Thomas reaccionó dejando a un lado a Gideon para enfrentar a Martín. — ¿Donde estuvisteis todo este tiempo cuando Marie te necesito? Ahora vienes fingiendo estar preocupado por su seguridad. Gideon hace unos días estuve en la ciudad y me encontré a mi cuñada viviendo en mi casa. Este señor no solo perdió su casa dejando a su mujer y a su hija en la calle, también tomo toda la herencia de mi suegro y la desapareció en cuestión de días.

Gideon se volvió hacia Martín.

–¿Es cierto eso Martín?

–Mis problemas económicos no vienen al caso.

–Lo siento Martín pero no le creo. Conozco a Thomas desde hace muchos años, la gente de esta zona lo respeta y protege. Regrese a la ciudad y trate de buscarle una solución a sus problemas, deje a la familia de mi amigo en paz, será lo mejor para todos.

Martín bajo la cabeza en señal de respeto y se marchó furioso de la habitación cerrando la puerta a sus espaldas de un tirón. Gideon se dirigió a Thomas.

–¿Qué hay de verdad en todo esto Thomas?

–Nada Gideon, mi esposa regreso a la casa y todo ha vuelto a la normalidad.

–¿Por qué desaparecisteis?

–Tenia ciertos negocios que atender, antes de casarme con Marie tuve una relación de la cual nació un hijo, recibí una carta de la madre y fui en su búsqueda ahora vive conmigo. Entiendes porque me preocupa tanto la furia de ese hombre.

–Confió en ti Thomas.

–Jamás te he dado motivos para que dudes de mí. En todos los años que estuve ausente jamás dejasteis de recibir tu dinero.

–Tienes razón, el viejo Albert siempre ha sido puntual.

–¿Entonces?

–Te conozco hace más de cincuenta años Thomas. Sé que ocultas algo.

—Gideon, gracias a mi a ti te ha resultado muy fácil ser sheriff, jamás habido un robo o alguna muerte en mi zona.

—Lo sé, has cumplido fielmente tu palabra.

—Y espero que tú sigas cumpliendo con la tuya.

—Por supuesto Thomas. —El anciano le extendió su mano a Thomas quién la tomó de inmediato devolviéndole el saludo. – Ya soy un anciano y tú sigues siendo el mismo.

—Gideon, no quieras saber más de lo que te corresponde. Haz sido un buen sheriff todos estos años, te garantizo que siempre contaras con mi apoyo, tú y tus descendientes.

—Ve con cuidado Thomas, ten cuidado con ese hombre, no se quedara tranquilo. Si se atreve a ir a la ciudad cuentas con mi apoyo.

—Lo tendré presente.

Thomas abandono la casa, tomo su caballo y se marchó a todo galope. Ya había oscurecido y estaba lloviendo cuando se internó en el bosque camino a su casa. Vio unas sombras en el medio del camino y se detuvo, eran dos de los hombres que había visto cerca de casa de Gideon. Sintió el trote de unos caballos detrás de él y cuando se volvió vio a Martín y otro hombre. Thomas se dio cuenta de que pretendían emboscarlo y que lo tenían rodeado.

—Veo que no te das por vencido Martín.

—Estaba pensando que no tengo que ir a ver a las autoridades, tú estás muerto y solo tengo que convertirlo en un hecho.

—Martín es una lástima que tu desesperación no te permita ver con claridad.

—Lo único que veo es un viejo estúpido delante de mí.

—En eso tienes razón, pero estoy seguro que estas muy lejos de saber mi verdadera edad.

—¿A qué te refieres?

—¿Martín por qué crees que todos en el área me respetan?

—Por tu dinero.

—No Martín te equivocas. Estas cometiendo un grave error.

—Thomas, basta ya de rodeos, necesito dinero y no me voy a ir sin él.

En ese momento un relámpago iluminó el bosque y los caballos se asustaron, Martín trato de calmar al suyo tomándolo fuertemente por las riendas. Otro relámpago se sintió a lo lejos, cuando levanto su mirada Thomas había desaparecido solo estaba su caballo. Busco con la mirada a su alrededor, sintió un silbido y el caballo volvió a asustarse tirándolo al suelo. Se dio un fuerte golpe en la cabeza, trato de incorporarse rápidamente pero no pudo, algo lo golpeo nuevamente. Aturdido busco a su alrededor y fue entonces que encontró la cabeza de uno de sus hombres a su lado, asustado se levanto apenas había dado un paso cuando tropezó y volvió a caerse; la luz de un relámpago ilumino el camino y pudo ver delante de él los cuerpos decapitados de sus hombres. El horror se apodero de él, trato de incorporarse nuevamente pero algo lo agarro por el cuello tirándolo al suelo. Thomas lo sujetaba fuertemente con ambas manos, ejercía sobre él una fuerza sobrenatural, su rostro se había transformado, sus ojos eran rojos y unos grandes colmillos relucían completamente extendidos.

—¿Thomas?

—Ahora sabes quién soy realmente.

—Eres un monstruo.

—Tú has despertado el monstruo que llevaba escondido desde hace muchos años.

—¡Sueltamente!

—Lo siento Martín, tu eres un peligro para mi familia. Te advertí que te alejaras y no lo hiciste.

—¡No me mates! Te prometo que me marchare, piensa en Claire y en mi hija.

—No seas hipócrita, tú no quieres a tu esposa y mucho menos a tu hija.

—¡Por favor Thomas!

—No mereces piedad Martín. – Thomas apretaba fuertemente el cuello del hombre quien luchaba por liberarse. Martín logró alcanzar el puñal que llevaba en el cinturón y con fuerza se lo clavo a Thomas en el pecho. Un grito horrible salió del pecho del vampiro quien soltó al hombre, Martín aterrado se alejó del arrastrándose. Los ojos rojos de Thomas se fijaron en él, con ambas manos tomo el puñal enterrado en su pecho y se lo sacó, la herida se cerró en cuestión de segundos, Martín se movía torpe por la hierba mojada tratando de huir pero cuando levanto la mirada Thomas estaba parado frente a él bloqueándole el paso.

—¿A dónde vas Martín?

—Aléjate de mí.

—Demasiado tarde Martín.

Thomas agarró al hombre por los hombros y lo levantó en el aire, segundos más tarde el vampiro enterraba sus colmillos en el cuello de Martin bebiendo su sangre. El cuerpo del hombre se estremecía en el aire mientras la vida se le iba. La luz de otro relámpago iluminó el bosque, Thomas miró a su alrededor los cuerpos sin vida de Martín y sus hombres. Su cara estaba salpicada de sangre al igual que sus ropas. La sangre de Martín le había dado nuevas fuerzas, ya que hacia demasiados años que no se alimentaba de humanos. Tomó los caballos y los llevó a un lado del camino, uno a uno tomo los cuerpos y los enterró en lo más profundo del bosque. Cuando termino tomo todos los caballos y emprendió el regreso a su casa.

Jeremy divisó a Thomas que se acercaba y le abrió el portón.

—¡Señor!

—Jeremy. — Thomas entró al patio sujetando los caballos. — Toma los caballos, quítale las monturas y desaparécelos.

—Sí señor.

—Luego ve con Scarlett a la aldea de Cedric hay dos hombres de Martín que aun deben estar por los alrededores los quiero aquí antes del amanecer. Por ningún motivo deben abandonar estas tierras.

—Sí señor.

Jeremy vio la camisa manchada en sangre de Thomas y un frío escalofrío recorrió su cuerpo. Tomó los caballos y le dio la espalda a su señor, no quiso preguntar lo que había ocurrido pero no era difícil de imaginárselo. Escondió los caballos en los establos y se marchó con Scarlett a todo galope. Thomas entró en la casa en dirección a su habitación para cambiar sus ropas, la voz de Robert lo detuvo justo cuando iba cruzando el salón.

—¿Qué pasó?

Thomas se volvió hacia Robert dejando al descubierto sus ropas ensangrentadas.

—Martín y tres de sus hombres me emboscaron en el

bosque.

–Por tu cara, no necesito preguntar qué fue de ellos.

–Trate de convencer a Martín de que se fuera, me lo encontré en casa de Gideon levantando acusaciones en mi contra. Se encontró perdido después de que este se puso de mi lado y pretendió matarme en el bosque.

–¿Que vas hacer ahora?

–Jeremy salió en busca de dos de los hombres de Martín, me imagino que deben estar por los alrededores.

–¿Y cuando los encuentren, que harás?

–No lo sé.

–Perdóname que te lo diga, pero deberás terminar lo que empezasteis.

–Lo sé.

–Si uno de esos hombres lograra escaparse, tendrás la guardia aquí en cuestión de días.

–Jeremy ya salió en su búsqueda.

–¿Quieres que vaya yo?

–¿Por qué quieres hacerlo?

–Por muchas razones, la primera la más elemental hace mucho que no cazó, la segunda no tengo tantos escrúpulos como tú y la tercera puedo rastrearlos mucho mejor que tus hombres.

–Pueden estar armados.

–Son peligrosos de noche, pero no durante el día.

–Si estás dispuesto, hazlo, ya ha sido demasiado para mí.

–Con tu permiso. – Robert sonrió, y desapareció del salón. Thomas titubeo por unos instantes luego subió las escaleras hacia su habitación. Cuando entro se encontró a Marie sentada en un sillón cerca de la ventana.

–Te vi llegar.

–Me encontré con Martín en casa de Gideon.

–¿Fue a ver al sheriff?

–Sí, luego quiso matarme en el bosque.

Marie se levanto del sillón y fue hacia su esposo.

–¿Que paso?

–Creo que debes pensar cómo arreglar la situación de tu hermana, ya que Martín jamás regresara.

–¿Lo matasteis?

Thomas fijo sus ojos en su esposa. Había algo en la mirada de Marie que no lograba entender.

–Sí.

–¿Por qué te agobias?

–¿No escuchaste lo que acabo de decir? Acabo de matar a cuatro hombres.

–Lo hiciste para defenderte.

–¿No te entiendo?

–Martín nunca fue bueno conmigo, jamás me ayudo. Si vino hasta aquí fue en busca de tu dinero, sabrá dios lo que hubiera sido capaz de hacer con William si lo hubiera encontrado solo. Tú le advertiste, cumpliste con tu parte.

–Marie, entiendo todo lo que me dices pero no dejo de ser un asesino.

–Thomas. – Marie tomo el rostro de su esposo entre sus manos y le beso tiernamente en la mejilla. – No te agobies, tu deber es proteger a tu hijo y a tu familia.

–Lo sé Marie.

–Te preparare el baño, y traeré ropa limpia.

–Gracias.

Thomas besó a su esposa en la frente y le devolvió la sonrisa. Marie salió de la habitación dejándolo solo, salió al balcón y observo el cielo. La tormenta ya había pasado y las nubes se disipaban dejando ver la luna.

Físicamente se sentía bien, sus fuerzas se habían renovado por completo, hacía años que no se sentía así, había renunciado a la sangre humana hacia tiempo y casi había olvidado la vitalidad que esta le daba. Marie regreso al poco rato con agua caliente y ropa limpia, retiro la ropa sucia manchada de sangre mientras Thomas se aseaba.

William estaba en el salón, vio a su madre que bajaba las escaleras.

—¿Mi padre regreso?

—Si hijo se está aseando pronto bajara.

—Ya casi amanece.

—Margaret y Henry deben estar al levantarse.

—Sentí el galope de varios caballos hace un rato.

—Tu padre mando a Jeremy a una encomienda.

—¿Me ocultas algo?

—No hijo, iré a la cocina. Espera por tu padre antes de salir.

—Si madre.

Marie desapareció en las habitaciones interiores dejando a su hijo solo en el salón. Thomas bajo minutos después y se reunió con él.

—Buenos días William.

—Buenos días. ¿Pensé que llegaría ayer?

—Llegue hace un rato, tuve ciertas complicaciones en el camino.

—¿Se encontró con Martín?

—Sí, fui a ver a mi amigo el sheriff de Hertfordshire y Martín se encontraba ahí haciendo acusaciones en mi contra.

—¿Que pasó entonces?

—Gideon no le creyó.

–¿Usted cree que regresara?

–No, no creo que regrese.

William miro fijamente a su padre, Thomas desvío la mirada no se atrevió a enfrentar a su hijo y contarle la verdad.

–¿Robert demorara mucho?

–No lo sé, fue en busca de dos de los hombres de Martín.

–Me imagino cual será la suerte de ellos.

–William, créeme que intente convencer a Martín de que nos dejara en paz.

El ruido de unos caballos que se aproximaban interrumpió la conversación ambos hombres salieron al jardín, Jeremy venía acompañado por Scarlett, Cedric y varios hombres. Thomas fue hacia ellos seguido por su hijo.

–¿Jeremy los encontraste?

–Cedric tenía varios hombres siguiéndolos, estaban escondidos cerca de aquí.

Thomas se volvió hacia Cedric, quien bajo la mirada en señal de respeto.

–Gracias Cedric por tu ayuda.

–Mi gente le tiene ley señor.

–¿Donde están ahora?

–Estuvieron en el bosque está muy entrada la noche, después se marcharon. Mis hombres lo siguieron hasta muy cerca de aquí.

–¿Entonces no saben a dónde fueron?

–No señor se dieron cuenta de que los estábamos siguiendo y se escondieron. Pero no deben estar lejos

–Seguro me vieron llegar en la madrugada con los caballos.

–Hemos estado vigilando todo el bosque y los caminos

le aseguro que están cerca.

Thomas caminaba de un lado a otro impaciente, Jeremy y Cedric se miraron y bajaron la cabeza sin saber qué hacer. Thomas se dirigió a Jeremy:

—¿Viste a Robert?

Jeremy levanto la cabeza para mirar a su señor.

—Me encontré con él en el bosque, nos pidió que regresáramos a la casa.

—Sí, fue lo mejor. Cedric necesito su ayuda.

—Lo que usted diga señor.

—Regresa a tu aldea y sigue vigilando los alrededores pero no entren al bosque.

—¿Pero señor?

—Haz lo que te digo.

—Si señor con su permiso. – Cedric hizo una reverencia y se marcho con sus hombres a todo galope.

Jeremy se quedo parado, esperando las órdenes de su señor. Thomas se volvió hacia él y le pregunto.

—¿Jeremy, estás seguro de lo que Cedric dice?

—Sí señor, es cierto que tenia hombres vigilando y encontramos el lugar donde acamparon durante la noche todavía había señales del fuego.

—Espero que Robert los encuentre. Necesito que mandes a Scarlett y alguno de tus hombres a mi casa en Londres, a ver a mi cuñada. No quiero que le digan que Martín estuvo aquí, quiero que le digan que Marie manda por ella para que venga. Luego le dices a Scarlett que vaya a ver al señor Winfred Leighton y le entregue una nota de mi parte. No quiero que se vaya sin una respuesta y los quiero de vuelta con mi cuñada y su hija.

—Sí señor. – Jeremy le dio la espalda a su señor y desapareció dentro de los establos. William había permanecido callado, cuando vio que el hombre había desaparecido dentro del edificio se dirigió a Thomas.

–¿Por qué quiere que venga la hermana de mi madre?

–Marie está preocupada por Claire aunque no lo diga, es su hermana. A demás cuando los días pasen y Martín no aparezca sus acreedores le va a caer encima a Claire.

–¿Quién es ese señor que menciono hace un rato?

–Es un banquero amigo mío a quien le tengo confianza, quiero saber los nombres de los acreedores de Martín y de esa forma saber quién puede representar un peligro para nosotros.

–¿Cree que esas personas puedan venir aquí?

–No sé lo que Martín les habrá dicho, por eso quiero estar preparado. En su desesperación puede haberles ofrecido muchas cosas.

–Por lo visto la situación de Martín puede volverse muy complicada.

–Así es hijo.

–¿Usted le dijo a los hombres que no entraran al bosque porque mando a Robert a buscar a esos hombres?

–Sí, no quiero más complicaciones. Martín pudo haber desaparecido con sus hombres y muchos pensaran que ha huido por su situación económica, pero si alguno de esos hombres llega a la ciudad y dice que desapareció en estas tierras entonces la guardia podría venir a investigar.

–Todo hubiera sido muy fácil si ese hombre jamás hubiera venido aquí.

–La ambición es mala consejera y fue su perdición. Vamos adentro quiero escribirle a Winfred y explicarle bien lo que necesito.

Thomas y William entraron a la casa, un rato más tarde Scarlett acompañado por otro hombre salían a todo galope rumbo a la ciudad. Siguiendo las instrucciones de su señor Cedric dejo a varios hombres vigilando el bosque y los caminos aledaños sin atreverse a entrar a él. Robert se había encontrado con ellos casi al amanecer y también le había advertido que regresaran a la casa. Cuando estos se marcharon siguió el rastro de los hombres de Martín y los encontró escondidos en una pequeña cueva cerca del rio. Dio algunas vueltas para estar seguro que estuvieran solos y finalmente se escondió detrás de unos arbustos para oír lo que decían. Uno de ellos trataba de encender el fuego, mientras el otro se encontraba acostado a tan solo unos pasos de la fogata.

—El señor se ha demorado bastante.

—Los hombres que nos venían siguiendo anoche eran de la aldea cerca del rio.

—Sí, reconocí algunos de ellos. ¿Por qué tú crees que nos veían siguiendo?

—No lo sé, pero no me gusta nada. El señor Martín nos oculta algo, esos hombres se asustaron mucho cuando le empezaron a hacer preguntas sobre el tal Thomas.

—Hable con uno de los trabajadores de la casa Reedwood y me dijo que su señor tenía un monstruo escondido en el sótano y que era el hijo de la señora Marie.

—Jamás vi a la hermana de la señora pero muchos dicen que es muy bella.

—Yo solo la vi un par de veces, su esposo era muy rico pero muy mayor para ella.

—Al parecer todos los que habitan por estos alrededores le tienen miedo.

—Si es verdad lo que dices que su hijo era un monstruo, seguro lo heredo de su padre.

—Si el señor Martín no regresa para el anochecer, nos regresamos a la ciudad.

—Salió muy molesto ayer de la casa grande, pero no quiso decir lo que le había pasado.

—Sea lo que sea que paso ahí adentro no me voy a quedar para averiguarlo. Si no está de regreso antes de que anochezca nos vamos y que las autoridades vengan a ver qué es lo que en realidad está pasando aquí.

Los hombres siguieron hablando entre ellos durante largo rato, Robert los espió hasta estar seguro de que no esperaban a nadie más y de haber oído todo lo que necesitaba saber, entonces salió de su escondite.

—Buenos días caballeros. —Los dos hombres se levantaron de un solo salto con sus puñales en mano.

—¿Usted quién es? – Dijo uno de ellos

—Me envió el señor de estas tierras.

Ambos hombres se miraron entre ellos por algunos segundos.

—¿Qué quiere usted?

—Martín, se fue anoche y me envió por ustedes.

—Usted miente, anoche habían hombres siguiéndonos.

—Su señor no va a regresar, por eso he venido por ustedes. Thomas Palmer es el dueño de todas estas tierras y está dispuesto a recompensarlos muy bien si se van de estas tierras y mantienen su boca cerrada.

—No sé quién es usted ni a que vino, pero si nuestro señor no regresa se lo diremos a las autoridades.

—Eso sería una muy mala decisión.

—Si en algo valora su vida váyase ahora mismo, nosotros somos dos y estamos armados.

—Nuevamente muy mala decisión, sobre todo si tomas en consideración que me encuentro hambriento.

El rostro de Robert se transformo, sus ojos se tornaron rojos y una enorme sonrisa dejo al descubierto sus grandes colmillos. Los hombres soltaron los puñales y salieron corriendo pero fue demasiado tarde para ellos. El vampiro los cazo uno a uno en tan solo minutos y bebió hasta la última gota de sangre de sus venas.

Cuando termino enterró sus cuerpos en el bosque, tomo sus caballos y emprendió el camino de regreso. William lo vio llegar desde el balcón de su habitación y fue a su encuentro enseguida.

–¿Los vistes?

Robert se bajo del caballo antes de contestar.

–Sí y no hagas preguntas si no quieres oír las respuestas.

–No voy a preguntarte, puedo imaginarme que fue de ellos. Como también se que le paso a Martín y a los demás anoche aunque mi padre no me lo haya dicho directamente.

–William deja de luchar contra tu naturaleza, se puede vivir sin tantos escrúpulos.

–Se puede vivir sin necesidad de matar.

–Como quieras no voy a tener esta conversación contigo, tu padre debe estar esperándome.

–Está en el salón.

–Vamos entonces.

Thomas se encontraba con Marie cuando los vio entrar.

–¿Los encontraste?

–Sí, estaban escondidos esperando por Martín. Pensaban ir a las autoridades si este no aparecía.

–¿Lograste averiguar algo?

–Estaban solos, los espié por un rato no hay nada que temer.

–No estoy tan seguro, mande por Claire y su hija.

Robert miro a Thomas con asombro.

—¿Por qué?

—Es lo mejor, estaré más tranquilo si están cerca. No sé quiénes son los acreedores de Martín pero estoy seguro que se irán en busca de Claire cuando vean que este no aparece y Claire te vio a ti y a William.

—Como quieras, pero creo que no fue buena idea.

—Es lo mejor por ahora.

—Claire vendrá con Eva.

Marie se levanto del sillón y fue hacia su esposo.

—Robert tiene razón. Claire no dejara a Eva y no sé cómo esta pueda reaccionar cuando vea a William.

—Por favor Marie, Eva no representa peligro alguno es una anciana.

—Estoy convencido que Eva no representa peligro alguno para ninguno de nosotros. – Dijo Robert. – Claire y Eva saben o al menos se imaginan lo que somos William y yo. Pero no saben nada sobre ti y muchos menos sobre Marie.

—Claire es débil siempre vivió subyugada a su padre y después a Martín, teme por la suerte de su hija y por su futuro estoy seguro que no se atreverá a hacer nada en contra de nosotros.

Thomas miró a su esposa, quien asintió con la cabeza dando su aprobación. Robert suspiro al darse cuenta que la decisión era definitiva y se marcho del salón. William no se atrevió a opinar y se marcho también.

***

REENCUENTRO

Tres días después Scarlett regreso con Claire, su hija y Eva. La mujer nunca antes había estado en la casa de Thomas y no se imaginaba que fuera tan grande. Cuando se bajaron del carruaje Marie las divisó desde la ventana y fue a su encuentro.

–¡Claire! –La mujer se volvió al oír la voz de su hermana y sonriendo la espero con los brazos abierto para abrazarla.

–Marie, que alivio encontrarte bien. – Dijo Claire abrazando a su hermana.

–Me alegre tanto cuando Thomas me dijo que había mandado por ti.

–Estas fría. ¿Seguro que estas bien?

–Estoy bien, más que bien.

–Me sorprendió mucho ver a Thomas en la ciudad. Me dijo que estabas enferma.

–Ya estoy bien.

–Marie, recuerda lo que el médico te dijo.

–Ya estoy curada hermana, no hay nada que temer.

Claire miro a su hermana con incredulidad, pero la vio tan bien y feliz que no quiso seguir preguntando.

– Me sorprendí mucho cuando vi a uno de los hombres de Thomas en la casa.

– Ya te contare adentro. – Marie se volvió para ver a su sobrina. – Katherine que linda estas. –La hija de Claire tenía casi catorce años y al igual que su madre tenía unos bellísimos ojos azules. Sonrió al ver a su tía y la abrazo tiernamente. Marie le devolvió el abrazo y la beso en la frente.

–Vamos adentro deben estar cansadas por el viaje. – Le señalo el camino a su hermana, mientras aun mantenía abrazada a su sobrina cuando vio a Eva que se bajaba del carruaje. –¿Nana?

–¿Cómo has estado Marie?

–Muy bien Nana, me sorprende verte aquí.

Claire fue hacia Eva y coloco su brazo alrededor de sus hombros.

–Yo le dije que viniera Marie. Eva no tiene a nadie más en el mundo.

–Sabia que vendría contigo, vamos adentro. –Marie entro a la casa con Katherine seguida por Claire y Eva. Ambas mujeres se quedaron maravilladas con todo el lujo que había en el salón.

–Tu casa es maravillosa Marie.

–Gracias hermana. – Margaret entro en ese momento para saludar a las recién llegadas. – Claire ella es Margaret.

–Mucho gusto señora.

Claire respondió al saludo con una sonrisa a diferencia de su hermana ella si creía en las diferencias sociales y Margaret no era no su clase.

–Margaret y su esposo me ayudan en los quehaceres de la casa. ¿Katherine tienes hambre?

–Si tía Marie.

–Perfecto. ¿Margaret acompañas a mi sobrina a la cocina para que coma algo?

–Si señora, ven Katherine.

La jovencita se soltó de la mano de su tía para tomar la de Margaret quien la recibió con una sonrisa y ambas salieron del salón rumbo a la cocina.

–Claire, se que en muchas cosas eres igual a mi padre pero en esta casa todos somos iguales.

–Marie perdona, pero no puedo evitarlo, somos diferentes en muchas cosas.

–Eso lo sé. Siéntate por favor tú también Nana.

Ambas mujeres se sentaron frente a Marie esperando a que esta hablara.

—¿Has visto a Martín? —Preguntó Marie mirando fijamente a Claire.

—No ha vuelto, lleva días fuera y ya me preocupa. Hace unos días fueron unos hombres a la casa buscándolo. No sé cómo me encontraron en casa de Thomas.

—Thomas tenía razón cuando mando por ti, no estás segura en la ciudad

—¿Tu sabes algo Marie?

—Martín estuvo aquí hace unos días con varios hombres.

—Me lo imaginaba.

—Pensaba que Thomas estaba muerto por eso vino a tratar de apoderarse de todo para cubrir sus deudas.

—Le dije que no viniera. – Claire se levanto de su asiento dándole la espalda a su hermana. – ¿Que paso?

—Se sorprendió mucho al ver a Thomas y todos sus planes se le vinieron abajo. Fue a ver al sheriff de Hertfordshire para denunciar a Thomas vinculándolo con la muerte de mi padre y la desaparición de Carl.

—Lo siento mucho, eso fue solo una escusa.

—Lo sé, tu marido no tiene fronteras cuando se trata de dinero.

—¿Que paso después?

—Thomas tuvo que amenazarlo, por suerte el sheriff es un buen amigo de Thomas desde hace años y no le creyó una sola palabra.

—No ha vuelto a la casa.

—No creo que regrese, al ver a Thomas todos sus planes se le vinieron abajo y debe estar huyendo.

—No sé cuando paso, Martín lo perdió todo y no me di cuenta.

—Claire tu no llevabas una buena relación con tu esposo, me di cuenta de ello cuando estuve en tu casa.

—Marie, no nos engañemos no nos casamos enamoradas de nuestros esposos. Nuestros matrimonios fueron convenios sellados por nuestro padre.

—A lo mejor el tuyo lo fue pero el mío no. Thomas se gano mi cariño y mi amor, no sabes cuánto lamento que tu matrimonio haya fracasado.

—Los matrimonios no fracasan son para toda la vida.

—Así es, lo siento mucho Claire. Thomas piensa que es mejor que te quedes aquí una temporada, el mando a investigar que tan crítica es la situación en la que se encuentran. Por eso mientras todo se resuelve es mejor que estén aquí.

—Te agradezco mucho tu hospitalidad y la generosidad de tu esposo.

—Somos hermanas y a pesar de todo lo que paso yo te quiero y no te abandonare.

—Gracias Marie. ¿Dónde está tu esposo?

Debe estar al regresar, salió con William y Robert hace un rato.

Claire y Eva cruzaron miradas cuando oyeron el nombre de William. Marie se dio cuenta de la reacción de ambas mujeres.

—Será mejor que descansen, Claire ya que Eva va a estar aquí podrá ocuparse de ti.

La anciana se levanto y fue hacia Marie intento tomarle la mano para acariciarla pero la mujer se alejo rechazando la caricia.

—Yo puedo ayudarte a ti también, siempre lo hice, ustedes son como mis hijas.

—Lo siento Nana, una madre apoya a sus hijas y tu no lo hiciste conmigo. Estoy de acuerdo con Claire porque que te trajo con ella. Aquí siempre tendrás un techo y

comida, siempre y cuando respetes mi casa y mi familia.
Yo no necesito tu ayuda no soy como Claire. Margaret,
Albert y Henry se ocupan de los quehaceres de la casa
porque ellos así lo decidieron no porque trabajen para
nosotros, aquí todos somos una familia así que les exijo
que respeten las reglas te esta casa. Vengan conmigo les
mostrare sus habitaciones.

Marie señalo el camino hacia las escaleras, Claire y Eva
la siguieron en silencio hacia el segundo piso de la casa.
Marie había preparado para su hermana la habitación del
final del corredor alejada de su habitación, la de Robert y
la de su hijo. Sabía que iba a resultar difícil disimular
enfrente de su hermana y Eva sobre todo cuando todos
en la casa conocían la verdadera naturaleza de los dueños
de la propiedad y ninguno de ellos tenían que ocultarse,
pero había entendido las razones de su esposo al mandar
por su hermana, estaba en juego no solo la seguridad de
esta sino también la de su propia familia. Después de
dejar instalada a Claire en su habitación bajo en busca de
Margaret y su sobrina. En la cocina se encontró con
Robert que entraba en ese momento

–¿Tu familia ya llego?

–Sí, la niña esta con Margaret en la cocina y mi hermana
se encuentra con Eva en su habitación.

–¿Has pensado como van a disimular delante de ellas?

–No lo sé, en realidad me importa muy poco.

–Marie no todas las personas reacciona bien al saber lo
que somos. A demás siempre es bueno que los humanos
se mantengan al margen de nuestra realidad.

–Lo sé, pero Thomas tiene razón cuando dice que es
mejor que estén aquí. Estando solas están a merced de
los enemigos de Martín que me imagino sean muchos.

—Espero que todo esto termine bien.

—Robert no he tenido la oportunidad de agradecerte todo lo que has hecho por mí y por mi familia.

—No tiene que agradecérmelo. Usted también ha sido muy bondadosa con Margaret y Henry, ellos son la única familia que tengo y están muy a gusto aquí, llevaban mucho tiempo solos.

—Ellos lo quieren mucho, eres como un hijo para ellos.

—Un hijo que se va y viene.

—Pero que los protege, cuida de ellos y les da cariño eso es lo que importa.

—Como usted diga. ¿Le ha ido muy bien en su nueva vida?

—Mi nueva vida es maravillosa, no puedo pedir más. ¿Mi esposo y mi hijo no estaban con usted?

—Están afuera, Thomas está hablando con Scarlett.

—Iré con Katherine con su permiso.

Thomas y William entraron en ese momento, Robert se volteo para mirarlos.

—¿Scarlett te trajo noticias?

—Sí, mejor vamos a mi despacho así hablaremos con más calma.

Los tres hombres entraron en la casa hacia el despacho de Thomas. Al entrar este cerró la puerta.

—Scarlett me trajo una nota de Winfred. La situación de Martín es realmente precaria realizo varios negocios en los últimos años en los cuales sufrió pérdidas considerables, sus acreedores ya no están dispuestos a darle más plazos. Reedwood le había prometido parte de mi fortuna pero nunca le dijo que no había logrado obtenerla. Cuando este murió se apareció en casa de Winfred a reclamar lo que él creía que le pertenecía y fue ahí donde se entero que Reedwood jamás había obtenido mi dinero y que él tampoco podría tenerlo.

–¿Quién es ese Winfred? – Pregunto Robert desde una esquina del despacho.

–Su familia ha sido uno de los principales banqueros que he tenido a lo largo de los años.

–¿El está enterado de quien eres realmente?

–No, personalmente he tenido muy poco trato con él. Albert siempre ha sido la vía de comunicación entre nosotros. Lo vi un par de veces en Londres antes de mi matrimonio con Marie cuando dispuse la suma que Reedwood recibió a cambio de mi matrimonio con ella. El conocía muy bien la clase de persona que era mi suegro por eso tenía órdenes muy precisas de mi parte.

–¿Bueno y entonces que harás ahora?

–Según Winfred, Martín le dijo a sus acreedores que estaba respaldado por mi fortuna, algunos de estos ya han ido a visitar a Winfred y también han estado a ver a Claire. Se encuentran furiosos pues saben que estoy vivo y creen que mi muerte fue una mentira de Martín.

–¿Entonces Winfred sabía que estabas vivo?

–Digamos que nunca le creyó a mi suegro. Albert continuo visitándolo todos estos años sin fallar un solo día, los negocios continuaron su curso. No olvides que siempre mantuve contacto con Albert por eso nunca accedió a darle nada a Reedwood.

–¿Y ahora que pretende hacer? – pregunto William quien había permanecido callado hasta ese momento.

–Nada, legalmente no tienen derecho alguno. Lo único que me preocupaba era Claire y Eva solas sin ninguna protección. Aunque no están seguras de lo que paso en casa de Reedwood, ni de quienes somos realmente es mejor tenerlas cerca. En estos momentos cualquier cosa por mínima que sea puede resultar en una amenaza contra nosotros.

–¿Y que pasara cuando Martín no aparezca?

–Es muy probable que todos piensen que desapareció. Cualquier persona lo haría en su lugar. Gideon testificara a mi favor si es necesario.

Robert camino hacia la puerta mientras hablaba.

–En parte tienes razón aunque sigo pensando que no fue buena idea traer a la hermana de tu mujer y a su Nana. Esperare a que las cosas se calmen un poco y luego me iré, no pretendo dejarlos solos en esto.

William miro a Robert y luego se volvió hacia su padre. Espero a que la puerta se cerrara antes de hablar.

–¿En realidad cree que todo va a salir bien?

–Si William, solo hay que esperar un tiempo a que todo se calme. Puede ser que tengamos alguna que otra visita pero nadie tendrá motivos para desconfiar de nosotros.

–No confió en Eva.

–Eva es una anciana que vivió toda su viva subyugada a tu abuelo. Estoy convencido que Marie sabrá controlarla.

–Recuerdo que en muchas ocasiones mi madre le suplico que la ayudara y siempre se negó. Me miraba con miedo y repulsión.

–Aquí las cosas son diferentes, recuerda que tus eres el dueño de esta casa y que todos los que habitan bajo este techo te deben respeto.

–Es difícil cambiar de un día para otro.

–Sé que es difícil, pero debes hacerlo. William, tu vida es diferente ahora no tienes nada que temer.

–Gracias padre. Con su permiso.

William se marcho del despacho dejando solo a su padre.

Thomas se dejo caer en la silla detrás de su mesa y hundió la cabeza entre sus manos. Se sentía agotado, habían sido muchas emociones fuertes en los últimos días. Sintió unos toques en la puerta y al levantar la mirada se encontró con Marie quien le sonreía.

–¿Te molesto?

–Tu nunca molestas, ven aquí. –Thomas extendió sus brazos y Marie se refugió en ellos sentándose sobre su esposo. – ¿Y tu hermana?

–Está en su habitación descansando. ¿Estás preocupado?

–No, solo que han sido muchas cosas en muy poco tiempo.

–Lo siento.

–Tú no tienes la culpa de nada, a veces pienso que no merezco tu cariño después de todo el sufrimiento que te cause al marcharme.

–No digas eso, sabes que te amo. Hace un rato cuando hablaba con mi hermana sentí pena por ella. Ha vivido una vida miserable al lado de Martín. Para ella el matrimonio es solo una obligación y no la unión de dos personas que se aman.

–Nuestro matrimonio también fue un negocio sellado por tu padre. Me enamore de ti desde el primer momento en que te vi. Como me dijo Martín el otro día, tenias muchos pretendientes, la noche en que tu padre nos presentó pensé cancelar el compromiso al día siguiente, eras muy joven y merecías una vida normal al lado de un hombre normal que te valorara. Pero luego comprendí que si no era a mí tu padre te entregaría a cualquier otro, así que desistí de la idea y seguí con el compromiso. Jamás pensé que me llegaras a querer, solo quería protegerte de tu padre y darte una vida más placentera.

Marie sonrió, puso su dedo en los labios de su esposo para que dejara de hablar y luego lo beso tiernamente.

–Me enamore de ti, y eso es lo que importa ahora. Jamás pude olvidarte por mucho que mi padre insistía en que habías muerto; había algo en mi corazón que me decía que volvería a verte. Ahora somos una familia y nadie nos podrá separar jamás.

–Tienes razón, te prometo que estaremos unidos para siempre.

–Por toda la eternidad. – Marie volvió a besar a su esposo una y otra vez.

–Robert me dijo que se quedaría algunos días hasta que todo se calmara y que luego se marcharía.

–Será una lástima, me imagino que Margaret y Henry se quedaran con nosotros.

–Seguro, están muy mayores y a Robert les preocupa su seguridad.

–William lo extrañara.

–Me preocupa que quiera marcharse con él. – Thomas miró a su esposa. – ¿Te importaría?

Marie se levantó y se alejo de su esposo dándole la espalda.

–¿Que te hace pensar que se quiere marchar?

–Es natural Marie, es joven y seguro quiere ver el mundo.

–Es muy joven aún.

–Solo de edad, pero tiene la fortaleza de un hombre.

–¿Lo dejarías?

–Marie, los hijos no siempre se quedan con sus padres.

–Pero William siempre ha estado conmigo.

–Entiendo que estés muy unida a el por todo lo que paso. Fueron muchos años viviendo encerrados dentro de cuatro paredes, pero ahora todo cambio y él es libre.

—Sabía que algún día se marcharía pero no pensé que fuera tan pronto. ¿Te dijo algo?

—No fue necesario lo vi en su mirada cuando Robert hablo de marcharse.

—Espero que Robert no decida marcharse muy pronto. Iré a ver a Claire, con tu permiso.

Marie dejo solo a su esposo en el salón y fue en busca de Claire. Al subir las escaleras sintió la suave melodía proveniente del piano, al mirar por la amplia puerta que daba al salón vio a su hijo sentado en él, lo observo por un rato antes de marcharse. A lo mejor su esposo tenía razón y William pensaba marcharse, estaba consciente que le dolería estar separada de él pero si eso lo hacía feliz no se opondría en lo absoluto.

La música proveniente del piano inundo toda la casa, William era un excelente pianista y disfrutaba de esos momentos frente al piano, una risita proveniente del pasillo lo hizo volverse, sin levantar las manos del teclado Katherine lo observaba detrás de la cortina. Era la primera vez que veía a su prima, la jovencita tenía una mirada encantadora su rostro era una mezcla de Claire y de su madre.

—¿Te gusta la música? – Le pregunto William sin dejar de tocar, Katherine asintió con la cabeza. – ¿Sabes tocar el piano?

—Solo un poco.

—¿Te gustaría aprender?

—Mi mama no toca mucho.

—¿Te gustaría que te enseñara?

—Tú tocas muy bien.

—Ven siéntate a mi lado y te enseño.

Katherine fue hacia William y se sentó a su lado. Sus manos se mezclaron con las de su primo y la melodía se volvió más fuerte.

–¿Cómo te llamas?– Pregunto la jovencita.

– William y tú debes ser Katherine.

– Así es.

–Mi madre me ha hablado mucho de ti.

–Entonces tú eres el hijo de mi tía Marie.

–¿Te agrada mi madre?

–Tía Marie es muy buena conmigo, la he visto muy pocas veces pero cada vez que la veo es muy cariñosa conmigo.

–Tú eres una jovencita muy dulce. Una amplia sonrisa apareció en el rostro de la joven, sus manos continuaron jugueteando sobre el teclado. William la dejo sola y se limito a observarla.

–¡Katherine! – Un grito proveniente de las escaleras asusto a Katherine que se levanto rápidamente. William se volvió y se encontró con la mirada asustada de Eva. – Aléjate de ella. Katherine ven acá inmediatamente.

–Katherine miro a William y corrió hacia Eva, la mujer la tomo de la mano para llevarse la con ella, pero la voz fuerte de William la detuvo.

–Katherine ve con tu madre, Eva se queda pues necesito hablar con ella.

La mano temblorosa de Eva soltó a Katherine quien subió corriendo las escaleras. Eva se quedo en el lugar asustada sin poder moverse. William se acerco a ella, su rostro había cambiado y sus ojos se habían tornado rojos. Eva bajo la cabeza, no se atrevía a mirar al joven de frente.

–¿Por qué lo hizo?

–No me gusta que la niña Katherine este cerca de usted.

–¿Por qué?

–Temo por ella.

–Eva, yo soy el dueño de esta casa. ¿Entiendes eso verdad?

–Sí señor.

–Ahora soy yo quien da las órdenes.

–Sí señor.

–No me importa lo que piense usted o la hermana de mi madre. Espero que esta situación no se vuelva a repetir.

–Disculpe señor. La niña Katherine es muy joven, ella no sabe nada y no quiero que le suceda nada malo. – Eva temblaba de miedo, William estaba muy cerca de ella y podía sentir el frío aliento del joven en su rostro.

–Katherine es mayor que yo, nada malo le va a suceder en esta casa. Usted también estará a salvo si sabe comportarse como es debido.

–Lo siento señor.

–Eva los tiempos cambian y las situaciones también. Usted hizo sufrir mucho a mi madre, pero eso no va a volver a pasar, no bajo mi techo. ¿Me entendió?

–Sí señor.

–Muy bien, puede retirarse.

La anciana bajo la cabeza y subió las escaleras hacia la habitación de Claire. William la observo mientras subía, la mano de Marie se poso en su hombro y lo hizo volverse, sus ojos aun estaban rojos por la rabia. Marie lo miro detenidamente y se dio cuenta de que algo pasaba.

–¿Hijo estas bien?

–Si madre, estoy bien. – William bajo la cabeza tratando de componer su rostro cuando levanto la mirada sus ojos ya habían vuelto a la normalidad.

–No me mientas, te conozco. ¿Qué paso?

–Es Eva.

–¿Que paso con Eva?

–Vi a Katherine, estaba sentada conmigo cuando Eva llego y la asusto gritándole que se alejara de mí.

–Es increíble. ¿Qué hiciste?

–Le dije que mientras estuviera bajo mi techo tenía que comportarse. Madre no me gusta imponer mi voluntad, nunca lo he hecho, pero no voy a tolerar que se comporte de esa manera.

–Tienes razón hijo, no tienes porque permitirlo. Esta es tu casa y aquí se hace lo que tú digas.

–Eso mismo me dijo mi padre, no quiero que se sienta mal por lo que hice.

–¿A qué te refieres?

–Se que sufrió mucho en casa de su padre por el trato que Eva me daba.

–Esos tiempos quedaron atrás William. No te preocupes por mí no soy tan débil como tú piensas.

–Eso es verdad, siempre me sorprendes madre. – William sonrió y beso a su madre en la frente.

–Voy a ver a Claire, nos vemos luego hijo.

Marie subió las escaleras hacia la habitación de Claire, toco suavemente en la puerta antes de entrar. Cuando abrió la puerta se encontró a Katherine quien estaba sentada con la cabeza baja en un rincón. Su hermana estaba junto a la ventana al lado de Eva quien al ver entrar a Marie bajo la cabeza.

–Vine a ver si necesitabas algo.

Claire miro a Eva antes de contestar.

–Marie creo que necesitamos hablar.

–Tienes razón.

–Me preocupa la seguridad de Katherine.

–Katherine está más segura que nunca en esta casa Claire. – Marie se volvió hacia su sobrina. – ¿Katherine quieres bajar al jardín?

La jovencita levanto su rostro y miro sonriendo a su tía.

–¿Puedo bajar?

–Si cariño, Albert esta con los caballos en el patio. ¿Te gustan los caballos Katherine?

–Si tía.

–Muy bien, estoy segura que debe haber alguno para ti.

Katherine miro a su madre buscando su aprobación.

–Mi madre me dijo que no debía salir sola de la habitación.

Marie miro a Claire y luego se acerco a su sobrina y le acaricio el rostro.

–Ve cariño, tu madre y yo debemos hablar en privado. Aquí no tienes nada que temer puedes ir adonde tú quieras.

–Gracias tía. – La jovencita beso a su tía en la mejilla y salió corriendo de la habitación.

Marie espero a que la puerta se cerrara antes de hablar.

–Bien. ¿De qué tienes que hablar conmigo hermana?

Claire miro a Eva antes de hablar, luego camino unos pasos acercándose a Marie.

–Eva me contó que hace un rato encontró a tu hijo con Katherine en el salón.

–Así es. ¿Hay algún problema?

–Marie temo por mi hija. Por favor, no pretendas ocultar la realidad. Nosotras sabemos que tu hijo no es normal que hay algo raro en el.

–Tienes razón, mi hijo es único pero eso no lo convierte

en un demonio. William tiene mejores sentimientos que cualquiera de nosotros incluyendo me a mí.

—¿A qué te refieres?

—A que pudo a ver matado a Eva cuando fue por mí. – La anciana se estremeció al oír a Marie, recordaba muy bien aquella noche, los ojos rojos que la miraban y los grandes colmillos. Claire la miro y descubrió el miedo en sus ojos. – Sin embargo, a pesar de todo el daño que Eva nos hizo al ser la aliada fiel de mi padre William no le hizo daño a ella.

—¿A dónde quieres llegar Marie?

—Claire, ahora vives en esta casa, no tienes a donde ir. Los acreedores de Martín están desesperados y este no creo que aparezca, esta es mi casa como te dije y aquí estarás segura siempre y cuando aceptes que las personas que vivimos aquí somos diferentes.

—¿A qué te refieres? —Claire se acerco mucho más a su hermana. – ¿Marie me estas asustando?

—No es necesario que te asustes, no tienes porque asustarte. La cena se sirve a las 8:30 pm solo cenaran tu, Katherine y Eva. Margaret y los demás comen en la cocina. Eva se encargara de servirles, Margaret ya tiene suficiente trabajo con toda la casa.

—¿Tu no cenaras con nosotras?

—No hermana, yo ceno con mi esposo y mi hijo. Robert también está viviendo aquí, es amigo de Thomas y gracias a él mi hijo está con vida. Con esto te digo que te encontraras con el muy a menudo.

—¿Confías en ese hombre?

—Sí, y no voy a discutir contigo los detalles.

– No te reconozco Marie, cuanto has cambiado.

—Tienes razón, Claire te quiero, pero no olvido que me

dejasteis sola cuando más te necesite.

—¿Jamás me perdonaras?

—Claire, no lo sé.

—Hermana solo estamos nosotras, no es bueno guardar rencores.

—Tienes razón, estoy segura que Katherine es lo más importante para ti, al igual que William es importante para mí.

—Es verdad, es tu hijo y no puedo juzgarte.

—William no representa un peligro para ustedes, date la oportunidad de conocerlo.

—Este bien hermana, confió en ti.

—Gracias Claire. — Marie se volvió hacia Eva. — Nana espero que tu también entiendas cuán importante es para mí vivir en paz al lado de mi familia.

—Marie te prometo que no volverá a pasar.

—Gracias Nana. Claire después de la cena estaré en el salón podemos conversar un rato.

—¿Tu hijo estará contigo?

—No, William sale casi todas las noches con Robert, solo nos quedamos Thomas y yo. No sé si salga esta noche pero siempre tiene cosas que hacer así que casi nunca se sienta con nosotros.

—Te veré luego hermana.

—Hasta luego Claire.

Marie salió de la habitación, Claire se volvió hacia Eva cuando la puerta se cerró.

—¿Qué piensas Nana?

—No lo sé Claire, todo esto es muy raro.

—Tienes razón Nana, pero no tenemos adonde ir. A demás Thomas siempre ha sido un buen hombre no creo que nos haya traído aquí para hacernos daño.

–No hablo de Thomas, es en el hijo de Marie en quien no confió, además esta ese otro hombre tu misma lo viste.

–Lo sé, Robert.

–Si niña, tu hermana confía en él pero yo no. Estoy segura que ese hombre fue el causante de la muerte de tu padre.

–¿Por qué dices eso Nana?

–Ese señor fue el último en ver a su padre bien.

–¿Que quieres decirme?

–Ese señor visito a su padre unos días antes de que su hermana desapareciera. Carl me dijo que su padre había confiado en él para deshacerse del hijo de Marie, y unos días después Carl desaparece y su padre se enferma de la noche a la mañana.

–Entonces Robert es el responsable de la muerte de mi padre.

–Si niña, y no creo que a Carl le haya ido muy bien.

–Ay Nana, no sé qué podemos hacer. No tengo a quien acudir, Martín no aparece y no tenemos a donde ir.

–Marie siempre ha estado ciega con lo que respecta su hijo pero si podemos demostrarle la clase de criatura que es realmente a lo mejor reaccioné y también el señor Palmer se dé cuenta de quién es ese Robert en realidad.

–Nana todo esto es muy confuso, creo que es mejor confiar en Marie. Ella nos quiere y estoy segura que no dejara que nada malo nos pase.

–Niña, no se confié en lo que dice su hermana.

–Nana, dejemos eso a un lado.

Eva asintió con la cabeza y abandono la habitación. El día termino sin más contratiempo, Claire se reunió con su hermana después de la cena en el salón donde estuvieron conversando hasta muy entrada la noche,

Thomas las acompaño durante un rato y después se retiro dejándolas solas. Katherine estuvo sentada al piano durante un rato tocando una y otra vez las notas que había aprendido en la tarde con William. Su tía se unió a ella y ambas tocaron algunas piezas juntas mientras Claire las observaba sentada en un sillón cercano. Eva se había retirado temprano a su habitación estaba muy inquieta por lo sucedido durante la tarde, había visto los ojos rojos de William y había sentido su frío aliento, estaba aterrorizada. La noche era clara y el cielo se encontraba despejado, miro por la ventana y vio una sombra deslizarse desde un balcón. Eso la asusto aun mas, fijo la vista y descubrió la figura de William saltando desde su balcón, al mirar hacia abajo vio a Robert quien esperaba al joven recostado a una pared cercana, ambos se reunieron cerca de los establos para después saltar el alto muro que separaba la casa del bosque. Eva los observo asustada desde donde estaba, una persona corriente no hubiera podido saltar de esa manera, debía buscar la forma de hacerle entender a Marie la clase de criatura que era su hijo. Estuvo despierta casi toda la noche, no dejaba de mirar por la ventana, casi amaneciendo vio al joven saltar el muro acompañado por Robert. Ambos reían y jugaban entre ellos, en los establos descubrió a Marie que salía al encuentro de su hijo. Había algo raro en ella, la observo fijamente tratando de descifrar que era. Marie llevaba puesto el mismo vestido de la noche anterior era como si no se hubiera ido a dormir, detrás de ella apareció Thomas quien saludo a Robert y a su hijo. Todos estuvieron hablando durante un buen rato en el patio, varios caballos llegaron en ese momento, eran los hombres que trabajaban en la propiedad reconoció a Scarlett quien había ido por ella y por Claire a la ciudad. Marie se retiro enseguida al interior de la casa. Thomas, William, Robert y otro hombre continuaron hablando en el patio mientras los otros desaparecieron dentro de los establos. Parecía que Thomas estuviera dando las ordenes para las labores diarias era como si todos estuvieran conscientes de lo que pasaba en realidad en esa casa. Dos hombres salieron de los establos cargando el cuerpo sin vida de un gran ciervo. Después de largo rato Thomas entro en la casa y vio a Robert saltar nuevamente el muro cargando un gran barril, William lo siguió minutos después y ambos desaparecieron en el bosque. El otro hombre que los acompañaba los observaba desde el patio, cuando desaparecieron en el bosque se reunió con Scarlett y ambos salieron a caballo minutos más tarde. Sin lugar a dudas todos sabían lo que pasaba en esa casa incluyendo Marie. Se vistió rápidamente y salió de su habitación en busca de Claire. Encontró a la mujer con su hija en el comedor acompañada por Margaret.

–¿Dónde has estado Nana?

–Claire debemos irnos de aquí inmediatamente. – La voz de Eva temblaba. – Algo muy raro sucede aquí Claire.

Claire se levanto asustada.

–Nana cálmate. ¿Qué te sucede?

Margaret dejó la bandeja que llevaba sobre la mesa y tomo a Eva de la mano.

–Es mejor que usted me acompañe a la cocina.

–Usted no me toque, usted sabe lo que pasa aquí, todos lo saben.

–En esta casa no pasa nada Eva.

–No mienta

Claire se interpuso entre Eva y Margaret.

–Nana basta ya. ¿Dime de una vez que te pasa?

–Niña vámonos de aquí, por favor.

–Nana ya te dije que no tenemos donde ir. Además no entiendo porque estas tan asustada.

–Claire algo no está bien, vi al hijo de Marie y a ese joven salir anoche juntos.

–¿Y qué pasa con eso Nana? Marie me dijo que su hijo y ese joven salen casi todas las noches.

–No es normal Claire saltaron del balcón.

–No te estoy entendiendo nada Nana.

Margaret interrumpió la conversación

–Su Nana se refiere a que al joven William le gusta hacer travesuras al igual que a Robert.

Claire se volvió hacia Margaret.

–¿Robert? – Le resulto extraño la forma tan familiar en la que Margaret se refería al hombre.

–Robert es como un hijo para mi esposo y para mí. Vivimos con él desde hace varios años y le tenemos mucho cariño.

–¿Usted confía en él?

–Si señora, Robert es muy buena persona. Con su permiso voy por la leche.

Margaret salió del comedor, tan pronto se marcho Eva se dirigió nuevamente a Claire en voz baja.

–Claire no seas terca, vámonos de aquí.

–Hay Nana quisiera que me entendieras.

–Debes estar muy alerta Claire. Algo raro pasa en esta casa, y creo que todos los que viven aquí lo saben.

–¿Y según usted que es lo que pasa en esta casa? – la voz de Thomas la estremeció y quedo clavada al suelo sin poder moverse. – La escucho Eva, yo también deseo saber qué es lo que pasa en mi casa por lo que usted esta tan asustada.

–Thomas, no hagas caso Eva está muy nerviosa por todo lo que nos ha pasado. – Claire fue hacia su Nana y la tomó por los hombros.

–Es cierto, veo a tu Nana un poco nerviosa y quisiera saber por qué.

Eva miro a Claire asustada y luego se dirigió a Thomas sin mirarle a los ojos.

–Anoche vi a su hijo y a ese joven saltar por el balcón, luego hace un rato los vi saltar el muro del fondo. Como comprenderá eso es algo imposible para una persona normal.

–Saltar un muro, o saltar de un balcón no parece ser nada escalofriante.

–Señor usted sabe que algo pasa con su hijo.

–Eva, mi hijo está muy bien. Le agradezco su preocupación hacia mi familia, pero es mi responsabilidad como hombre de esta casa y como esposo de Marie velar por el bienestar de mi familia, ya que considero que no debo delegar en nadie esa responsabilidad. Mi suegro se encargo de hacer miserable a Marie por más de doce años y usted fue su aliada, he decidido olvidar lo pasado y empezar de nuevo, espero que usted haga lo mismo. No deseo que nada interfiera la paz de mi hogar. ¿Me entiende verdad?

Eva levanto la mirada por unos segundos y sus ojos se encontraron con los de Thomas, los fríos ojos del hombre estaban fijos en ella y eran aterradores.

–Si señor con su permiso.

–Gracias Eva. – Thomas se hizo a un lado y la anciana

salió del comedor.

—Disculpa Thomas, Eva está muy mayor y no sé qué hacer para que desista de todas esas ideas.

—Claire, entiendo que Eva es como una madre para ti pero no voy a permitir que interfiera en mi vida y en la de mi familia.

—Thomas quiero que seas sincero conmigo.

—¿A qué te refieres?

—¿Sabes realmente que pasa con tu hijo en realidad?

—Claire, William es el resultado de mis errores.

—¿A qué te refieres?

—Todos ustedes han culpado a Marie y la han castigado durante años por haber tenido un hijo como William. Pero en realidad yo soy el verdadero culpable, hace muchos años decidí cambiar mi vida para siempre, estaba enfermo y me encontraba desesperado y lo que paso en ese momento marco mi vida para siempre, también marco la de Marie por confiar en mí y por supuesto la de mi hijo.

—¿No te estoy entendiendo?

—No es necesario que me entiendas, solo quiero que sepas que tanto tu hija como tu están seguras en esta casa, no tienen nada que temer. Marie está muy contenta de tenerlas aquí, y a ti también te hace falta estar con tu hermana.

—Es verdad, anoche disfrute mucho estar con ella, Marie yo solíamos ser inseparables cuando éramos jóvenes.

—Ahora tienes esa oportunidad, no la eches a perder por Eva.

—Tienes razón Thomas, durante años ha cuestionado mucho a mi hermana sin motivo alguno. Te prometo que no volver a dudar de ella, ya que estoy segura que nunca permitiría que nada malo nos pase a mi hija y a mí.

–Gracias Claire.

–¿Te quedas a desayunar con mi hija y conmigo?

–Gracias por la invitación pero tengo cosas que hacer. Buen provecho.

Thomas salió del comedor hacia el interior de la casa y Claire se sentó en la mesa para desayunar con su hija. Eva salió corriendo del comedor después de haber hablado con Thomas al pasar por la habitación de Marie sintió pasos en su interior y toco en la puerta. La voz de Marie le contesto del otro lado diciéndole que entrara. La anciana abrió la puerta y entro, Marie estaba terminando de vestirse. Eva se fijo en la cama intacta sin tocar, eso le confirmaba de que María no había dormido en ella. La mujer se volvió hacia su Nana sin dejar de vestirse.

–¿Sucede algo Nana?

–Necesito hablar contigo.

–Te escucho.

–Déjame ayudarte. – La anciana fue hacia Marie para ayudarla con el vestido, sus manos rozaron la fría piel de la mujer. – Estas fría.

–Estoy bien. – La respuesta de Marie fue cortante. – ¿Que quieres Nana?

Eva bajo la cabeza y se alejo de Marie.

–Me duele que me trates así.

–Lo siento Nana, sabes perfectamente mis motivos.

–Lo sé, no es necesario que me lo digas. ¿Anoche no dormisteis en tu cama?

–Nana estoy en mi casa con mi esposo, no entiendo porque tengas que vigilarme.

–Te vi entrar temprano.

–¿Que quieres saber Nana?

–¿Que está pasando Marie?

–¿En verdad quieres saberlo?

–Me preocupa tu seguridad Marie.

–No te preocupes por mi Nana, yo estoy bien. Te daré un consejo no preguntes tanto, no quieras saber más de lo que te conviene, porque podrías llevarte una sorpresa.

–Sabes quién es tu hijo realmente. ¿Verdad?

–Si Nana. Sé exactamente quien es mi hijo.

–¿Marie no te da miedo?

–No Nana, no me da miedo. ¿Nana no te cansas de insistir en lo mismo?

–Temo por ustedes Marie. Debes hablar con tu esposo, es preciso que lo mande lejos.

–Jamás Nana, mi hijo se queda conmigo te guste o no.

–Marie, yo las he criado como si fueran mis hijas no deseo ningún mal para ustedes, no me obligues a tomar una decisión drástica.

Los ojos de Marie se tornaron rojos, su rostro se transformo y sus labios dejaron al descubierto sus grandes colmillos. Eva apenas había terminado de hablar cuando Marie se abalanzó hacia ella tirándola al piso. La anciana no podía creer lo que sus ojos estaban viendo.

–¿Me estas amenazando Nana? – Los aterrados ojos de la anciana se encontraron con la mirada fiera de Marie.

–¡Marie!

–No más amenazas Nana. Ya basta, ya sabes quién soy en realidad.

–¿Eres un monstruo?

–Así es, soy un monstruo que puede acabar con tu vida en este momento. Ahora quiero que me escuches muy bien Nana porque no voy a repetir mis palabras. Este es mi territorio y aquí soy yo quien pone las reglas. Te vas a quedar muy tranquila Nana y no vas a decir una sola palabra, si me entiendes ¿Verdad?

–Si Marie. – La anciana temblaba de miedo bajo las manos de la mujer.

–Muy bien entonces. – El rostro de Marie volvió a la normalidad y se incorporo extendiéndole su mano a la anciana que aun se encontraba en el piso sin poder moverse. – ¿Te ayudo Nana? – La voz de Marie había cambiado por completo. Eva se incorporo con mucho trabajo sin aceptar la ayuda de Marie. Miro nuevamente a la mujer y salió de la habitación muy asustada.

***

RESOLUCIÓN

Eva salió de la habitación corriendo, se encontraba totalmente perdida, Marie se había convertido en un monstruo, quizás su mismo hijo había sido el responsable de su transformación. Tenía miedo por Claire y por Katherine, ellas eran su única familia. Marie ya no podía ser salvada había entregado su alma al diablo, y ya no tenía ninguna duda, Thomas también era uno de ellos. Estuvo todo el día escondida en su habitación mirando por la ventana, los hombres de Thomas iban y venían ocupados en sus quehaceres. ¿Todos ellos serán como Marie? Tenía que buscar la oportunidad de salir de allí y pedir ayuda. No conocía el lugar pero había visto una aldea cerca del rio, esperaría a que cayera la noche e iría a buscar ayuda.

El día paso rápido, había decidido quedarse en su habitación observando por la ventana. Marie y Claire estuvieron casi toda la tarde en el jardín mientras William enseñaba a montar a su prima en un hermoso potrillo, la jovencita se encontraba feliz. Robert salió después del mediodía con Thomas y regresaron al caer la noche. Los hombres se fueron al anochecer y solo quedo el viejo Albert en lo establos esa era la oportunidad que estaba esperando, bajo las escaleras del fondo para no ser vista y salió directo a los establos. Desde ahí vio a Margaret, Henry y Albert en la cocina sentados en la mesa. Silenciosamente tomo uno de los caballos y lo llevo por las riendas hasta la puerta que aun no se encontraba cerrada. Ya afuera de la propiedad se monto en el corcel y salió a todo galope en busca de ayuda. Le tomo más de dos horas llegar a la aldea, llevaba años sin montar a caballo y su visión tampoco era la mejor. Al llegar a la aldea casi todos se habían retirado solo encontró dos hombres cerca de un gran fuego justo en el centro quienes le salieron al paso.

–¡Alto! – Dijo uno de ellos. – ¿Quién es usted?

Eva se bajo del caballo con mucho trabajo, le costaba respirar.

–Vengo a ver a su jefe. ¿Donde se encuentra?

–¿Quien lo busca? – Pregunto el otro hombre con la mano en el puñal que llevaba en la cintura.

–Mi nombre es Eva, estoy hospedada en la casona cerca del bosque y es importante que hable con él. ¿Todos podemos estar en peligro? –Ambos hombres intercambiaron miradas, luego uno de ellos se dirigió a la anciana.

–Sígame.

Eva asintió con la cabeza y caminó detrás del hombre hacia una pequeña casa de madera ubicada cerca del centro. El hombre dio unos suaves toques en la puerta antes de entrar. Cedric estaba sentado en la mesa con su esposa comiendo cuando vio al hombre parado en la

entrada, este le hizo una señal con la cabeza y dio unos
pasos para que el hombre pudiera ver a la mujer detrás
de él. Cedric hablo algo con su esposa en voz baja y esta
se levanto de inmediato y salió por la puerta trasera.
—¿Que sucede?
El hombre entro en la estancia seguido por Eva.
—Esta señora desea hablar con usted, dice que se hospeda
en la casa del señor Palmer.
—¿Quién es usted? – Le pregunto Cedric a la mujer.
—Mi nombre es Eva, llegue hace unos días acompañando
a la hermana de la señora Marie, la esposa del señor
Palmer.
—¿Y qué hace aquí?
—No conozco a nadie en la zona, jamás había estado aquí
antes y tengo mucho miedo por mi señora y su hija.
—¿Pero usted misma ha dicho que es la cuñada del señor
Palmer? No entiendo a dónde quiere llegar.
—Algo pasa en esa casa, se lo aseguro. Mi señor, el padre
de la señora Marie le tenía mucho miedo al hijo de esta.
Cedric se levanto de la mesa y camino hacia la anciana,
miro de reojo al hombre que estaba a su lado.
—Señora, lo que sucede en esa casa no es asunto nuestro.
—Usted no entiende, todos en esa casa están poseídos
incluyendo mi señora Marie y ahora su hermana y su hija
están en peligro. Necesito hacer algo para salvarlas si
usted no puede ayudarme me iré al pueblo más cercano a
buscar ayuda, estoy segura que nadie en esta zona esta
salvo teniendo una casa llena de vampiros tan cerca.
—Cedric se estremeció al oír a la mujer, Eva estaba
equivocada todos por la zona conocían la naturaleza del
señor, pero lejos de temerle se sentían protegidos.
Durante muchos años sufrieron los abusos de los ricos

que saqueaban sus tierras llevándose sus cosechas. Ninguno de ellos deseaba otro señor y habían jurado proteger el secreto de su existencia por su propio bien y el de sus descendientes.

—Señora, usted no sabe lo que dice.

—No entiende, son demonios los he visto.

—Usted está muy alterada, ya es muy tarde, creo que será mejor que pase la noche aquí en mi casa. De todas formas no creo que podamos hacer nada durante la noche, en la mañana podremos conversar con más calma y buscaremos la manera de salvar a su señora.

—Gracias

—Iré por mi esposa. — Cedric salió de la estancia seguido por el hombre que había permanecido callado todo el tiempo. Encontró a su esposa afuera, le hablo en voz baja y esta entro en la casa.

—Ve ahora mismo ha avisarle al señor lo que está pasando. Esa mujer está muy alterada y no creo poder convencerla de que se mantenga callada.

—Esa mujer es un peligro, yo digo que la matemos.

—No puedo hacer nada sin la autorización del señor Palmer.

—Escucha muy bien Cedric, tengo dos hijos y una esposa que alimentar no voy a permitir que una vieja ponga en riesgo la tranquilidad de mi familia. ¿Sabes lo que pasaría si otros descubren la verdadera naturaleza del señor y su familia? Lo despojarían de todo y nuestras familias volverían a vivir en la pobreza.

—Se muy bien a lo que te refieres, pero no podemos hacer nada sin antes tener su autorización.

—Como usted diga.

El hombre se perdió en la oscuridad y segundos más

tarde se oyó el galope de un caballo que se alejaba.
Cedric sintió un ruido a su espalda y al volverse se
encontró con la mirada aterrada de Eva.

–¿Usted mando por ellos?

–Señora necesita calmarse, no entiendo de que habla.

–¡Oí lo que le decía, ustedes también saben y no van a
hacer nada! – Eva gritaba de desesperación.

–Baje la voz o despertara a todos en la aldea.

–Eso es lo que quiero que todos se enteren que usted y
sus hombres protegen a esos demonios.

–Señora baje la voz. – Cedric fue hacia la mujer y trato
de tomarla por el brazo.

–No me toque. – Eva se alejo del hombre. – Usted es
igual que ellos.

Cedric trato de agarrarla pero la mujer salió corriendo.

–Espere adonde va, es de noche.

Eva no hizo caso y corrió hacia el bosque, al escuchar
los gritos de Cedric tres de sus hombres fueron hacia el

– ¿Que pasa señor?

– Vayan tras ella no podemos permitir que llegue al
pueblo. –Los hombres salieron corriendo tras la mujer
quien se había perdido en la oscuridad de la noche.

Casi una hora más tarde el enviado de Cedric llegaba a la
casa de Thomas. Robert y William estaban sentados en
el muro cuando oyeron el galope del caballo que se
acercaba.

–¿Alguien se acerca? – Robert se incorporo de inmediato
y de un solo salto llego a la puerta. – ¡Alto! – El recién
llegado se asusto al ver al hombre que apareció de la
nada, tuvo que sujetarse fuertemente para que el caballo
no lo tirara al suelo.

–Vengo de parte de Cedric.

William ya había llegado al portón, tomo el caballo del hombre por las riendas para que este pudiera bajarse.

–¿Que sucede? – Pregunto inquieto mirando a Robert.

–Necesito hablar con el señor Palmer, es urgente.

–Mi padre está adentro. ¿Qué es lo que pasa?

–Una señora que se encuentra hospedada aquí, se apareció en la aldea hace un rato amenazando con ir al pueblo si no la ayudamos a destruir las criaturas que habitan en esta casa.

William y Robert intercambiaron miradas.

–Tiene que ser Eva. ¿Cómo pudo salir sin que nos diéramos cuenta? – Pregunto William mirando al hombre.

–Ella misma señor, me dijo su nombre cuando llego. Cedric me envía pues no sabe qué hacer, le ha dicho que esperara hasta mañana para tomar una decisión pero esa señora está muy alterada.

–William ve con tu padre, debes decirle lo que pasa. Usted regrese de inmediato yo me uniré con ustedes en la aldea.

–Sí señor. ¿Qué le digo a Cedric?

–No se preocupe, yo llegare primero que usted.

El hombre asintió con la cabeza y de inmediato se perdió en el camino.

–Los espero en la aldea.

–¿No vas a ir a caballo?

–No, trata de que Claire no se entere y ustedes tampoco vayan a caballo así nadie en la casa sospechara nada.

–Te veo en un rato. – William entro en la casa y Robert desapareció en el bosque.

Claire y Marie estaban sentadas en el salón bordando cuando William entro en la estancia.

–¿Madre ha visto a mi padre?

–Está en su despacho. ¿Sucede algo William?

–No madre, no se preocupe. Con su permiso.

William se marcho rápidamente, Marie lo observo desde su lugar. Claire siguió al joven con la mirada y luego se dirigió hacia su hermana.

–¿Tu hijo es muy respetuoso con Thomas?

–Sí, desde el primer día que lo conoció.

–Tenías razón cuando me dijiste que me diera la oportunidad de conocerlo.

Marie sonrió al mirar a su hermana.

–William es muy noble, a veces pienso que alberga en su ser la nobleza de toda nuestra familia.

–Marie, tuve una conversación con Thomas hoy en la mañana y le prometí que trataría de arreglar las cosas entre nosotras. Recuperar los años perdidos.

–Me alegra mucho Claire, yo también deseo recuperar nuestra relación.

–Eva aun no quiere entender, pero pienso que es por la edad. Confió que con el pasar de los días se sienta más a gusto.

–No lo creo Claire, Eva jamás entenderá.

William toco en la puerta del despacho, sintió la voz de su padre y entro.

–Perdóneme padre.

–Entra William. – Thomas se encontraba sentado en su mesa examinando unos papeles. –¿Que sucede?

–Cedric mando a uno de sus hombres a decirle que Eva está en su aldea.

–¿Eva? ¿Cómo llego hasta allá?

–No lo sé pero dice que está muy alterada, amenaza con ir al pueblo a contarlo todo si Cedric no la ayuda.

—Todo se complica.

—Robert ya debe estar en la aldea.

—Tengo que ir.

—El hombre que Cedric envió estaba muy preocupado por Eva, pero no por su seguridad.

—Su seguridad somos nosotros aunque no lo creas, han vivido en armonía por muchos años y no toleran la idea de ser explotados nuevamente. Y eso podría pasar si alguien más descubre nuestra naturaleza.

—Parece que tu secreto se extiende cada vez más.

—William todos por esta zona saben quién soy. Debemos irnos, no le digas a tu madre.

—Sí, vamos.

William salió con su padre, cuando apenas iban cruzando el umbral de la puerta Marie los detuvo.

—¿A dónde van?

Thomas miro por encima del hombro de su esposa y vio a Claire detrás de ella

—Regresamos enseguida, no te preocupes.

—¿Seguro no pasa nada?

—No Marie, no te preocupes ve a descansar no esperes por nosotros.

—Está bien, tengan cuidado.

Thomas beso a su esposa en la frente y salió en compañía de su hijo. Marie los observo por la ventana hasta que se perdieron de vista en la oscuridad de la noche. Claire coloco su mano en el hombro de su hermana.

—Marie, ellos son hombres. No tienes por qué preocuparte.

—Tienes razón, es que me inquieta mucho cuando William no está a mi lado.

–Estas acostumbrada a tenerlo bajo tus faldas, pero debes entender algo William es hombre y es normal que busque la compañía de su padre. Especialmente cuando en los primeros años de su vida careció de la presencia paterna.

–Thomas me dijo que William está pensando en irse con Robert.

–¿Que tanto conoces a ese hombre?

–No mucho, es verdad, pero Thomas si lo conoce desde hace varios años y se ha portado muy bien con nosotros. William le tiene confianza, ya sabes hay cosas que no se atreve a contarme a mí y mucho menos a Thomas, Robert se ha convertido en su confidente.

–Los hijos no siempre se quedan con nosotros.

–Me estoy adelantando a los hechos, vamos a descansar.

William y Thomas atravesaron el bosque en muy poco tiempo cuando llegaron a la aldea se encontraron con Robert quien estaba hablando con Cedric.

–¿Que ha pasado? – Le pregunto Thomas a Cedric.

–Lo siento señor, Eva salió corriendo hacia el bosque mis hombres la están buscando.

–Está muy oscuro, no creo que puedan encontrarla. Será mejor que vayamos nosotros mismos a buscarla.

–Estoy de acuerdo contigo, William quédate aquí con Cedric. – Robert se volvió hacia el joven.

–¿Por qué tengo que quedarme?

–Tu sentido del olfato no está muy desarrollado. Tu padre y yo andaremos más rápido, a demás debes estar aquí por si ella regresa puede ser que se asuste al verse perdida en el bosque.

–Está bien, los esperare aquí.

Robert y Thomas desaparecieron en el bosque en

cuestión de segundos. Eva llevaba mucho tiempo corriendo, estaba asustada al principio sintió los gritos de los hombres que la buscaban pero después de un rato dejo de oírlos. Su corazón parecía que se le iba a salir del pecho, se detuvo en un claro para reponer fuerzas, no sabía dónde se encontraba. Miro a su alrededor, podía sentir el ruido de la corriente del rio muy cerca pero todo estaba muy oscuro. Cansada se tiro en el suelo y se recostó a un árbol tendría que esperar a que amaneciera para continuar hacia el pueblo más cercano, no conocía el lugar pero estaba segura que si encontraba el camino podía llegar al pueblo. Agotada como estaba se quedo dormida enseguida, no supo qué tiempo paso sintió un frío en su cuello, cuando abrió los ojos se encontró con la mirada de Robert.

–Buenas noches Eva.

La mujer se levanto asustada tratando de huir pero la fría mano de Robert la detuvo.

–¿A dónde va?

–¡Suélteme!

–Usted no va a ningún lado Eva. – Robert tomo a la mujer por los hombros y la sentó en el suelo.

–¿Que va ha hacer conmigo?

–Nada Eva, no te haré daño.

La mujer temblaba sin dejar de mirar a Robert. El joven fijo en ella sus ojos tratando de llegar a lo más profundo de su alma. Eva se relajo y dejo de temblar, sus brazos cayeron sin fuerza alrededor de su cuerpo y su mirada seguía fija en el joven. El hombre se acerco más a ella sin dejar de mirarla.

–Eva. – Pronuncio el nombre de la mujer muy despacio.

– Todo va a estar bien, no tienes de que preocuparte.

Ahora dormirás y mañana cuando te levantes todo estará muy bien. ¿Me entiendes verdad?

–Si todo va a estar bien.

–Perfecto, mañana todo habrá pasado y vas a vivir muy tranquila al lado de Marie y de su hijo sin ningún problema.

– Si, sin ningún problema.

–Perfecto, ahora duerme está muy cansada.

Apenas hubo terminado de pronunciar la última palabra Eva cerró los ojos y se quedo profundamente dormida. Robert la levanto en sus brazos y regreso a la aldea, seguido por Thomas quién se había escondido tras un árbol para que Eva no lo viera. William y Cedric estaban en el medio del camino con otros hombres esperando por ellos.

–¿Que le paso? –Pregunto William cuando vio a la mujer en brazos de Robert.

–Está bien solo duerme. – Le contesto Robert. – Ya podemos regresar, cuando se despierte no recordara nada de lo ocurrido.

William miro a Robert y recordó lo que le había sucedido con Abigail la primera vez, era como un hechizo que les hacia olvidar lo ocurrido.

–Robert tiene razón debemos regresar, dentro de unas horas ya abra amanecido y es mejor que nadie en la casa se entere de lo ocurrido. – Thomas se dirigió hacia Cedric extendiéndole la mano. – Muchas gracias Cedric por tu ayuda.

–Siempre estaremos a su disposición señor. – Respondió el anciano bajando la cabeza en señal de respeto. – ¿Van a necesitar caballos para regresar?

Gracias Cedric pero no hace falta. Nos vemos pronto.

Robert desapareció en cuestión de segundos con Eva en los brazos, William le dio las gracias a Cedric y desapareció en la oscuridad seguido por su padre. Estaba muy oscuro cuando llegaran a la casa. Robert entro en esta directo a la habitación de Eva y la coloco en su cama. Marie entro en ese momento al cuarto.

—¿Que hace aquí?

Robert se volvió hacia la mujer parada en la puerta

—Eva salió en la tarde sin que nadie se diera cuenta, estaba asustada y salió en busca de ayuda.

Marie miro a la anciana acostada en la cama y luego a Robert camino unos pasos hacia la cama mientras se apretaba las manos contra su pecho.

—Fue mi culpa, perdí los estribos durante la mañana.

—Y le mostró quien es en realidad.

—Así es, pensé que se asustaría y no tocaría más el tema.

—Decidió salir a buscar ayuda, por suerte llego a la aldea de Cedric y este aviso a Thomas.

—¿Que pasara ahora?

—Despertara en unas horas y no se acordara de nada. Todo estará bien para ella.

—Gracias. – Marie se volvió hacia el hombre. – Thomas me dijo que pensaba marcharse.

—Así es, no estoy acostumbrado a permanecer mucho tiempo en solo lugar. Mantengo mi casa por Margaret y Henry.

—Si usted lo desea ellos podrían quedarse, están muy ancianos y aquí estarán bien protegidos.

—Por supuesto, le agradezco mucho su ofrecimiento. Aquí estarán bien y no estarán solos.

—¿Robert, si mi hijo le pidiera acompañarlo usted aceptaría?

El hombre miro fijamente a Marie quien no dejaba de apretarse las manos una con otra.

–¿Tiene miedo que su hijo decida marcharse?

–Thomas piensa que William desea ver el mundo, yo pienso que es muy prematuro aun.

–¿William le ha dicho algo?

–No, pero temo que me lo pida en algún momento.

–¿Se negaría?

–Por supuesto que no, aunque me duela en el alma jamás le diría que no.

–No se adelante, espere a que William decida qué piensa hacer con su vida.

–Tiene razón.

– Ahora la dejo, creo que debe quitarle a Eva la ropa sucia, cuando se levante en unas horas no recordara nada de lo ocurrido. Con su permiso. Robert abandono la habitación, al llegar al pasillo sintió unas voces en la planta baja, cuando bajo las escaleras vio a William y a su padre frente al fuego.

–¿Hace mucho que llegaron?

–Hace unos minutos. ¿Donde dejasteis a Eva? – Pregunto Thomas.

–La dejé en su habitación, Marie la está cambiando.

–Me voy a mi habitación, dentro de un rato amanecerá y deseo darme un baño. Con su permiso. – Thomas le dio unos golpecitos a su hijo en la espalda y se marcho. William lo siguió con la mirada hasta que se perdió en el pasillo.

–¿En qué piensas? – Robert se sentó en un asiento cercano para quedar frente a William.

–¿Crees que todo estará bien?

–¿Por qué no?

–No lo sé, han pasado muchas cosas. Primero lo de Martín, ahora lo de Eva es como si nunca se terminara.

–Bueno, nuestras vidas son así.

–Mi padre me dijo que pensabas marcharte.

–He permanecido mucho tiempo aquí, recuerda que solo me ofrecí para acompañarlos, no para quedarme.

–¿A dónde piensas ir?

–No lo sé aun, a lo mejor me vaya a Francia.

–¿Pudiera acompañarte?

Robert sonrió.

–Recuerda que tú y yo no coincidimos en muchas cosas.

–Lo sé, prometo comportarme.

–¿Y tu madre, piensas dejarla?

–Mi madre estará bien, no está sola. Ella y mi padre se aman, a demás ahora está mi tía con ella y Katherine.

–Por mi parte no hay problema.

–¿Cuando piensas irte?

–Cuanto antes, hablare con Margaret y Henry tan pronto amanezca.

–Estaré listo.

Robert se marcho a su habitación dejando a William solo quien se sentó en el piso frente al fuego. Estaba decidido, se marcharía con Robert, le dolía dejar a su madre pero estaba convencido de que esta estaría bien en compañía de Thomas. Su vida había cambiado y ahora tenía la oportunidad de ver el mundo, algo que siempre había deseado. Ya no estaba encerrado dentro de cuatro paredes, ahora era completamente libre y deseaba gozar de esa libertad; tenia la fortaleza necesaria para hacerlo y toda la eternidad por delante.

La mano de su madre lo hizo volver de sus pensamientos, Marie se sentó a su lado, William tomo su mano y la beso.

–Pensé que estaba descansando madre.

–Estaba esperándolos.

–Mi padre se retiro hace un rato.

–Lo sé, iba a ir con el pero antes quise saber cómo estabas tú.

–Estoy bien madre. No se preocupe vaya a descansar.

–Hijo te conozco, sé que hay algo que quieres decirme.

William sonrió y tomo la mano de su madre entre las de él.

–Es verdad, pensaba hablar con usted en la mañana. Robert se marcha y deseo irme con él una temporada.

Marie bajo la mirada, no se atrevía a enfrentar a su hijo y mirarlo a los ojos.

–Sabía que este momento llegaría, y prometí que no sería un obstáculo.

–Madre. – William tomo el rostro de su madre entre sus manos y sus ojos azules encontraron los de Marie. – Usted es muy importante para mí, si no desea que me marche me quedare a su lado.

–No, no hijo, ve conoce el mundo. Yo estaré aquí esperándote junto a tu padre recuerda que tenemos la eternidad por delante, unos cuantos años no significan nada para nosotros.

–Gracias madre.

–¿Cuando se irán?

–Robert quiere irse cuanto antes, quizás hoy mismo.

–Muy bien, te veré dentro de un rato. Ya casi amanece y Claire debe estar por despertar.

–Hasta luego madre.

Marie se retiro, unas cuantas lágrimas corrieron por sus mejillas pero logro ocultarlas y William no se dio cuenta.

Los primeros rayos del sol se filtraron por las amplias ventanas de la cocina, Margaret estaba enciendo el fuego cuando vio a Robert parado en la puerta.

–Buenos días Margaret.

–Buenos días joven.

–¿Donde está Henry?

–Fue por más leña, ya casi regresa.

–Iré a ayudarlo.

Robert cruzo el patio y se encontró con Henry que apilaba grandes trozos de madera.

–Te ayudo Henry.

–No hace falta joven, yo puedo.

–Vamos Henry, no tengo mucho que hacer. – Robert amarro varios pedazos con una soga y se los hecho a la espalda sin esfuerzo alguno. – ¿Se levantan muy temprano ustedes?

–En esta casa no hay mucho que hacer, el señor Palmer siempre tiene gente trabajando y todos son muy considerados con nosotros.

–¿Están a gusto aquí Henry?

–Si joven, Margaret está muy a gusto especialmente con John siempre está al pendiente de él y ahora está la señorita Katherine que es muy cariñosa con ella.

–Henry pienso marcharme una temporada y quiero estar seguro de que ustedes estarán bien aquí.

–Margaret me había dicho que usted quería irse con esa mujer.

–Elizabeth se marcho y no sé donde esta, tampoco me interesa. No me voy con ella, William se irá conmigo.

–¿La señora Marie está de acuerdo?

–Le duele que se marche pero no se opondrá.

–Usted siempre va y viene.

—Lo siento Henry, está en mi naturaleza.

—Lo sé joven, no se preocupe por nosotros estaremos bien.

—Pueden regresar a la casa, pero pienso que estarán bien aquí, Marie y Thomas son buenas personas.

—Estoy seguro que Margaret estará mejor aquí joven. ¿Volveremos a verlo?

—Claro Henry, sabes bien que siempre regreso.

Robert entro a la cocina y puso la leña cerca del fogón, Margaret levanto la mirada para mirar al joven, Robert fue hacia ella y la abrazo, la anciana no hablo una sola palabra se separo del joven y acaricio su pecho.

—Le preparare ropa limpia para el viaje.

—Gracias Margaret.

La anciana salió de la cocina, Robert se volvió para ver a Henry quien bajo la cabeza y comenzó a colocar la leña en el fogón. El joven lo observo por unos minutos y luego se marcho, sintió el galope de varios caballos que se acercaban y se asomo por la ventana. Jeremy y los demás saludaron a Thomas quien los esperaba en la entrada intercambiaron varias palabras y luego los hombres se marcharon a sus actividades diarias. Robert se aproximo a Thomas tan pronto termino de hablar con Jeremy.

—¿Te marchas?

—Sí, creo que todo está tranquilo. Ya no necesitas mi ayuda.

—¿William se marcha contigo?

—Eso creo, hace un rato hablamos y estaba muy decidido.

—Marie ya lo sabe, y está de acuerdo.

—¿Y tú, estás de acuerdo?

—Apenas conozco a mi hijo Robert, no tengo autoridad

sobre él. ¿A dónde piensas ir?

–Francia.

–¿Tienes un lugar seguro allí?

–Sí, tengo una casa. Es un lugar tranquilo y seguro no te preocupes me se cuidar muy bien. Cuidare bien a tu hijo.

–Tengo propiedades en Francia, pueden usarlas, le daré a William suficiente dinero.

–El dinero no es problema.

Thomas sonrió.

–¿De dónde salió tu fortuna? Tú no eras más que un simple aldeano.

–Así es, pero eso fue hace mucho. Se pueden hacer muchas cosas en cien años.

–No deseo saberlo. William necesita lo suyo independientemente de lo que tú le puedas ofrecer. ¿Vas a necesitar caballos?

–Si definitivamente, los caballos son más lentos pero no llamas la atención.

–Hablare con Albert.

Thomas se marcho rumbo a los establos mientras Robert entro en la casa directo a su habitación. Al entrar a ella vio una bolsa con ropa limpia sobre la cama, Margaret ya había terminado de empacar. Se cambio de camisa y se puso una chaqueta de piel negra, saco dos enormes bolsas llenas de monedas de un armario cercano y las puso dentro la ropa. Se coloco la espada en la cintura y escondió un puñal en cada bota, dio un último vistazo a la habitación y salió de ella. En el salón se encontró con Marie y su hermana.

–¿Ya se van?– Pregunto Marie ansiosa.

–Tan pronto William esté listo.

–Pronto bajara. Robert necesito que me prometa que

cuidara de él.

–Marie, William no es un niño, además ha demostrado tener más sentido común que todos nosotros juntos.

–Tiene razón. Solo estoy nerviosa.

–Cuidare de él, lo prometo. Ahora con su permiso, prefiero esperarlo afuera. Ya me despedí de Margaret y Henry y las despedidas son muy duras para ellos. Espero que este bien Marie. – Robert tomo la mano de la mujer y la beso, luego se volvió hacia Claire quien se estremeció al mirarlo de frente. – Cuídese mucho Claire, fue un placer conocerla, espero que a mi regreso podamos conocernos mejor.

La aludida no contesto se quedo parada en el lugar con la mirada fija en el hombre. Robert le sonrió y le hizo una reverencia con la cabeza y salió de la estancia.

William bajo unos minutos más tardes con una bolsa de cuero en la mano.

–¿Madre?

–Robert ya está afuera.

–Si ya nos vamos.

–Te acompaño afuera hijo.

–Si madre. – William se volvió hacia Claire. – Adiós tía.

–Adios William, cuídate.

–Despídame de Katherine, favor.

–Ella está con Eva, se lo diré.

–Gracias.

William tomó la mano de su madre y salió con ella al patio. Robert lo esperaba montado en su caballo y Albert se le acerco dándole las riendas de su corcel.

–Que le vaya bien joven.

–Gracias Albert.

El anciano le dio las riendas del caballo y se marcho

arrastrando los pies. Thomas se acerco a él y le dio varias palmadas en la espalda.

—¿Estarás bien?

—Si padre.

—Toma esto, te hará falta. — Thomas le dio a su hijo un sobre blanco y una bolsa dorada llena de monedas.

—¿Qué es?

—Dinero para el viaje, no quiero que te falte de nada. En el sobre tienes varias cartas de presentación, conozco a varias personas en Francia, París es una gran ciudad te gustara. Si necesitas dinero ahí tienes el nombre varios banqueros que te darán la cantidad que necesites.

—¿Por qué lo harían?

—Porque eres mi hijo, recuérdalo.

—Gracias padre. — William le extendió la mano a su padre quien la tomo de inmediato, luego se volvió a hacia su madre y la abrazo, le dio un beso en la frente y le acaricio el rostro antes de montarse en su caballo, Robert lo miro de reojo y le pregunto.

—¿Listo?

—Sí.

—Entonces vamos.

Robert apretó las riendas de su caballo y salió a todo galope, William miro a su madre por última vez y se marcho. Marie lo observo hasta que se perdió de vista, Thomas la rodeó con sus bazos llevándola hacia él.

—Estará bien, te lo prometo.

—Lo sé. Gracias.

—¿Por qué?

—Por ser como eres, te amo.

—Yo también te amo mucho.

Thomas la miro sonriente, le beso la frente y luego los

labios. Mario dio un último vistazo al camino y ambos entraron a la casa.

William y Robert salieron del bosque en muy poco tiempo, después de algunas horas disminuyeron la velocidad.

–¿A dónde iremos primero?

–Muy pronto lo sabrás.

–Tengo la impresión de que este viaje contigo no será nada aburrido.

Robert soltó una fuerte carcajada.

–Te dije que tenías una vida por vivir, eso es lo que harás a partir de ahora.

–Cuento con ello.

Ambos hombres rieron y continuaron su camino, Robert ansioso por regresar a su vida aventurera y William lleno de emociones al enfrentarse a un mundo desconocido.

No sabía lo que le esperaba en el pero estaba dispuesto a conocerlo y hacerlo suyo, como decía Robert tenia la eternidad por delante y quería aprovecharla a lo máximo y con todas sus fuerzas.

###

FIN

www.ingramcontent.com/pod-product-compliance
Lightning Source LLC
Chambersburg PA
CBHW062011170626
46813CB00001B/111